鉴赏家顾随遴选之

中国古典诗词精华

—— 上卷 ——

武圆圆·编注

新星出版社 NEW STAR PRESS

武圆圆，陕西人，生于七十年代末，毕业于陕西师大中文系，现为咸阳市某中学语文教师。曾获全国语文教师读书竞赛一等奖。从教之馀，浸润于古典诗词的大海，从中汲取安顿身心的养分与力量。仰慕鉴赏家顾随先生，孜孜以求，方有此致敬之书。

出版说明

选本即偏见。

这是文学鉴赏家顾随先生关于中国古典诗词的偏见集成。

他从自己设定的诗心出发，张扬真、力、美，剔除国民性中消极的元素，鼓动奋进的精神姿态。

他对中国古典诗词的看法，令人有石破天惊之感。他融汇中西文化，颠覆传统文学观念，提出了崭新的鉴赏标准。他建立了自己独特的文学谱系，从诗经、屈原、古诗十九首到曹操、陶渊明、杜甫、李商隐、晏殊、欧阳修、苏轼、辛弃疾、王国维。他推陶渊明为古今第一人，因其与生活调和的人生与文学本色。

一干文学大师硬被他拽下马。在他鞭辟入里的解析中，由伤感、空虚、遁世所主导的静态文学时空发生了逆转。

这套书遵循顾随先生的文学理念，以其民国时期的讲义为本，力图绘制一副契合鉴赏家心意的古典诗词图谱。

编者将其点评过褒奖过的作品，按照时间顺序一一陈列；

重要作家都附有顾随的精辟评论；

顾随对苏轼和辛弃疾词作的解读文字，以摘要的形式附在相关作品后面；

对词的编排，参照已有之权威版本，按照其内在节奏分行排列，有助于读者欣赏；

为便于读者阅读，编者对字词及用典作了简明注解；

全书分为上下两卷，上卷为诗，下卷为词。

下卷附录选用了顾随先生三篇文字，有演讲，有用文言写成的习词心得。为阅读方便，对文言进行了必要的分段；文字一仍其旧，底、者、走作（做作）之类用法读者当可意会，不另行加注。

这本充满偏见的选本，或许可以呈现顾随心中最理想的文学世界。这些美轮美奂、滋润人心的作品，将为我们平淡的人生带来片刻的愉悦。文学的作用，就在于调理情感，抚慰人心。这个选本足以担当此任。

顾随先生说："一个好的选本，等于一本著作。"从这个意义上说，此亦可作为武圆圆女士的著作。她积数年之功，在完成语文教学任务之馀，勉力完成了这部作品——既是对顾随先生文学理念的完美诠释，也包含着古典文学专业出身的教师弘扬祖国文学传统的深情。

选文、注释若有不当之处，敬请方家指正。

编注者在工作中参考了河北教育出版社之《顾随全集》，在此谨向主事者致以诚挚的谢意。

新星出版社

2018年6月6日

目　录

杜 甫

诗　经（选二十二）

　　《诗经》是中国最早的一部诗歌总集，先秦时期称为"诗"，或取其整数称"诗三百"。西汉时被尊为儒家经典，始称《诗经》，并沿用至今。它收集了自西周初年至春秋中叶（前11世纪至前6世纪）的诗歌共三百零五篇，反映了周初至周晚期约五百年间的社会面貌。作者佚名，绝大部分已无从考证，传为尹吉甫采集、孔子编订。《诗经》在内容上分为"风""雅""颂"三部分："风"是周代各地的歌谣；"雅"是周人的正声雅乐，又分"小雅"和"大雅"；"颂"是周王庭和贵族宗庙祭祀的乐歌。

【顾随评论】

　　"三百篇"是有什么就喊什么，想说什么就说什么，想怎样说就怎样说。古人诗是如此。后人诗有意避俗免弱，便不真。真就是人情味。

　　诗有六义：风、雅、颂，赋、比、兴。前三项，诗之性质；后三项，诗之作法。

　　"三百篇"是窖藏多年的好酒，醇乎其醇。

国风·周南·关雎

关关雎鸠[1]，在河之洲。
窈窕淑女[2]，君子好逑[3]。

参差荇菜[4]，左右流之[5]。
窈窕淑女，寤寐求之[6]。

求之不得，寤寐思服[7]。
悠哉悠哉[8]，辗转反侧[9]。

参差荇菜，左右采之。

---

1 关关：象声词，雌雄二鸟相互应和的叫声。雎鸠（jū jiū）：一种水鸟名，即王雎，生有定偶，常并游。
2 窈窕（yǎo tiǎo）：文静美好的样子。淑：好，善。
3 好逑（hǎo qiú）：好的配偶。
4 荇（xìng）菜：水草类植物。圆叶细茎，根生水底，叶浮在水面，可供食用。
5 左右流之：时而向左、时而向右地择取荇菜。流：义同"求"，指摘取。
6 寤寐（wù mèi）：寤：醒来；寐：睡着；犹言白天黑夜。
7 思服：思念。
8 悠哉：意为"悠悠"，即长，此言思念绵绵不断。
9 辗转反侧：翻来覆去不能入眠。辗：半转。反侧：侧身。

窈窕淑女，琴瑟友之[1]。

参差荇菜，左右芼之[2]。
窈窕淑女，钟鼓乐之。

---

1 琴瑟友之：弹琴鼓瑟来亲近她。琴、瑟：皆弦乐器，琴五或七弦，瑟二十五或五十弦。友：用作动词，亲近。
2 芼（mào）：择取，挑选。

国风·周南·卷耳

采采卷耳¹，不盈顷筐²。
嗟我怀人，寘彼周行³。

陟彼崔嵬⁴，我马虺隤⁵。
我姑酌彼金罍⁶，维以不永怀。

陟彼高冈，我马玄黄⁷。
我姑酌彼兕觥⁸，维以不永伤。

陟彼砠矣⁹，我马瘏矣¹⁰，
我仆痡矣¹¹，云何吁矣。

1　采采：采了又采。卷耳：草本植物名，嫩苗可食。
2　盈：满。顷筐：斜口筐，后高前低，状如簸箕。
3　寘（zhì）：同"置"，放，搁置。周行（háng）：大道。
4　陟：登。崔嵬（wéi）：有石头的土山，高山。
5　我：想象中丈夫的自称。虺隤（huī tuí）：疲极而病。
6　酌：斟酒。金罍（léi）：古代一种酒器，青铜铸成，口小肚大。
7　玄黄：马生病而变色。
8　兕觥（sì gōng）：犀牛角制的酒杯。
9　砠（jū）：有土的石山。
10　瘏（tú）：劳累过度致病。
11　痡（pū）：疲困不能行走。

国风·周南·桃夭

桃之夭夭[1]，灼灼其华[2]。
之子于归[3]，宜其室家[4]。

桃之夭夭，有蕡其实[5]。
之子于归，宜其家室。

桃之夭夭，其叶蓁蓁[6]。
之子于归，宜其家人。

1　夭夭：花朵怒放，茂盛苗壮状。
2　灼灼：明亮鲜艳状。华：同"花"。
3　之子：这位姑娘。之：指示代词，这个；子：女子。于归：出嫁。古代把丈夫家看作女子的归宿，故称"归"。
4　宜：和顺，此是使动用法，使……和顺。室家：家庭，以下"家室""家人"义同此。
5　有蕡（fén）其实：有：助词，无实义。蕡：果实繁多状。此句意为树上结满了果实。
6　蓁蓁（zhēn zhēn）：树叶繁盛状。

国风·周南·汉广

南有乔木[1]，不可休思[2]。

汉有游女[3]，不可求思。

汉之广矣，不可泳思[4]。

江之永矣[5]，不可方思[6]。

翘翘错薪[7]，言刈其楚[8]。

之子于归，言秣其马[9]。

汉之广矣，不可泳思。

江之永矣，不可方思。

1　乔木：高大的树木。
2　休思：休息。休：止息也；思：语助词，无实义。此句指高木无荫，不能休息。
3　汉：汉水。游女：汉水之神，或谓在汉水岸上出游的女子。
4　泳：泅渡。
5　江：长江。永：水流长也。
6　方：桴，筏。此处用作动词，意谓乘筏渡河。
7　翘翘（qiáo qiáo）：本指鸟尾上的长羽，此喻杂草丛生；或以为指高出貌。错薪：丛杂的柴草。
8　刈：割。楚：灌木名，即牡荆。
9　秣（mò）：用草喂马。

翘翘错薪，言刈其蒌[1]。

之子于归，言秣其驹。

汉之广矣，不可泳思。

江之永矣，不可方思。

---

1 蒌（lóu）：即蒌蒿，多年生草本植物，嫩时可食，老则为薪。

国风·周南·汝坟

遵彼汝坟[1]，伐其条枚。
未见君子，惄如调饥[2]。

遵彼汝坟，伐其条肄[3]。
既见君子，不我遐弃。

鲂鱼赪尾[4]，王室如燬[5]。
虽则如燬，父母孔迩。

1　遵：沿着。坟（fén）：河堤。
2　惄（nì）：饥，一说忧愁。调（zhōu）：又作"朝"，早晨。调饥：早
上挨饿；亦喻男女欢情未得满足。
3　条肄（yì）：树砍后再生的小枝。
4　赪（chēng）：赤色。
5　燬（huǐ）：烈火，齐人谓火为燬。

国风·周南·麟之趾[1]

麟之趾，振振公子[2]。
于嗟麟兮[3]！

麟之定[4]，振振公姓。
于嗟麟兮！

麟之角，振振公族。
于嗟麟兮！

1　麟：麒麟，传说中的一种动物。它有蹄不踏，有额不抵，有角不触，被古人看作至高至美的野兽。
2　振振（zhēn zhēn）：诚实仁厚的样子。公子：与公姓、公族皆指贵族子孙。
3　于嗟：即吁嗟，叹词。
4　定：额。

国风·召南·草虫

喓喓草虫[1]，趯趯阜螽[2]。
未见君子[3]，忧心忡忡[4]。
亦既见止[5]，亦既觏止[6]，
我心则降[7]。

陟彼南山[8]，言采其蕨[9]。
未见君子，忧心惙惙[10]。
亦既见止，亦既觏止，
我心则说[11]。

1　喓喓（yāo yāo）：虫鸣声。草虫：蝈蝈。
2　趯趯（tì tì）：昆虫跳跃之状。阜螽（zhōng）：蚱蜢。
3　君子：此指所怀念的丈夫。
4　忡忡（chōng chōng）：心跳。
5　亦：如，若。既：已经。止：之、他，一说为语助词。
6　觏（gòu）：遇见。一说通"媾"，结婚，结合。
7　降（xiáng）：平静。
8　陟（zhì）：升；登。
9　言采其蕨：采摘那蕨菜。言：语助词。
10　惙惙（chuò chuò）：忧愁的样子。
11　说（yuè）：通"悦"，高兴。

陟彼南山，言采其薇。
未见君子，我心伤悲。
亦既见止，亦既觏止，
我心则夷[1]。

1　夷：平，放心。

国风·召南·江有汜

江有汜[1]，之子归。
不我以[2]，不我以，其后也悔[3]。

江有渚[4]，之子归。
不我与[5]，不我与，其后也处[6]。

江有沱[7]，之子归。
不我过[8]，不我过，其啸也歌[9]。

1　汜（sì）：由主流分出而复汇合的河流。
2　不我以：宾语前置，即"不以我"，以下"不我与""不我过"结构同此。不带我一起走。以：同，一起。
3　其后也悔：以后会后悔。也：语气词。
4　渚（zhǔ）：水中小洲。
5　与：交往。相交。不我与：不同我交往。
6　处：忧愁。
7　沱（tuó）：江的支流。
8　过：至也。不我过：不到我这里来。
9　啸：号哭。

国风·邶风·柏舟

汎彼柏舟[1]，亦汎其流。
耿耿不寐[2]，如有隐忧[3]。
微我无酒[4]，以敖以游[5]。

我心匪鉴[6]，不可以茹[7]。
亦有兄弟，不可以据[8]。
薄言往愬[9]，逢彼之怒。

我心匪石，不可转也。
我心匪席，不可卷也。
威仪棣棣[10]，不可选也[11]。

1　汎（fàn）：同"泛"，漂流。
2　耿耿：不安貌。
3　隐忧：深忧。
4　微：非，不是。
5　以敖以游：到处漫游。敖：同"遨"。
6　匪：不。鉴：铜镜。
7　茹：容纳。
8　据：依靠。
9　薄言：语助词。愬（sù）：同"诉"，告诉。
10　威仪：庄重的仪表举止。棣棣：雍容闲雅貌。
11　选：屈挠退让。

忧心悄悄¹，愠于群小。

覯闵既多²，受侮不少。

静言思之，寤辟有摽³。

日居月诸⁴，胡迭而微⁵。

心之忧矣，如匪澣衣⁶。

静言思之，不能奋飞。

---

1 悄悄：忧貌。
2 闵（mǐn）：痛，指患难。
3 寤：交互。辟（pǐ）：同"擗"，捶胸。摽（biào）：击，打。
4 居、诸：皆语助词。
5 胡：为什么。迭：交替。微：亏，此指日食和月食。
6 澣（huàn）：同"浣"，洗涤。

国风·邶风·绿衣

绿兮衣兮，绿衣黄里[1]。
心之忧矣，曷维其已[2]。

绿兮衣兮，绿衣黄裳[3]。
心之忧矣，曷维其亡[4]。

绿兮丝兮，女所治兮[5]。
我思古人，俾无訧兮[6]。

绤兮绤兮[7]，凄其以风。
我思古人，实获我心。

---

1 里：上衣的衬里。
2 曷：同"何"，什么时候。维：语气助词，无实义。已：止息。
3 裳：下衣，即裤子。
4 亡：止。
5 治：纺绩。
6 俾（bǐ）：使。訧（yóu）：同"尤"，过错。
7 绤（chī）：细葛布。绤（xì）：粗葛布。

国风·邶风·旄丘

旄丘之葛兮[1]，何诞之节兮[2]？
叔兮伯兮[3]，何多日也？

何其处也？必有与也[4]。
何其久也？必有以也[5]。

狐裘蒙戎[6]，匪车不东。
叔兮伯兮，靡所与同[7]。

琐兮尾兮，流离之子。
叔兮伯兮，褎如充耳[8]。

---

1 旄（máo）丘：卫国地名。一说指前高后低的土山。
2 诞：同"延"，长。节：指葛藤的枝节。
3 叔伯：本为兄弟间的排行，此处称男子。
4 与：盟国；一说同"以"，原因。
5 以：同"与"。一说作"原因""缘故"解。
6 蒙戎：毛蓬松貌。
7 靡：没有人。同：同心。
8 褎（xiù）如充耳：衣着华美却装聋作哑。褎：衣着华美。充耳：充耳不闻。

国风·邶风·简兮

简兮简兮[1]，方将万舞[2]。
日之方中[3]，在前上处[4]。

硕人俣俣[5]，公庭万舞[6]。
有力如虎，执辔如组[7]。

左手执龠[8]，右手秉翟[9]。
赫如渥赭[10]，公言锡爵[11]。

山有榛，隰有苓[12]。

---

1 简：一说指鼓声，一说形容舞师武勇之貌。
2 方将：将要。万舞：舞名，一种大规模舞蹈，合文舞与武舞。
3 方中：正好中午。
4 在前上处：在行列前方。
5 硕人：身材高大的人。俣俣（yǔ yǔ）：魁梧健美的样子。
6 公庭：国君朝堂之庭。
7 辔：马缰绳。组：用丝织成的宽带子。
8 龠（yuè）：古管乐器，指三孔笛。
9 秉：持。翟（dí）：野鸡的尾羽。
10 赫：红色。渥（wò）：厚。赭（zhě）：赤褐色。
11 爵：青铜制酒器。
12 隰（xí）：低湿之地。苓（líng）：甘草。

云谁之思？西方美人[1]。

彼美人兮，西方之人兮。

1　美人：指舞师。

国风·鄘风·君子偕老

君子偕老，副笄六珈[1]。
委委佗佗，如山如河[2]。
象服是宜[3]，
子之不淑[4]，云如之何[5]？

玼兮玼兮[6]，其之翟也。
鬒发如云[7]，不屑髢也[8]。
玉之瑱也[9]，象之揥也[10]。
扬且之皙也[11]。
胡然而天也！胡然而帝也[12]！

------

1 笄（ｊ）：簪子。珈：饰玉，又称步摇，加在笄下，垂以玉，有六个。
2 委委佗佗（yí yí），如山如河：举止雍容华贵、落落大方。佗：同"蛇""迤"。
3 象服：镶有珠宝绘有花纹的礼服。宜：合身。
4 淑：善当为"吊"。
5 如之何：奈之何。
6 玼（cǐ）：鲜盛貌。此指花纹绚烂。
7 鬒（zhěn）：头发黑而密。
8 髢（dí）：假发。
9 瑱（tiàn）：耳坠；古人冠冕上分垂于两耳侧的玉饰。
10 揥（tì）：古人用以搔头和绾发的簪子。
11 扬且之皙：额头宽正，皮肤白皙。扬：指额宽广方正。
12 胡然而帝也：为什么像上帝那样高贵呢！胡然：为什么。

19

瑳兮瑳兮[1]，其之展也[2]。

蒙彼绉絺[3]，是绁袢也[4]。

子之清扬[5]，扬且之颜也。

展如之人兮[6]，邦之媛也[7]。

1　瑳（cuō）：形容玉色鲜明洁白。

2　展：古代后妃或命妇的一种礼服，或曰古代夏天穿的一种纱衣。

3　蒙彼绉（zhòu）絺：披上那薄薄的细纱。蒙：罩，披。绉：细葛布，比絺还细。

4　绁袢（xiè pàn）：夏天穿的亵衣、内衣，为白色。

5　清：眼神清秀。扬：眉宇宽广。同上释。

6　展：诚，的确。

7　媛：美女。

国风·卫风·淇奥

瞻彼淇奥[1]，绿竹猗猗[2]。

有匪君子[3]，如切如磋，

如琢如磨[4]。

瑟兮僴兮[5]，赫兮咺兮[6]。

有匪君子，终不可谖兮[7]。

瞻彼淇奥，绿竹青青[8]。

有匪君子，充耳琇莹[9]。

会弁如星[10]。

瑟兮僴兮，赫兮咺兮。

1　瞻：远望。淇：淇水。奥（yù）：水边弯曲的地方。

2　猗猗（yī yī）：长而美貌。

3　匪：同"斐"，有文采貌。

4　切、磋、琢、磨：治骨曰切，象曰磋，玉曰琢，石曰磨。均指文采好，有修养。切磋：本义是加工玉石骨器，引申为讨论研究学问；琢磨：本义是玉石骨器的精细加工，引申为学问道德上钻研深究。

5　瑟：仪容庄重。僴（xiàn）：胸襟开阔貌。

6　赫：显赫。咺（xuān）：有威仪貌。

7　谖（xuān）：忘记。

8　青青：同"菁菁"，茂盛貌。

9　充耳：挂在冠冕两旁的饰物，下垂至耳，一般用玉石制成。琇（xiù）莹：似玉的美石，宝石。

10　会弁（biàn）：帽子缝合处。缝合之处用玉装饰。

有匪君子，终不可谖兮。

瞻彼淇奥，绿竹如箦[1]。
有匪君子，如金如锡[2]，
如圭如璧[3]。
宽兮绰兮[4]，猗重较兮[5]。
善戏谑兮[6]，不为虐兮[7]。

1　箦（zé）：聚积，形容众多。
2　金、锡：黄金和锡，一说铜和锡。
3　圭璧：圭，玉制礼器，上尖下方，在举行隆重仪式时使用；璧：玉制礼器，正圆形，中有小孔，贵族朝会或祭祀时使用。圭与璧制作精细，显示佩带者身份及品德。
4　绰：旷达。一说柔和貌。
5　猗（yǐ）：同"倚"，靠。重（chóng）较：车厢上有两重横木的车子，为古代卿士所乘。较：古时车厢两旁作扶手的曲木或铜钩。
6　戏谑：开玩笑。
7　虐：粗暴。

国风·卫风·氓

氓之蚩蚩[1]，抱布贸丝[2]。

匪来贸丝，来即我谋[3]。

送子涉淇[4]，至于顿丘[5]。

匪我愆期[6]，子无良媒。

将子无怒[7]，秋以为期。

乘彼垝垣[8]，以望复关[9]。

不见复关，泣涕涟涟。

既见复关，载笑载言[10]。

1　氓：民也，男子之代称。蚩蚩（chī chī）：通"嗤嗤"，笑嘻嘻的样子。一说为憨厚、老实的样子。

2　布：布泉，货币。贸：买，交易。

3　即：走近，就。谋：谋划商量，此指商谈婚事。

4　涉：渡过。淇：卫国河名。

5　顿丘：地名。

6　愆（qiān）期：延误时间。期：约定。

7　将（qiāng）：愿，请。

8　乘：登上。垝垣（guǐ yuán）：倒塌的墙壁。

9　复关：地名，指男子所居之地。

10　载：犹言"则"。

尔卜尔筮[1]，体无咎言[2]。
以尔车来，以我贿迁[3]。

桑之未落，其叶沃若[4]。
于嗟鸠兮[5]，无食桑葚。
于嗟女兮，无与士耽[6]。
士之耽兮，犹可说也[7]。
女之耽兮，不可说也。

桑之落矣，其黄而陨[8]。
自我徂尔[9]，三岁食贫[10]。
淇水汤汤[11]，渐车帷裳[12]。

1　尔卜尔筮（shì）：烧灼龟甲的裂纹以判吉凶，叫"卜"；用蓍（shī）草占卦叫"筮"。

2　体：指卦象，即卜筮结果。咎言：不吉利的话，即凶辞。

3　贿：财物，指嫁妆。

4　沃若：沃然，肥泽貌。

5　于嗟：即吁嗟，悲叹声。鸠：斑鸠，传说斑鸠吃桑葚过多会醉。

6　耽：迷恋，沉溺。贪乐太甚。

7　说：同"脱"，摆脱。

8　其黄而陨：此用叶黄掉落喻女子年老色衰。陨：坠落，掉下。

9　徂（cú）尔：嫁到你家。徂：往。

10　三岁：泛指多年，非实数。食贫：过贫穷的生活。

11　汤汤（shāng shāng）：水势盛大貌。

12　渐：浸湿。帷裳：车旁的布幔。

女也不爽[1]，士贰其行[2]。
士也罔极[3]，二三其德[4]。

三岁为妇，靡室劳矣[5]。
夙兴夜寐[6]，靡有朝矣[7]。
言既遂矣[8]，至于暴矣。
兄弟不知，咥其笑矣[9]。
静言思之，躬自悼矣[10]。

及尔偕老[11]，老使我怨。
淇则有岸，隰则有泮[12]。
总角之宴[13]，言笑晏晏[14]。

1　爽：差错，过失。
2　贰：当为"貣（tè）"的误字。"貣"：即"忒"，与"爽"同义。
3　罔：无，没有；极：标准，准则。
4　二三其德：朝三暮四，三心二意。
5　靡室劳矣：言所有的家庭劳作一身承担。靡：无，不。
6　夙兴夜寐：言起早晚睡。夙：早。兴：起。
7　靡有朝矣：言不止一日，即日日如此。
8　言既遂矣：愿望已经实现。言：语助词，无义。遂：安定无忧。
9　咥（xī）：大笑的样子。
10　躬自悼：独自悲伤。躬：身。悼：伤。
11　"及尔"二句：曾相约一起到老，现在偕老之说徒然使我怨恨。
12　隰（xí）：水名，即漯河。泮（pàn）：同"畔"，水边。
13　总角：古时儿童的发式，借指童年。宴：安乐。
14　晏晏（yàn yàn）：和悦的样子。

信誓旦旦，不思其反[1]。

反是不思，亦已焉哉[2]！

1　反：变心。不思其反：不曾想会违背誓言。
2　已：了结，终止。焉哉：语助词连用，加强语气，表感叹。

国风·王风·黍离

彼黍离离[1]，彼稷之苗。
行迈靡靡[2]，中心摇摇。
知我者谓我心忧，
不知我者谓我何求。
悠悠苍天，此何人哉？

彼黍离离，彼稷之穗。
行迈靡靡，中心如醉。
知我者谓我心忧，
不知我者谓我何求。
悠悠苍天，此何人哉？

彼黍离离，彼稷之实。
行迈靡靡，中心如噎。
知我者谓我心忧，
不知我者谓我何求。
悠悠苍天，此何人哉？

---

1 黍：大黄米。离离：繁盛貌。
2 行迈：行走。靡靡：行步迟缓貌。

国风·秦风·蒹葭

蒹葭苍苍[1]，白露为霜。
所谓伊人，在水一方。
溯洄从之，道阻且长。
溯游从之，宛在水中央。

蒹葭萋萋，白露未晞[2]。
所谓伊人，在水之湄。
溯洄从之，道阻且跻[3]。
溯游从之，宛在水中坻[4]。

蒹葭采采，白露未已。
所谓伊人，在水之涘。
溯洄从之，道阻且右。
溯游从之，宛在水中沚[5]。

1　蒹（jiān）：没长穗的芦苇。葭（jiā）：初生的芦苇。苍苍：鲜明茂盛貌。下文"萋萋""采采"义同。
2　晞（xī）：干，谓晒干。
3　跻（jī）：上升，攀登。
4、5　坻（chí）、沚（zhǐ）：水中高地。

国风·豳风·七月

七月流火[1]，九月授衣[2]。

一之日觱发[3]，二之日栗烈[4]。

无衣无褐，何以卒岁？

三之日于耜，四之日举趾。

同我妇子，馌彼南亩[5]。田畯至喜[6]。

七月流火，九月授衣。

春日载阳，有鸣仓庚。

女执懿筐，遵彼微行，爰求柔桑[7]。

春日迟迟，采蘩祁祁[8]。

女心伤悲，殆及公子同归。

1　七月流火：火（古读 huǐ），星名，即心宿。每年夏历五月，黄昏时候，这星当正南方，即正中和最高的位置。过了六月就偏西向下了，这就叫做"流"。

2　授衣：将裁制冬衣的工作交给女工。

3　一之日：十月以后第一个月。以下二之日、三之日等仿此，为豳历纪日法。觱发（bì bō）：大风触物声。

4　栗烈：犹凛冽。

5　馌（yè）：馈送食物。

6　田畯（jùn）：田大夫，农官。

7　爰：于是。

8　蘩（fán）：白蒿。

七月流火，八月萑苇[1]。

蚕月条桑，取彼斧斨[2]，以伐远扬，猗彼女桑[3]。

七月鸣鵙[4]，八月载绩。

载玄载黄[5]，我朱孔阳，为公子裳。

四月秀葽[6]，五月鸣蜩[7]。

八月其获，十月陨萚[8]。

一之日于貉[9]，取彼狐狸，为公子裘。

二之日其同，载缵武功[10]。

言私其豵[11]，献豜于公[12]。

五月斯螽动股[13]，六月莎鸡振羽[14]。

1　萑（huán）苇：芦苇。八月萑苇长成，预备明春作曲。

2　斨（qiāng）：方孔的斧头。

3　猗（yǐ）：又作"掎"，牵引。"掎桑"是用手拉着桑枝来采叶。女桑：嫩弱的桑枝。

4　鵙（jú）：鸟名，即伯劳。

5　玄、黄：都指染丝麻说。

6　葽（yāo）：植物名。秀：不开花而结子。

7　蜩（tiáo）：蝉。

8　陨萚（tuò）：草木枝叶脱落。

9　貉（hé）：小兽，形似狐狸。

10　缵（zuǎn）：继续。

11　豵（zōng）：小兽。私其豵：言小兽归猎者私有。

12　豜（jiān）：三岁的猪，代表大兽。大兽献给公家。

13　斯螽（zhōng）：虫名，蝗类。动股：指发出鸣声。

14　莎（suō）鸡：纺织娘。

七月在野，八月在宇，

九月在户，十月蟋蟀入我床下。

穹窒熏鼠，塞向墐户¹。

嗟我妇子，曰为改岁²，入此室处。

六月食郁及薁³，七月亨葵及菽⁴。

八月剥枣⁵，十月获稻。

为此春酒⁶，以介眉寿。

七月食瓜，八月断壶⁷，九月叔苴⁸。

采荼薪樗⁹，食我农夫。

九月筑场圃，十月纳禾稼。

黍稷重穋¹⁰，禾麻菽麦。

嗟我农夫，我稼既同，上入执宫功。

昼尔于茅，宵尔索绹¹¹。

1　墐（jìn）：用泥涂抹。贫家门扇用柴竹编成，冬日涂泥使其不通风。

2　改岁：犹今言过年。

3　郁：植物名，唐棣之类。果实像李子，赤色。薁（yù）：植物名，野葡萄。

4　菽（shū）：豆的总名。

5　剥（pū）：读为"扑"，打。

6　春酒：冬天酿酒经春始成，叫做"春酒"。枣和稻都是酿酒的原料。

7　断壶：摘葫芦。

8　叔：拾。苴（jū）：秋麻之籽，可吃。

9　荼（tú）：苦菜。樗（chū）：木名，臭椿。薪樗：言采樗木为薪。

10　重（tóng）：晚熟作物曰重。穋（lù）：早熟作物曰穋。

11　索绹（táo）：搓绳。

亟其乘屋，其始播百谷。

二之日凿冰冲冲，三之日纳于凌阴。

四之日其蚤，献羔祭韭¹。

九月肃霜²，十月涤场³。

朋酒斯飨⁴，曰杀羔羊。

跻彼公堂，称彼兕觥：万寿无疆！

1　献羔祭韭：这句是说用羔羊和韭菜祭祖。《礼记·月令》说仲春献羔开冰，四之日正是仲春。

2　肃霜：下霜。

3　涤（dí）场：清扫场地。

4　朋酒：设两樽酒。《毛传》："两樽曰朋"。

国风·豳风·鸱鸮

鸱鸮鸱鸮[1]，既取我子，
无毁我室。
恩斯勤斯[2]，鬻子之闵斯[3]。

迨天之未阴雨[4]，彻彼桑土[5]，
绸缪牖户[6]。
今女下民[7]，或敢侮予。

予手拮据[8]，予所捋荼[9]，
予所蓄租[10]，予口卒瘏[11]，
曰予未有室家。

---

1 鸱鸮（chī xiāo）：猫头鹰一类的鸟。
2 恩：《鲁诗》"恩"作"殷"，尽心之意。斯：语助词。勤：怜惜。
3 鬻（yù）：抚育。闵：病。
4 迨（dài）：趁着。
5 彻：取。桑土：桑根。
6 绸缪（móu）：缠缚。
7 下民：指人类。
8 拮据：辛劳。
9 捋（luō）：成把地摘取。荼：茅草花。
10 蓄：积蓄。
11 卒：通"瘁"，劳累致病。

予羽谯谯[1]，予尾翛翛[2]，

予室翘翘[3]，风雨所漂摇[4]，

予维音哓哓[5]。

1　谯谯（qiáo qiáo）：羽毛脱落貌。

2　翛翛（xiāo xiāo）：羽毛枯敝无泽貌。

3　翘翘（qiáo qiáo）：危而不稳貌。

4　漂摇：同"飘摇"，在空中摇晃。

5　哓哓（xiāo xiāo）：叫声。

国风·豳风·东山

我徂东山，慆慆不归[1]。
我来自东，零雨其濛。
我东曰归，我心西悲。
制彼裳衣，勿士行枚[2]。
蜎蜎者蠋[3]，烝在桑野[4]。
敦彼独宿[5]，亦在车下。

我徂东山，慆慆不归。
我来自东，零雨其濛。
果臝之实[6]，亦施于宇[7]。
伊威在室[8]，蠨蛸在户[9]。

---

1 慆慆（tāo tāo）：久。
2 士：通"事"，做。行枚：衔枚，即于口内衔枚以防止喧哗。
3 蜎蜎（yuān yuān）：幼虫蜷曲的样子。蠋（zhú）：桑虫。
4 烝：助词，无实义。一说为时间久。
5 敦：团状。形容战士独宿车下，身体蜷成一团。
6 果臝（luǒ）：葫芦科植物，一名栝楼。
7 施（yì）：蔓延。
8 伊威：土鳖。
9 蠨蛸（xiāo shāo）：长脚蜘蛛。

町畽鹿场[1]，熠燿宵行[2]。

不可畏也，伊可怀也[3]。

我徂东山，慆慆不归。

我来自东，零雨其濛。

鹳鸣于垤[4]，妇叹于室。

洒扫穹窒[5]，我征聿至[6]。

有敦瓜苦[7]，烝在栗薪[8]。

自我不见，于今三年。

我徂东山，慆慆不归。

我来自东，零雨其濛。

仓庚于飞，熠燿其羽。

之子于归，皇驳其马[9]。

亲结其缡[10]，九十其仪。

其新孔嘉，其旧如之何？

1　町畽（tǐng tuǎn）：田舍边之空地。

2　熠燿（yì yào）：发光貌。熠：发光貌；燿：同"耀"。宵行：磷火。

3　伊：此指荒凉的家乡。

4　垤（dié）：小土丘。

5　窒：堵老鼠洞。

6　聿：语气助词，有将要之意。

7　瓜苦：瓠瓜。在婚礼上剖瓠瓜成两张瓢，夫妇各执一瓢盛酒漱口。

8　烝在栗薪：放置于裂开的木柴上。栗：通"裂"。

9　皇驳：马毛淡黄的叫皇，淡红的叫驳。

10　缡（lí）：佩巾。女子出嫁时，母亲训戒，并替女儿结好佩巾的带。

小雅·鹿鸣之什·采薇

采薇采薇[1]，薇亦作止[2]。
曰归曰归，岁亦莫止[3]。
靡室靡家，猃狁之故[4]。
不遑启居[5]，猃狁之故。

采薇采薇，薇亦柔止[6]。
曰归曰归，心亦忧止。
忧心烈烈，载饥载渴。
我戍未定，靡使归聘[7]。

采薇采薇，薇亦刚止。

1　薇：野豌豆苗，可食。《史记·伯夷列传》记载："武王已平殷乱，天下宗周，而伯夷、叔齐耻之，义不食周粟，隐于首阳山，采薇而食之。"
2　作：指薇菜冒出地面。
3　莫：通"暮"，指年末。
4　猃狁（xiǎn yǔn）：即北狄，匈奴。
5　启：跪、危坐。居：安坐。古人席地而坐，两膝着席，危坐时腰部伸直，臀部与足离开；安坐时臀部贴在足跟上。
6　柔：柔嫩。"柔"比"作"更进一步生长。
7　聘：问，谓问候。

曰归曰归，岁亦阳止[1]。

王事靡盬[2]，不遑启处。

忧心孔疚[3]，我行不来。

彼尔维何[4]？维常之华[5]。

彼路斯何[6]？君子之车[7]。

戎车既驾[8]，四牡业业[9]。

岂敢定居？一月三捷[10]。

驾彼四牡，四牡骙骙[11]。

君子所依，小人所腓[12]。

四牡翼翼[13]，象弭鱼服[14]。

岂不日戒？猃狁孔棘[15]。

1　阳：十月为阳。

2　盬（gǔ）：止息，了结。

3　疚：病，苦痛。

4　尔：通"苶"，花盛。

5　常：常棣（棠棣），即苶苵，植物名。

6　路：高大的战车。

7　君子：指将帅

8　戎车：兵车。

9　牡：雄马。业：高大雄壮的样子。

10　一月三捷：谓一月多次行军。三：概数。捷：接战、交战。

11　骙骙（kuí kuí）：雄强，威武。

12　腓（féi）：庇护，掩护。

13　翼翼：整齐的样子。谓马训练有素。

14　象弭：以象牙装饰弓端的弭。鱼服：鱼皮制的箭袋。

15　棘：急。

昔我往矣，杨柳依依。
今我来思，雨雪霏霏。
行道迟迟，载渴载饥。
我心伤悲，莫知我哀。

小雅·鱼藻之什·苕之华

苕之华[1]，芸其黄矣。
心之忧矣，维其伤矣。

苕之华，其叶青青。
知我如此，不如无生！

牂羊坟首[2]，三星在罶[3]。
人可以食，鲜可以饱！

1　苕（tiáo）：凌霄花，藤本，蔓生，花将落则黄。
2　牂（zāng）羊：母羊。坟首：头大。
3　三星：泛指星光。罶（liǔ）：捕鱼的竹器。

屈 原

屈原（约前340—前278），名平，字原，又自云名正则，字灵均。战国时楚人。早年受楚怀王信任，曾任左徒、三闾大夫，兼管内政外交大事。后为同僚上官大夫所谗，遭流放。秦将白起攻破楚都郢后，屈原自沉于汨罗江，以身殉国。传世作品有《离骚》《九歌》《九章》《天问》等。

【顾随评论】

楚辞乃楚地民歌，屈原加工写就后，后人名之曰"楚辞"。

《楚辞》思想深而诗味亦浓厚。所谓思想，乃诉诸读者的理解力，但往往由此减少诗之美。"袅袅兮秋风"（《九歌》），没有思想，纯是诗之美；"吾令羲和弭节兮"（《离骚》），有思想而亦有诗的美。此除使读者理解外，尚有直觉的美。

屈原真是天才，真高，虽然写得腾云驾雾，作风是神的，而情感是人的。

楚辞去了助词，便是"三百篇"。摇曳是楚辞的特色。

离 骚

帝高阳之苗裔兮[1]，朕皇考曰伯庸[2]。摄提贞于孟陬兮[3]，惟庚寅吾以降[4]。皇览揆余初度兮[5]，肇锡余以嘉名[6]：名余曰正则兮[7]，字余曰灵均[8]。

纷吾既有此内美兮，又重之以修能[9]。扈江离与辟芷兮[10]，纫秋兰以为佩[11]。汩余若将不及兮[12]，恐年岁之不吾与[13]。朝搴阰之木兰兮[14]，夕揽洲之宿莽[15]。日月忽其不淹

1　高阳：相传是古代帝王颛顼（zhuān xū）的称号。苗裔：后代。

2　朕：我。先秦时期，一般人均可用"朕"。皇考：对亡父的尊称。

3　摄提：寅年的别名。贞：正当。孟：开端。陬（zōu）：夏历正月，又是寅月。《楚辞》都用夏历。

4　惟：发语词。庚寅：纪日的干支。屈原正好生于寅年寅月寅日这难得的吉日。

5　皇：皇考。览：观察。揆（kuí）：度量。初度：初生时的样子。

6　肇（zhào）：开始。锡：赐。

7　正则：公正而有法则。即"平"之意。

8　灵均：灵善而均调。即美好的平地，含"原"之意，屈原名平字原。

9　重（chóng）：加上。修能：优秀的才能。

10　扈（hù）：楚方言，披。江离、辟芷：香草名。

11　纫（rèn）：联缀。佩：古人的佩饰。

12　汩（yù）：水疾流貌，此处用以形容时光飞逝。

13　不吾与：不等我。

14　搴（qiān）：拔取。阰（pí）：山坡。木兰：香树。

15　揽：采。宿莽：香草，经冬不死。木兰树去皮不死，宿莽草经冬不死，皆香不变者，故用以修身。

兮，春与秋其代序[1]。惟草木之零落兮，恐美人之迟暮[2]。不抚壮而弃秽兮[3]，何不改乎此度？乘骐骥以驰骋兮[4]，来吾道夫先路[5]！

昔三后之纯粹兮[6]，固众芳之所在[7]。杂申椒与菌桂兮[8]，岂惟纫夫蕙茝[9]？彼尧舜之耿介兮，既遵道而得路。何桀纣之猖披兮[10]，夫唯捷径以窘步[11]。惟夫党人之偷乐兮[12]，路幽昧以险隘。岂余身之惮殃兮[13]，恐皇舆之败绩[14]。忽奔走以先后兮，及前王之踵武[15]。荃不察余之中情兮[16]，反信谗而齌怒[17]。余固知謇謇之为患兮[18]，忍而不能舍也[19]。指九天以为正兮，夫唯灵修之故也[20]。曰黄昏以为期兮，羌中道而改

1　代序：时序轮流替换。

2　美人：历来说法不一，或指君王，或指贤士，此以自喻为妥。

3　抚壮：趁着壮年，一说指国势强盛。弃秽：革除弊政。

4　骐骥：骏马，喻贤臣。

5　来：召唤词。道：同"导"，带路，作先导。

6　三后：夏禹、商汤、周文王。

7　众芳：喻贤臣。在：萃集。

8　申椒、菌桂：均为香木名。

9　蕙茝（huì chǎi）：均为香草名。

10　猖披：衣不系带，散乱不整貌。引申为狂妄偏邪之意。

11　捷径：邪道。

12　党人：指楚王周围奸党小人。偷乐：苟且享乐。

13　惮殃：惧怕灾祸。

14　皇舆：皇王的乘车，喻国家。

15　踵武：足迹，脚后跟。

16　荃（quán）：香草名，喻楚怀王。

17　齌（jì）怒：暴怒。"齌"本指用猛火烧饭。

18　謇謇（jiǎn jiǎn）：形容忠贞直言的样子。

19　忍而不能舍：丢不开放不下强忍苦楚。

20　灵修：作品塑造的以怀王为原型的另一艺术形象。灵：神。修：美。

路[1]。初既与余成言兮，后悔遁而有他[2]。余既不难夫离别兮[3]，伤灵修之数化[4]。

余既滋兰之九畹兮[5]，又树蕙之百亩。畦留夷与揭车兮[6]，杂杜衡与芳芷[7]。冀枝叶之峻茂兮，愿竢时乎吾将刈[8]。虽萎绝其亦何伤兮[9]，哀众芳之芜秽[10]。

众皆竞进以贪婪兮，凭不猒乎求索[11]。羌内恕己以量人兮[12]，各兴心而嫉妒[13]。忽驰骛以追逐兮[14]，非余心之所急[15]。老冉冉其将至兮，恐修名之不立。朝饮木兰之坠露兮，夕餐秋菊之落英[16]。苟余情其信姱以练要兮[17]，长顑颔亦何

1　羌：楚语，句首词。

2　遁：遁辞，托辞。

3　难：畏怕。

4　数化：多次变化。

5　滋：培植。九畹（wǎn）：九是虚数，谓多（下文"九死"同此）。畹：田三十亩为一畹；一说，十二亩或二十亩为一畹。

6　留夷、揭车：均香草名。

7　杜衡、芳芷：均香草名。

8　竢（sì）：同"俟"，等待。刈：收获。

9　萎绝：枯萎落尽。

10　芜秽：荒芜秽朽，喻人才变质。

11　凭：满。猒：即"厌"，饱。此句意为，众小人贪得无厌，全然无满足之时。

12　恕己：宽恕、放纵自己。量人：猜疑、指责别人。

13　兴心：生心。

14　驰骛：到处奔走，四处钻营。

15　所急：迫切追求之事。

16　落英：谓初开之花。饮露餐英：喻修炼品德，使志洁行芳。

17　姱（kuā）：美好。

伤¹。擥木根以结茞兮²，贯薜荔之落蕊³。矫菌桂以纫蕙兮⁴，索胡绳之纚纚⁵。謇吾法夫前修兮⁶，非世俗之所服⁷。虽不周于今之人兮⁸，愿依彭咸之遗则⁹。

　　长太息以掩涕兮，哀民生之多艰¹⁰。余虽好修姱以鞿羁¹¹兮，謇朝谇而夕替¹²。既替余以蕙纕兮¹³，又申之以揽茞¹⁴。亦余心之所善兮，虽九死其犹未悔。怨灵修之浩荡兮¹⁵，终不察夫民心。众女嫉余之蛾眉兮¹⁶，谣诼谓余以善淫¹⁷。固时俗之工巧兮¹⁸，偭规矩而改错¹⁹。背绳墨以追曲兮²⁰，竞周容

1　顑颔（kǎn hàn）：因饥饿而面黄肌瘦。
2　擥（lǎn）：同"揽"，采。木根：木兰之根须。
3　贯：拾取。薜荔：香草名。蕊（ruǐ）：同"蕊"。
4　矫：举起。
5　胡绳：香草名。纚纚（xǐ xǐ）：相连属貌，形容绳索的美好。
6　前修：前代贤人。
7　服：用。此指上文之服食和服饰，均与世俗不同。
8　不周：不合。
9　彭咸：殷代贤大夫，谏其君，不听，投江而死。
10　民生：人生。先秦的"民"字，含有很大的伸缩性。《离骚》六个民字，含义不一致，当视上下义的语意口气而定。
11　鞿（jī）：马缰绳。羁：马络头。鞿羁：束缚，牵累之意。
12　谇（suì）：进谏。替：废弃。此句言：早晨进谏，晚上即遭废弃。
13　纕（xiāng）：佩带。
14　申：再次。
15　浩荡：本指水大而肆意流动；此指怀王行为放纵，变化无常。
16　众女：众小人。
17　谣诼（zhuó）：造谣诽谤。
18　工巧：善于取巧作伪。
19　偭（miǎn）：违反。改错：改变措施；错同"措"，指先圣之法。
20　绳墨：准则。曲：歪曲。

以为度[1]。忳郁邑余侘傺兮[2]，吾独穷困乎此时也！宁溘死以流亡兮[3]，余不忍为此态也[4]。

鸷鸟之不群兮[5]，自前世而固然。何方圜之能周兮[6]，夫孰异道而相安[7]！屈心而抑志兮，忍尤而攘诟[8]。伏清白以死直兮[9]，固前圣之所厚。

悔相道之不察兮[10]，延伫乎吾将反[11]。回朕车以复路兮[12]，及行迷之未远。步余马于兰皋兮[13]，驰椒丘且焉止息[14]。进不入以离尤兮[15]，退将复修吾初服[16]。制芰荷以为衣兮[17]，集芙蓉以为裳[18]。不吾知其亦已兮，苟余情其信芳。高

1　周容：苟合以求容。
2　忳（tún）：忧愁貌。侘傺（chà chì）：失意、心神不定。
3　溘（kè）：突然。流亡：随水漂流而去。
4　此态：苟合取容之丑态。
5　鸷（zhì）：鹰隼类猛禽。
6　方：方榫头。圜：圆孔。周：合。此谓方榫圆孔不能吻合。
7　异道：不志同道合。此句连上句，喻不同道之人不可相安处。
8　尤：责怪。攘：承受。
9　伏：通"服"，保持，坚守。死直：守正直之道而死。
10　相（xiàng）道：看路。
11　延：长久。伫：站立。
12　复路：返回归路。
13　皋：水边陆地。
14　且焉止息：暂且于此休息。
15　离尤：遭遇罪祸。离：同"罹"。
16　初服：喻人固有之美德。
17　芰（jì）荷：菱花的别名。
18　集（jí）：同"集"。衣、裳：古代分别指上衣、下装。

余冠之岌岌兮[1]，长余佩之陆离[2]。芳与泽其杂糅兮[3]，唯昭质其犹未亏[4]。忽反顾以游目兮[5]，将往观乎四荒。佩缤纷其繁饰兮，芳菲菲其弥章[6]。民生各有所乐兮，余独好修以为常。虽体解吾犹未变兮[7]，岂余心之可惩[8]！

女媭之婵媛兮[9]，申申其詈予[10]。曰：鲧婞直以亡身兮[11]，终然夭乎羽之野[12]。汝何博謇而好修兮[13]，纷独有此姱节？薋菉葹以盈室兮[14]，判独离而不服。众不可户说兮，孰云察余之中情？世并举而好朋兮，夫何茕独而不予听[15]！

依前圣以节中兮[16]，喟凭心而历兹[17]。济沅湘以南征

---

1 岌岌 (jí jí)：高耸貌。
2 陆离：修长而美好的样子。
3 芳：指香草，喻君子。泽：污垢，喻小人。
4 昭质：犹篇首之"内美"。
5 游目：放眼纵观。
6 弥：更加。章：同"彰"，显著。
7 体解：即肢解，古代一种酷刑。
8 惩：戒惧。
9 女媭 (xū)：历来说法不一，有屈原姊之说，也有泛指女性说等。按，女媭之言皆为善意之责备，适于姊之身份。婵媛：眷恋牵挂。
10 申申：犹言重重，反复地。詈 (lì)：责骂。
11 鲧 (gǔn)：传说中禹的父亲。婞 (xìng) 直：刚直。
12 夭 (yāo)：死于非命。羽：山名。传说鲧被杀于羽山。
13 博謇：学识广博而志行忠直。
14 薋 (cí)：聚积。菉 (lù)、葹 (shī)：二物皆恶草，喻谗佞之小人。
15 茕 (qióng)：独。无兄弟曰茕；无子女曰独。
16 节中：节制不偏，保持正道。
17 喟 (kuì)：叹息。凭心：愤怒填心。凭：满。历兹：至此。

兮，就重华而陈词[1]。启九辩与九歌兮[2]，夏康娱以自纵[3]；不顾难以图后兮[4]，五子用失乎家巷[5]。羿淫游以佚畋兮[6]，又好射夫封狐[7]；固乱流其鲜终兮[8]，浞又贪夫厥家[9]。浇身被服强圉兮[10]，纵欲而不忍[11]；日康娱而自忘兮[12]，厥首用夫颠陨[13]。夏桀之常违兮[14]，乃遂焉而逢殃[15]。后辛之菹醢兮[16]，

1　重华：即虞舜。
2　启：指夏启，禹之子。《九辩》《九歌》：传说为天帝的音乐，被启偷到人间。
3　夏：此指启之子太康。康娱：耽于安乐、寻欢作乐。
4　顾难：顾，念；考虑危难。图后：考虑将来。
5　五子：太康等兄弟五人。家巷（hòng）：内讧。巷同"讧"。
6　羿：即后羿，相传为夏代部落酋长，善射。在夏启之子太康时期，曾趁夏朝之乱起兵夺取夏政权。淫游：过度沉溺于游乐。佚：放纵。畋（tián）：打猎。
7　封狐：大狐。
8　乱流：乱逆、淫乱。鲜终：少有好结果。
9　浞（zhuó）：人名，即寒浞，羿相，很得羿之宠信。厥：其。家：家室。王逸《章句》曰："羿因夏衰乱，代之为政，娱乐畋猎，不恤民事，信任寒浞，使为国相。浞行媚于内，施赂于外，树之诈慝而专其权势，羿畋将归，使家臣逢蒙射而杀之，贪取其家，以为己妻。羿以乱得政，身即灭亡，故言鲜终。"
10　浇（ào）：人名，即寒浞杀后羿而娶其妻后，与羿妻所生之子。被服：同"披服"，身上具有。强圉（yǔ）：强壮多力。据《左传》记载，浇勇武有力，曾兴兵灭斟灌、斟鄩二族，杀死因失国而逃在斟灌的夏相（太康之侄，仲康之子），其后浇又被夏相之子少康所杀。
11　不忍：不肯自制。
12　自忘：忘记自身的危险。
13　厥：指浇。颠陨：坠落。此二句言，日日寻欢作乐忘记自身安危，终至脑袋落地。
14　夏桀（jié）：夏之亡国之君。常违："违常"的倒文，倒行逆施。
15　逢殃：遭受祸殃。据《史记·夏本纪》，夏桀被商汤放逐于南巢。
16　后辛：即纣王。菹醢（zū hǎi）：古代一种酷刑，把人剁碎做成肉酱。二字连用，这里指残杀。菹：酸菜。

殷宗用而不长[1]。汤禹俨而祗敬兮[2]，周论道而莫差[3]。举贤而授能兮，循绳墨而不颇[4]。皇天无私阿兮[5]，览民德焉错辅[6]。夫维圣哲以茂行兮[7]，苟得用此下土[8]。瞻前而顾后兮[9]，相观民之计极[10]。夫孰非义而可用兮[11]，孰非善而可服[12]？阽余身而危死兮[13]，览余初其犹未悔。不量凿而正枘兮[14]，固前修以菹醢。曾歔欷余郁邑兮[15]，哀朕时之不当。揽茹蕙以掩涕兮，沾余襟之浪浪。

跪敷衽以陈辞兮[16]，耿吾既得此中正[17]。驷玉虬以椉鹥

1　殷宗：殷代的宗祀，即殷王朝的天下。用而：因而。
2　汤：商汤。禹：夏禹。俨（yǎn）：畏惧，严明。祗（zhī）：意同"敬"。敬重法度，不敢胡作非为。
3　周：周初之文王、武王、周公等圣王贤相。莫差：没有丝毫差错。
4　循：遵守。颇：偏差。
5　私阿（ē）：偏袒，偏私。
6　错：通"措"，措置，安排。
7　夫维：唯有。茂行：盛德。
8　苟得：才能，乃能。用：享有。下土：天下。
9　瞻前顾后：历览古今，观察古往今来之成败。
10　相观：观察。计极：考虑事情之准则。
11　夫孰：哪有。
12　服：意同"用"。
13　阽（diàn）：临近危境意。危死：险些死去。
14　枘（ruì）：榫头。凿：木工在器物上所凿孔眼。
15　歔欷（xū xī）：悲泣的声音。
16　敷衽（rèn）：铺开衣服的前襟。
17　耿：光明。中正：治国之道。

兮¹，溘埃风余上征²。朝发轫于苍梧兮³，夕余至乎县圃⁴。欲少留此灵琐兮⁵，日忽忽其将暮。吾令羲和弭节兮⁶，望崦嵫而勿迫⁷。路曼曼其修远兮，吾将上下而求索。饮余马于咸池兮⁸，揔余辔乎扶桑⁹。折若木以拂日兮¹⁰，聊逍遥以相羊¹¹。前望舒使先驱兮¹²，后飞廉使奔属¹³。鸾皇为余先戒兮¹⁴，雷师告余以未具¹⁵。吾令凤鸟飞腾兮，继之以日夜。飘风屯其相离兮¹⁶，帅云霓而来御¹⁷。纷总总其离合兮¹⁸，斑陆离其上下。吾令帝阍开关兮¹⁹，倚阊阖而望予²⁰。时暧暧其将

1　骐：古代一辆车套四匹马。此作动词，"驾车"意。虬（qiú）：无角的龙。鹥（yī）：凤凰类神鸟。

2　埃：尘。上征：上天远行。

3　发轫（rèn）：出发。苍梧：舜所葬之地。

4　县圃（pǔ）：神山，在昆仑山之上。县：同"悬"。

5　灵琐：神灵所居之门。

6　羲和：神话中太阳的御者，相传他以六龙为太阳驾车。弭（mǐ）：停止。节：鞭子。

7　崦嵫（yān zī）：神话中日所入之山。

8　咸池：神话中池名，太阳在此沐浴。

9　揔（zǒng）：系结。扶桑：神话中树名，传说在东方，日栖其上。

10　若木：神木名，传说在昆仑西极，日入之处。

11　相羊：同"徜徉"。

12　望舒：月的御者。

13　飞廉：神话中的风伯，即风神。奔属（zhǔ）：奔跑跟随。

14　鸾、皇：皆为神鸟。先戒：在前开路。

15　雷师：雷神。未具：出行准备尚未备齐。

16　飘风：旋风。屯：聚合。离：同"罹"，犹言遭遇。

17　帅：率领。御（yà）：同"迓"，迎接。

18　总总：聚集貌。

19　阍（hūn）：守门人。

20　阊阖（chāng hé）：天门。

罢兮[1]，结幽兰而延伫[2]。世溷浊而不分兮，好蔽美而嫉妒。

朝吾将济于白水兮[3]，登阆风而绁马[4]。忽反顾以流涕兮，哀高丘之无女。溘吾游此春宫兮[5]，折琼枝以继佩。及荣华之未落兮[6]，相下女之可诒[7]。吾令丰隆乘云兮[8]，求宓妃之所在[9]。解佩纕以结言兮[10]，吾令蹇修以为理[11]。纷总总其离合兮，忽纬繣其难迁[12]。夕归次于穷石兮[13]，朝濯发乎洧盘[14]。保厥美以骄傲兮[15]，日康娱以淫游。虽信美而无礼兮，来违弃而改求[16]。览相观于四极兮，周流乎天余乃下。望瑶台之偃蹇兮[17]，见有娀之佚女[18]。吾令鸩为媒兮[19]，鸩告余以

1　暧暧（ài ài）：日色昏暗貌。

2　延伫：徘徊犹豫。

3　白水：神话中水名。源出昆仑山，人饮后能不死。

4　阆（làng）风：神话中山名，在昆仑山上。绁（xiè）：拴，系。

5　春宫：神话中东方青帝（春神）的居舍。

6　荣：草本植物开的花。华：木本植物开的花。

7　下女：下界的女子。指下文的宓妃、简狄及有虞二姚，与天宫、高丘之神女相对而言。诒（yí）：同“贻”，赠送。

8　丰隆：云神。乘：同“乘”。

9　宓（fú）妃：传说为伏羲氏之女，溺死于洛水，遂为洛水之神。

10　结言：约好之言，表示爱慕之意。

11　蹇修：伏羲氏之臣。理：媒人，使者。

12　纬繣（wěi huà）：乖戾。难迁：心志难以改变。

13　次：住宿。穷石：传说中山名，相传后羿居于此地。宓妃为黄河之神，河伯之妻，然放荡不羁，与后羿私通。

14　洧（wěi）盘：神话中水名，出崦嵫山。

15　保：仗恃。厥：其，指宓妃。

16　违弃改求：抛开宓妃，更求他女。

17　偃蹇（yǎn jiǎn）：高耸貌。

18　有娀（sōng）：传说中的上古国名。佚女：美女。

19　鸩（zhèn）：传说中的毒鸟，用其羽毛浸酒，可毒死人。

不好。雄鸠之鸣逝兮，余犹恶其佻巧¹。心犹豫而狐疑兮，欲自适而不可。凤皇既受诒兮，恐高辛之先我²。欲远集而无所止兮，聊浮游以逍遥。及少康之未家兮³，留有虞之二姚⁴。理弱而媒拙兮⁵，恐导言之不固⁶。世溷浊而嫉贤兮，好蔽美而称恶。闺中既已邃远兮，哲王又不寤⁷。怀朕情而不发兮，余焉能忍与此终古！

索藑茅以筳篿兮⁸，命灵氛为余占之⁹。曰：两美其必合兮，孰信修而慕之？思九州之博大兮，岂唯是其有女？曰：勉远逝而无狐疑兮，孰求美而释女¹⁰？何所独无芳草兮，尔何怀乎故宇？世幽昧以眩曜¹¹兮，孰云察余之善恶？民好恶其不同兮，惟此党人其独异。户服艾以盈要兮¹²，谓幽兰其不可佩。览察草木其犹未得兮，岂珵美之能当¹³？苏粪壤以充帏兮¹⁴，谓申椒其不芳。

1　佻（tiāo）巧：诡诈轻浮。
2　高辛：帝喾（kù）。
3　少康：夏代中兴之主。未家：没有成家。
4　有虞：传为夏代部落名，姚姓。二姚：即有虞国君的两个女儿。
5　理、媒：皆指媒人。
6　导言：媒人撮合的言辞。不固：无力，靠不住。
7　寤：醒悟。
8　藑（qióng）茅：灵草。筳篿（tíng zhuān）：筳，占卦用的小竹片。篿，结草折竹占卜。楚人有此卜法。
9　灵氛：传说中的上古神巫，善巫卜。
10　释：舍弃。女：同"汝"。
11　幽昧：黑暗。眩曜（yào）：惑乱的样子。
12　艾：恶草名，即白蒿。要：古"腰"字。
13　珵（chéng）：美玉。当：楚方言，得当。
14　苏：取。粪壤：粪土。以：古"以"字。帏：香囊。

欲从灵氛之吉占兮，心犹豫而狐疑。巫咸将夕降兮[1]，怀椒糈而要之[2]。百神翳其备降兮[3]，九疑缤其并迎[4]。皇剡剡其扬灵兮[5]，告余以吉故。曰：勉升降以上下兮，求榘矱之所同[6]。汤禹严而求合兮[7]，挚咎繇而能调[8]。苟中情其好修兮，又何必用夫行媒？说操筑于傅岩兮[9]，武丁用而不疑。吕望之鼓刀兮[10]，遭周文而得举。宁戚之讴歌兮[11]，齐桓闻以该辅。及年岁之未晏兮，时亦犹其未央。恐鹈鴃之先鸣兮[12]，使夫百草为之不芳。

　　何琼佩之偃蹇兮[13]，众薆然而蔽之[14]。惟此党人之不谅兮[15]，恐嫉妒而折之。时缤纷其变易兮，又何可以淹留！兰

1　巫咸：古神巫。夕降：傍晚从天而降。

2　椒糈（xǔ）：香草精米，均用以享神。要：同"邀"。

3　翳（yì）：遮蔽。备：皆，尽。

4　九疑：此指九嶷山之神。缤：众多貌。

5　剡剡（yǎn）：光芒四射貌。扬灵：显灵。

6　榘矱（jǔ huò）：法度，此喻政治主张和为人准则。榘：同"矩"。

7　严：敬。

8　挚（zhì）：伊尹名，商汤贤相。咎繇（gāo yáo）：即皋陶，舜禹时贤臣。

9　说（yuè）：即傅说，殷朝武丁时贤相。筑：筑墙用的杵。傅岩：地名。相传傅说曾为奴隶，在傅岩操杵筑墙，武丁举为相，殷大治。

10　吕望：即太公姜尚。鼓刀：敲刀发声，以招揽生意。相传吕望在未遇之时，曾于朝歌为屠宰，后遇文王被举为师。

11　宁（nìng）戚：春秋时卫国贤大夫。讴歌：徒歌，即无音乐伴奏之歌吟。相传齐桓公夜出迎客，宁戚当是时饲牛，扣牛角而歌。桓公以之为贤士，举为卿。

12　鹈鴃（tí jué）：鸟名，即杜鹃，常于暮春初夏时鸣，正是落花时节；一说指伯劳，秋天鸣，其时百草始枯零。

13　偃蹇：众盛貌。

14　薆（ài）然：受遮蔽而显黯然。

15　谅：诚信。

芷变而不芳兮，荃蕙化而为茅。何昔日之芳草兮，今直为此萧艾也[1]？岂其有他故兮，莫好修之害也。余以兰为可恃兮，羌无实而容长。委厥美以从俗兮，苟得列乎众芳。椒专佞以慢慆兮[2]，榝又欲充夫佩帏[3]。既干进而务入兮，又何芳之能祗？固时俗之流从兮，又孰能无变化？览椒兰其若兹兮，又况揭车与江离。惟兹佩之可贵兮，委厥美而历兹。芳菲菲而难亏兮，芬至今犹未沬[4]。和调度以自娱兮，聊浮游而求女。及余饰之方壮兮，周流观乎上下。

灵氛既告余以吉占兮，历吉日乎吾将行。折琼枝以为羞兮[5]，精琼爢以为粻[6]。为余驾飞龙兮，杂瑶象以为车。何离心之可同兮，吾将远逝以自疏。邅吾道夫昆仑兮[7]，路修远以周流。扬云霓之晻蔼兮[8]，鸣玉鸾之啾啾。朝发轫于天津兮[9]，夕余至乎西极。凤皇翼其承旂兮[10]，高翱翔之翼翼。忽吾行此流沙兮，遵赤水而容与[11]。麾蛟龙使梁津兮[12]，诏西

1 萧、艾：贱草名。喻君子蜕变为小人。
2 专佞：专横。慢慆（tāo）：傲慢放肆。
3 榝（shā）：恶草名，茱萸的一种。
4 沬（mèi）：同"昧"，昏昧暗淡而渐次消失。
5 羞：同"馐"，泛指美味食物。
6 精：捣米使碎。爢（mí）：细末。粻（zhāng）：粮食。
7 邅（zhān）：楚地方言，转向。
8 晻蔼（ǎn ǎi）：云霞蔽日貌。
9 天津：天河的渡口。在东极箕、斗二星之间。
10 旂：同"旗"，画着交叉龙形的旗。
11 遵：沿着。赤水：水名，出昆仑山。容与：犹豫缓行，徘徊不前。
12 麾（huī）：指挥。梁津：在渡口搭桥。

皇使涉予[1]。路修远以多艰兮，腾众车使径待[2]。路不周以左转兮[3]，指西海以为期[4]。屯余车其千乘兮，齐玉轪而并驰[5]。驾八龙之婉婉兮[6]，载云旗之委蛇[7]。抑志而弭节兮，神高驰之邈邈。奏九歌而舞韶兮[8]，聊假日以偷乐。陟升皇之赫戏兮[9]，忽临睨夫旧乡[10]。仆夫悲余马怀兮，蜷局顾而不行[11]。

乱曰：已矣哉！国无人莫我知兮，又何怀乎故都！既莫足与为美政兮，吾将从彭咸之所居。

---

1 西皇：西方之神，指少昊。

2 腾：越过。

3 不周：不周山，神话中山名，在昆仑山西北。

4 西海：神话中西方之海。

5 轪（dài）：车轮。

6 婉婉：同"蜿蜿"，此是形容龙在天空蜿蜒耸动飞行的样子。

7 委蛇（wēi yí）：即"逶迤"，旗帜飘扬舒卷的样子。

8 韶：即《九韶》，舜乐名。

9 陟（zhì）：与"升"同义，上升。皇：皇天。赫戏：光明的样子。

10 睨（nì）：旁视。旧乡：故乡。

11 蜷（quán）局：弯曲扭动，指龙马不肯前行。

九　歌[1]

东皇太一[2]

吉日兮辰良[3]，穆将愉兮上皇。

抚长剑兮玉珥[4]，璆锵鸣兮琳琅[5]。

瑶席兮玉瑱[6]，盍将把兮琼芳[7]。

蕙肴蒸兮兰藉[8]，奠桂酒兮椒浆。

1　王逸《章句》曰："昔楚国南郢之邑，沅湘之间，其俗信鬼而好祠。其祠必作歌乐鼓舞以乐诸神。屈原放逐，窜伏其域，怀忧苦毒，愁思沸郁。出见俗人祭祀之礼，其词鄙陋，因为作《九歌》之曲。上陈事神之敬，下见己之冤结，托之以讽谏，故其文意不同，章句杂错，而广异义焉。"《九歌》之创作与楚国原始的巫术宗教有密切关系。"九"概言其多，非实指。凡十一篇，前九篇各主祀一神，分类如下：祭祀天神之歌，包括《东皇太一》《云中君》《大司命》《少司命》《东君》五篇；祭祀地祇之歌，包括《湘君》《湘夫人》《河伯》《山鬼》四篇；《国殇》篇，悼念和颂赞楚国战死之将士；末篇之《礼魂》为送神曲，表明祭礼结束。

2　东皇太一：天帝，最尊贵的天神。

3　辰良：即"良辰"的倒文，美好的时辰。

4　珥（ěr）：剑鼻，剑柄与剑身相接处两旁突出的部分，形如两耳。

5　璆（qiú）锵：佩玉相击发出的声响。璆、琳琅：美玉名。

6　瑶席：珍贵华美的席垫。玉瑱（zhèn）：玉做的压席器物。

7　盍（hé）：同"合"。将：持、拿，与"把"义同。

8　肴蒸：祭祀的肉。藉（jiè）：垫底用的东西。

扬枹兮拊鼓[1]，疏缓节兮安歌，
陈竽瑟兮浩倡[2]。

灵偃蹇兮姣服[3]，芳菲菲兮满堂。
五音纷兮繁会[4]，君欣欣兮乐康。

<hr>

1　枹（fú）：鼓槌。拊（fǔ）：敲击。
2　浩倡："倡"同"唱"，放声高歌。
3　灵：祭神的巫者。偃蹇：舞姿优美。
4　五音：指宫、商、角、徵、羽五种音调。繁会：众音汇成一片，齐奏。

云中君[1]

浴兰汤兮沐芳[2]，华采衣兮若英。

灵连蜷兮既留[3]，烂昭昭兮未央[4]。

蹇将憺兮寿宫[5]，与日月兮齐光。

龙驾兮虎服，聊翱游兮周章。

灵皇皇兮既降[6]，猋远举兮云中[7]。

览冀州兮有馀[8]，横四海兮焉穷[9]。

思夫君兮太息，极劳心兮忡忡。

1　云中君：指云神丰隆，一曰屏翳。

2　兰汤：煮兰为汤，指芳香的热水。

3　灵：指扮云中君的女巫。连蜷：舒卷回环之舞姿。

4　烂昭昭：光明灿烂貌。未央：无穷无尽。

5　蹇：发语词。憺（dàn）：安乐。寿宫：供神的神祠；一说为天庭之宫。

6　皇皇：同"煌煌"，光彩夺目貌。

7　猋（biāo）：迅疾前行。

8　冀州：古中国分为冀、兖、青、徐、扬、荆、豫、梁、雍九州岛。冀州为九州之首。

9　四海：指九州以外之地。《尔雅·释地》言，九夷、八狄、七戎、六蛮，谓之"四海"。古人以为中国处于东南西北四海之内，故以四海为四方之极。

湘　君[1]

君不行兮夷犹[2]，蹇谁留兮中洲？
美要眇兮宜修[3]，沛吾乘兮桂舟。
令沅湘兮无波，使江水兮安流！
望夫君兮未来，吹参差兮谁思！

驾飞龙兮北征，邅吾道兮洞庭。
薜荔柏兮蕙绸[4]，荪桡兮兰旌[5]。
望涔阳兮极浦，横大江兮扬灵。
扬灵兮未极，女婵媛兮为余太息[6]。
横流涕兮潺湲，隐思君兮陫侧[7]。

桂棹兮兰枻[8]，斲冰兮积雪[9]。

1　湘君：水神。
2　夷犹：迟疑不决。
3　要眇（miǎo）：眼波流盼的美态。宜修：恰到好处的修饰。
4　薜荔、蕙：香草名。绸：帷帐。
5　荪：香草。桡（ráo）：船桨。
6　婵媛：眷念多情的样子。
7　陫侧：同"悱恻"。
8　棹（zhào）：长桨。枻（yì）：短桨。
9　斲（zhuó）：砍。

采薜荔兮水中，搴芙蓉兮木末[1]。

心不同兮媒劳，恩不甚兮轻绝。

石濑兮浅浅[2]，飞龙兮翩翩。

交不忠兮怨长，期不信兮告余以不闲。

鼂骋骛兮江皋[3]，夕弭节兮北渚。

鸟次兮屋上，水周兮堂下。

捐余玦兮江中[4]，遗余佩兮澧浦。

采芳洲兮杜若，将以遗兮下女[5]。

时不可兮再得，聊逍遥兮容与[6]。

1　木末：树梢。
2　浅浅（jiān jiān）：水流迅疾貌。
3　鼂（zhāo）：通"朝"，早晨。骋骛：急行。皋：同"皋"，水边高地。
4　玦（jué）：环形玉佩。
5　下女：下界之女。
6　容与：舒闲貌。

湘夫人[1]

帝子降兮北渚，目眇眇兮愁予[2]。
袅袅兮秋风，洞庭波兮木叶下。

登白薠兮骋望[3]，与佳期兮夕张。
鸟何萃兮蘋中，罾何为兮木上[4]？

沅有茝兮澧有兰，思公子兮未敢言。
荒忽兮远望，观流水兮潺湲。

麋何食兮庭中？蛟何为兮水裔？
朝驰余马兮江皋，夕济兮西澨[5]。
闻佳人兮召予，将腾驾兮偕逝。

筑室兮水中，葺之兮荷盖。

1　湘夫人：与湘君为配偶神。
2　眇眇（miǎo miǎo）：望而不见的样子。
3　薠（fán）：草名，生湖泽间。骋望：纵目而望。
4　罾（zēng）：鱼网。罾原当在水中，反说在木上，喻所愿不得，失其应处之所。
5　澨（shì）：水边。

61

荪壁兮紫坛，匊芳椒兮成堂[1]。

桂栋兮兰橑[2]，辛夷楣兮药房[3]。

罔薜荔兮为帷[4]，擗蕙櫋兮既张[5]。

白玉兮为镇，疏石兰兮为芳。

芷葺兮荷屋，缭之兮杜衡。

合百草兮实庭，建芳馨兮庑门。

九嶷缤兮并迎，灵之来兮如云。

捐余袂兮江中[6]，遗余褋兮澧浦[7]。

搴汀洲兮杜若，将以遗兮远者。

时不可兮骤得，聊逍遥兮容与！

1　匊：古"播"字。成堂：涂饰室壁。

2　橑（lǎo）：屋椽。

3　辛夷：香木名。药房：用白芷来装饰屋子。药：白芷。

4　罔：同"网"，编结。

5　擗（pǐ）：剖，析开。櫋（mián）：屋檐板。

6　袂（mèi）：衣袖。

7　褋（dié）：单衣。

大司命[1]

广开兮天门，纷吾乘兮玄云。
令飘风兮先驱[2]，使冻雨兮洒尘[3]。

君迴翔兮以下，逾空桑兮从女[4]。

纷总总兮九州，何寿夭兮在予！

高飞兮安翔，乘清气兮御阴阳。
吾与君兮齐速，导帝之兮九坑[5]。

灵衣兮被被，玉佩兮陆离。
壹阴兮壹阳，众莫知兮余所为。

折疏麻兮瑶华[6]，将以遗兮离居。

1　大司命：主人类生死及寿命，为男性神。
2　飘风：大旋风。王逸《章句》："回风为飘。"
3　冻（dōng）雨：暴雨。
4　空桑：传说中的山名，产琴瑟之材。女即"汝"。
5　坑（gāng）：同"冈"，山脊、高地；九坑：即九冈，九州的代称。
6　疏麻：传说中之神麻，常折以赠别。瑶华：玉花，即疏麻的花朵。

老冉冉兮既极，不寖近兮愈疏[1]。

乘龙兮辚辚[2]，高驼兮冲天[3]。
结桂枝兮延伫[4]，羌愈思兮愁人。
愁人兮奈何，愿若今兮无亏。
固人命兮有当，孰离合兮可为？

1　寖（jìn）：渐渐。
2　辚辚（lín lín）：车行声。
3　驼（chí）：同"驰"。
4　延伫：久立不去，徘徊顾望。

少司命[1]

秋兰兮麋芜[2]，罗生兮堂下。

绿叶兮素华，芳菲菲兮袭予。

夫人自有兮美子，荪何以兮愁苦[3]！

秋兰兮青青，绿叶兮紫茎。

满堂兮美人，忽独与余兮目成。

入不言兮出不辞，乘回风兮载云旗。

悲莫悲兮生别离，乐莫乐兮新相知。

荷衣兮蕙带，儵而来兮忽而逝[4]。

夕宿兮帝郊，君谁须兮云之际[5]？

与女游兮九河，冲风至兮水扬波。

1　少司命：主人类生儿育女之事，为女性神。

2　秋兰：即兰草，古人以兰草为生子之祥。麋芜（mí wú）：即"蘼芜"，香草名，根茎可入药，治妇人无子。

3　荪（sūn）：香草名，此指少司命。

4　儵：同"倏"，迅疾貌。

5　须：等待。

与女沐兮咸池，晞女发兮阳之阿[1]。
望美人兮未来，临风怳兮浩歌[2]。

孔盖兮翠旌[3]，登九天兮抚彗星[4]。
竦长剑兮拥幼艾[5]，荪独宜兮为民正。

1　晞（xī）：晒。阳之阿：即阳谷，或作"旸谷"，神话中日出之处。
2　怳（huǎng）：神思恍惚惆怅的样子。
3　孔盖：孔雀羽毛做的车盖。旌（jīng）：同"旌"。翠旌：以翠鸟羽毛做的旌旗。
4　九天：古代传说天有九重，此指天之最高处。抚：持。彗星：俗称"扫帚星"，先秦时人们以为扫帚星出现可扫除邪秽、除旧布新。
5　竦（sǒng）：挺出，举起。幼艾：泛指儿童。

东　君[1]

暾将出兮东方[2]，照吾槛兮扶桑[3]。

抚余马兮安驱，夜皎皎兮既明。

驾龙辀兮乘雷[4]，载云旗兮委蛇[5]。

长太息兮将上，心低徊兮顾怀。

羌声色兮娱人，观者憺兮忘归[6]。

絙瑟兮交鼓[7]，箫钟兮瑶簴[8]。

鸣篪兮吹竽[9]，思灵保兮贤姱[10]。

翾飞兮翠曾[11]，展诗兮会舞。

应律兮合节，灵之来兮蔽日。

1　东君：太阳神。

2　暾（tūn）：温暖而明朗的旭日。

3　槛：栏杆。

4　辀（zhōu）：车辕；龙辀，即龙车。

5　委蛇：即逶迤，曲折斜行，此指旌旗飘动状。

6　憺（dàn）：指心情泰然。

7　絙（gēng）：急促地弹奏。交：对击。交鼓：指彼此鼓声交相应和。

8　簴（jù）：悬挂编钟的架子。

9　篪（chí）：古代的管乐器。

10　灵保：指祭祀时扮的神巫。贤姱：善良美好。

11　翾（xuān）：鸟轻巧飞行貌。翠：翠鸟。曾：展翅飞翔。

青云衣兮白霓裳，举长矢兮射天狼[1]。
操余弧兮反沦降[2]，援北斗兮酌桂浆。
撰余辔兮高驼翔，杳冥冥兮以东行。

1　长矢：指弧矢星，又称天弓，在天狼星东南面，由九颗星组成，形如弓箭朝向天狼，似乎随时要对着天狼张弓发矢。天狼：即天狼星，相传是主侵掠之兆的恶星，其分野正当秦国上空。故常以天狼喻虎狼般的秦国。
2　弧：木弓，亦弓之通称。沦降：沉落，此指日渐西下。

河　伯[1]

与女游兮九河，冲风起兮横波。
乘水车兮荷盖，驾两龙兮骖螭[2]。

登昆仑兮四望，心飞扬兮浩荡。
日将暮兮怅忘归，惟极浦兮寤怀。

鱼鳞屋兮龙堂，紫贝阙兮珠宫。
灵何为兮水中？

乘白鼋兮逐文鱼[3]，与女游兮河之渚。
流澌纷兮将来下[4]。

子交手兮东行，送美人兮南浦。
波滔滔兮来迎，鱼隣隣兮媵予[5]。

1　河伯：黄河之神，人面而乘龙，相传其名为冯夷。
2　骖螭（cān chī）：古代多以四马驾车，中间两匹为"服"，外面两匹
为"骖"。螭：无角龙。此即以螭为骖。
3　鼋（yuán）：大鳖。
4　流澌（sī）：解冻时流动的冰。
5　隣隣：众多。媵（yìng）：古指随嫁或陪嫁之人，此指护送陪伴。

山　鬼[1]

若有人兮山之阿[2]，被薜荔兮带女罗[3]。

既含睇兮又宜笑，子慕予兮善窈窕。

乘赤豹兮从文狸[4]，辛夷车兮结桂旗[5]。

被石兰兮带杜衡[6]，折芳馨兮遗所思。

余处幽篁兮终不见天[7]，路险难兮独后来。

表独立兮山之上，云容容兮而在下。

杳冥冥兮羌昼晦，东风飘兮神灵雨。

留灵修兮憺忘归[8]，岁既晏兮孰华予[9]？

采三秀兮于山间[10]，石磊磊兮葛蔓蔓。

怨公子兮怅忘归。君思我兮不得闲。

1　山鬼：山中女神。一说为巫山神女。

2　若：仿佛，隐约。阿：曲隅。

3　女罗：蔓生植物名。

4　从：随行。文狸：狸毛黄黑相杂。

5　"辛夷"句：用辛夷做成的车，用桂枝做的旗。

6　石兰、杜衡：均香草名。

7　幽篁（huáng）：幽深的竹林。

8　灵修：即山鬼所思的那个人。楚辞中常用"灵修"指所爱之人。

9　晏：晚。

10　三秀：芝草，因一年开三次花，故名。

山中人兮芳杜若[1]，饮石泉兮荫松柏。
君思我兮然疑作[2]。
霾填填兮雨冥冥[3]，猨啾啾兮狖夜鸣[4]。
风飒飒兮木萧萧，思公子兮徒离忧。

1　杜若：香草名。
2　然疑：疑信相杂，将信将疑。
3　霾：古"雷"字。填填：雷声。
4　猨（yuán）：同"猿"。狖（yòu）：黑色的长尾猿。

国　殇[1]

操吴戈兮被犀甲，车错毂兮短兵接[2]。

旌蔽日兮敌若云，矢交坠兮士争先。

凌余阵兮躐余行[3]，左骖殪兮右刃伤[4]。

霾两轮兮絷四马[5]，援玉枹兮击鸣鼓。

天时怼兮威灵怒[6]，严杀尽兮弃原野。

出不入兮往不反，平原忽兮路超远。

带长剑兮挟秦弓[7]，首身离兮心不惩[8]。

诚既勇兮又以武，终刚强兮不可凌。

身既死兮神以灵，子魂魄兮为鬼雄！

1　国殇：为国捐躯的人。殇：未成年而夭亡的人。戴震《屈原赋注》：
"殇之二义，男女未冠笄而死者，谓之殇；在外而死者，谓之殇。殇之言
伤也。国殇即死国事，所以别于二者之殇也。"

2　毂（gǔ）：战车的轮轴。短兵：刀剑类的短兵器。

3　凌：侵犯。躐（liè）：践踏。

4　殪（yì）：倒地而死。

5　霾：同"埋"，车轮陷进泥土。絷（zhí）：绊住。

6　怼（duì）：怨恨。

7　秦弓：指良弓。战国时，秦地木材质地坚实，制造的弓射程远。

8　惩：悔恨。

礼　魂[1]

成礼兮会鼓[2]，传芭兮代舞[3]，

娇女倡兮容与[4]。

春兰兮秋菊，长无绝兮终古[5]。

1　礼魂：即送神，此为祭祀活动的最后一项仪式。
2　成礼：祭礼完毕。会鼓：众鼓齐鸣。
3　芭：同"葩"，香草。传芭：众巫起舞时，手执香草相互传递。
4　倡：同"唱"。
5　长无绝：谓千秋万代永不断绝，即王夫之《楚辞通释》"祀典不废，长得事神"之意。

古诗十九首 （选九）

原是梁昭明太子萧统纂集《文选》时，对入选的汉末佚名五言诗的总称，后人沿之，遂成为这十九首诗的专名。此非一人一时之作，然可肯定的是出自汉末文人之手，代表着汉代五言诗的最高成就。清人沈德潜评曰："十九首大率逐臣弃妻朋友阔绝死生新故之感，中间或寓言，或显言，反复低徊，抑扬不尽，使读者悲感无端，油然善人。此《国风》之遗也。"

【顾随评论】

《诗》《骚》《古诗十九首》皆为直觉的好。

诗三百篇、古诗十九首、魏武帝、陶渊明、杜工部，古往今来只此数人为真诗人。

一个有音乐天才的人，一作出诗来自然好听，没有天才的按平仄作去也可悦耳。而有许多好诗，有音乐美的诗，并不见得有平仄。如《古诗十九首》"行行重行行，与君生别离"，首五字皆平声，也很美，很和谐。可见平仄格律是助我们完成音乐美的，诗的音乐美还不尽在平仄。

行行重行行

行行重行行[1]，与君生别离[2]。
相去万馀里，各在天一涯。
道路阻且长，会面安可知？
胡马依北风[3]，越鸟巢南枝[4]。
相去日已远，衣带日已缓[5]。
浮云蔽白日[6]，游子不顾反[7]。
思君令人老，岁月忽已晚[8]。
弃捐勿复道[9]，努力加餐饭。

---

1 重行行：是说行而不已。
2 生别离：活生生分开。
3 胡马：北方所产之马。
4 越鸟：来自南方的鸟。
5 缓：宽松。
6 浮云蔽白日：喻游子在外为人所惑。
7 顾：念。反：同"返"，回家。
8 晚：指行人未归，又至岁暮。
9 捐：弃。道：谈说。

青青河畔草

青青河畔草，郁郁园中柳。

盈盈楼上女¹，皎皎当窗牖²。

娥娥红粉妆³，纤纤出素手⁴。

昔为倡家女⁵，今为荡子妇⁶。

荡子行不归，空床难独守。

---

1 盈：同"嬴"。《广雅》曰："嬴嬴，容也。"形容女子仪态美好，引申为"端丽"。汉乐府《陌上桑》有"盈盈公府步，冉冉府中趋"句。

2 牖（yǒu）：窗的一种，用木条横直制成，又名"交窗"。"窗"和"牖"本义有区别：在屋上的称"窗"，在墙上的称"牖"。

3 娥娥：谓容貌的美好。红粉妆：指艳丽的妆饰。红粉：原为妇女化妆品。

4 纤纤：细也，手之形状。素：白也，手之肤色。

5 倡家女：犹言"歌伎"。倡：凡以歌唱为业的艺人谓之"倡"。倡家：即后世所谓"乐籍"。

6 荡子：长期漫游四方不归乡土之人，与"游子"义近而有别。

青青陵上柏

青青陵上柏[1]，磊磊涧中石[2]。
人生天地间，忽如远行客。
斗酒相娱乐[3]，聊厚不为薄。
驱车策驽马[4]，游戏宛与洛[5]。
洛中何郁郁[6]，冠带自相索[7]。
长衢罗夹巷，王侯多第宅。
两宫遥相望[8]，双阙百馀尺[9]。
极宴娱心意，戚戚何所迫[10]。

1　青青：草木茂盛。
2　磊磊：众石也，谓石头多而堆聚。
3　斗酒：少量的酒。
4　驽马：劣马，走不快的马。亦喻才能低劣。
5　宛：南阳古称。洛：洛阳的简称。
6　郁郁：盛貌，形容洛中繁华热闹的气象。
7　冠带：官爵的标志，此代指贵人。索：求访，交酬。
8　两宫：指洛阳城内的南北两宫。
9　阙：古代宫殿、祠庙或陵墓前的高台，通常左右各一，台上起楼观，二阙之间有道路。亦代指宫门。
10　戚戚：忧思也。迫：逼近。

今日良宴会

今日良宴会[1]，欢乐难具陈[2]。

弹筝奋逸响[3]，新声妙入神[4]。

令德唱高言[5]，识曲听其真[6]。

齐心同所愿，含意俱未申[7]。

人生寄一世，奄忽若飙尘[8]。

何不策高足[9]，先据要路津。

无为守穷贱[10]，轗轲长苦辛[11]。

1　良宴会：犹言热闹的宴会。良：善也。

2　难具陈：具，备也。陈：说。

3　筝：乐器名，瑟类。奋：发出。逸响：不同凡俗的声响。

4　新声：当时流行的曲调。

5　令德：贤者，指歌者。

6　识曲：指知音人。真：谓曲中真意。

7　申：表达。

8　奄忽：急遽，迅速。飙（biāo）尘：指狂风里被卷起的尘土。

9　策：鞭打。高足：指快马。

10　无为：不要。此是劝诫语气。

11　轗（kǎn）轲：车行不顺，喻困顿不得志。

西北有高楼

西北有高楼，上与浮云齐。

交疏结绮窗[1]，阿阁三重阶[2]。

上有弦歌声，音响一何悲！

谁能为此曲？无乃杞梁妻[3]。

清商随风发[4]，中曲正徘徊[5]。

一弹再三叹，慷慨有馀哀[6]。

不惜歌者苦，但伤知音稀。

愿为双鸿鹄[7]，奋翅起高飞。

1　交疏：交错镂刻的窗格子，此指窗的精致。疏，镂刻。结绮：张挂着绮制的帘幕，谓窗装饰华美。结：张挂。绮：有花纹的丝织品。
2　阿（ē）阁：四面有曲檐的楼阁。三重阶：三重阶梯，言其甚高。
3　无乃：莫非、大概。杞梁妻：齐国杞梁之妻，最早见于《左传·襄公二十三年》：杞梁出征莒国，战死，其妻抚尸痛哭十日后自尽。
4　清商：乐曲名，曲音清越，声情悲怨。
5　徘徊：形容曲调回环往复。
6　慷慨：感慨、悲叹。
7　双鸿鹄：喻情志相通的人。

回车驾言迈

回车驾言迈[1]，悠悠涉长道[2]。

四顾何茫茫，东风摇百草。

所遇无故物，焉得不速老[3]？

盛衰各有时，立身苦不早[4]。

人生非金石，岂能长寿考[5]？

奄忽随物化[6]，荣名以为宝[7]。

1　回：转也。言：语助词。迈：远行。
2　悠悠：远而未至貌。涉长道：犹言"历长道"。
3　焉得：怎能。
4　立身：指建功立业。
5　长寿考：长寿。考，老也。
6　随物化：指死亡。
7　荣名：美名。

孟冬寒气至

孟冬寒气至[1]，北风何惨慄[2]。

愁多知夜长，仰观众星列。

三五明月满[3]，四五蟾兔缺[4]。

客从远方来，遗我一书札。

上言长相思，下言久离别。

置书怀袖中，三岁字不灭[5]。

一心抱区区[6]，惧君不识察。

1　孟冬：初冬，指农历十月。古代以孟、仲、季相配四季中每季的三
个月，"凡四时成岁，有春夏秋冬，各有孟、仲、季，以名十有二月。"
2　惨慄：寒极貌。
3　三五：农历十五日，月正圆时。
4　四五：农历二十日。月已缺时。蟾兔：神话说月中有蟾蜍、玉兔。
5　三岁：三年。灭：消失。
6　区区：忠爱之意。

驱车上东门

驱车上东门，遥望郭北墓[1]。

白杨何萧萧，松柏夹广路。

下有陈死人[2]，杳杳即长暮[3]。

潜寐黄泉下[4]，千载永不寤。

浩浩阴阳移[5]，年命如朝露。

人生忽如寄[6]，寿无金石固。

万岁更相送[7]，贤圣莫能度。

服食求神仙，多为药所误。

不如饮美酒，被服纨与素[8]。

---

1 郭北：城北。洛阳城北的北邙山上，古多陵墓。
2 陈死人：久死的人。
3 杳杳：幽暗貌。长暮：长夜。
4 潜寐：深眠。
5 浩浩：流动状。阴阳：古人以春夏为阳，秋冬为阴。
6 寄：旅居。
7 更：更迭。这句说自古至今，生死更迭，一代送走一代。
8 被：同"披"，穿戴。

生年不满百

生年不满百，常怀千岁忧。

昼短苦夜长，何不秉烛游[1]？

为乐当及时，何能待来兹[2]？

愚者爱惜费[3]，但为后世嗤。

仙人王子乔[4]，难可与等期[5]。

1　秉烛游：犹言作长夜之游。秉：拿，手持。
2　来兹：来年。因草生一年一次，故训"兹"为"年"。
3　费：费用，指钱财。
4　王子乔：古代传说中的仙人。
5　期：待也。指成仙之事不是一般人所能期待。

曹 操

曹操（155—220），字孟德，小字阿瞒，沛国谯人。东汉末年杰出的政治家、军事家、文学家，书法家，曹魏政权的缔造者，其子曹丕称帝后，追尊他为武帝。善诗歌，受乐府民歌影响甚深。其诗富于创造性，常以旧调旧题表现新内容；气魄雄伟，情感深沉，情调苍凉悲壮。有《魏武帝集》。

【顾随评论】

中国诗人一大毛病便是不能跳入生活里去。曹、陶、杜其相同点便是都从生活里磨炼出来，如一块铁，经过锤炼始成金钢。

曹公在诗史上作风与他人不同，因其永远是睁开眼正视现实，他人都是醉眼朦胧，曹公永睁着醒眼。

"三百篇"富弹性。至曹孟德四言则锤炼气力胜。

曹公是英雄中的诗人，老杜是诗人中的英雄。

观沧海

东临碣石[1]，以观沧海。

水何澹澹[2]，山岛竦峙[3]。

树木丛生，百草丰茂。

秋风萧瑟，洪波涌起。

日月之行，若出其中。

星汉灿烂，若出其里。

幸甚至哉，歌以咏志。

---

1 碣石：山名。建安十二年（公元二〇七年），曹操北征乌桓得胜回师
经过此地。

2 澹澹（dàn dàn）：水波摇荡貌。

3 竦峙（sǒng zhì）：耸立。

龟虽寿

神龟虽寿，犹有竟时。

螣蛇乘雾[1]，终为土灰。

老骥伏枥[2]，志在千里。

烈士暮年[3]，壮心不已。

盈缩之期，不但在天。

养怡之福，可得永年。

幸甚至哉，歌以咏志。

---

1 螣蛇：传说中与龙同类的神物，能兴云驾雾。

2 骥（jì）：千里马。

3 烈士：有雄心壮志的人。

短歌行

对酒当歌，人生几何。

譬如朝露，去日苦多。

慨当以慷，忧思难忘。

何以解忧？惟有杜康。

青青子衿，悠悠我心。

但为君故，沉吟至今。

呦呦鹿鸣，食野之苹。

我有嘉宾，鼓瑟吹笙。

明明如月，何时可掇。

忧从中来，不可断绝。

越陌度阡，枉用相存。

契阔谈讌[1]，心念旧恩。

月明星稀，乌鹊南飞。

绕树三匝，何枝可依。

山不厌高，海不厌深。

周公吐哺[2]，天下归心。

1　讌（yàn）：同"宴"。谈讌：谈心饮宴。

2　吐哺：吐出嘴里的食物。言周公"一沐三握发，一饭三吐哺，犹恐失天下之士"。

苦寒行[1]

北上太行山，艰哉何巍巍。

羊肠阪诘屈[2]，车轮为之摧。

树木何萧瑟，北风声正悲。

熊罴对我蹲，虎豹夹路啼。

溪谷少人民，雪落何霏霏。

延颈长叹息，远行多所怀。

我心何怫郁[3]，思欲一东归。

水深桥梁绝，中路正徘徊。

迷惑失故路，薄暮无宿栖。

行行日已远，人马同时饥。

担囊行取薪，斧冰持作糜。

悲彼《东山》诗，悠悠使我哀。

1　本篇是曹操在建安十一年（公元二〇六年）率兵亲征高干途中所作。

2　羊肠阪：地名，在壶关东南。阪：斜坡。诘屈：曲折之状。

3　怫（fú）郁：忧伤不乐。

曹　植

曹植（192—232），字子建，沛国谯人。三国时期曹魏文学家，"建安文学"代表人物。魏武帝曹操之子，魏文帝曹丕之弟，生前曾为陈王，去世后谥号思，故又称陈思王。后人因其文学造诣将他与曹操、曹丕合称为"三曹"。谢灵运有"天下才有一石，曹子建独占八斗"的评价；钟嵘亦赞曹植"骨气奇高，词彩华茂，情兼雅怨，体被文质，粲溢今古，卓尔不群"，在《诗品》中把他列为品第最高的诗人。有《曹子建集》。

【顾随评论】

　　诗人之伟大与否，当看其能否沾溉后人子孙帝王万世之业。老曹思想精神沾溉后人，增长精神，开阔意气。而意气开阔不可成为狂妄，精神增长不可成为浮嚚。曹子建有时不免狂妄浮嚚。子建是修辞沾溉后人。以修辞论，《赠白马王彪》亦非他篇所及。诗人只有真情不成，还要有才力、学力以表现。

　　曹子建作风华丽，此篇乃别调。

赠白马王彪¹

黄初四年五月²，白马王、任城王与余俱朝京师³，会节气⁴。到洛阳，任城王薨⁵。至七月，与白马王还国⁶。后有司以二王归藩，道路宜异宿止，意毒恨之⁷！盖以大别在数日，是用自剖⁸，与王辞焉，愤而成篇。

其　一

谒帝承明庐，逝将归旧疆⁹。

清晨发皇邑，日夕过首阳¹⁰。

1　白马王彪：曹彪，系曹植异母弟。白马：县名，今河南滑县东。
2　黄初：魏文帝（曹丕）的年号，黄初四年是公元 223 年。
3　任城王：曹彰，曹植同母兄。任城：今山东济宁市。
4　会节气：汉、魏制，每年立春、立夏、立秋、立冬四节之前，诸藩王皆进京参加迎气之礼，并举行朝会，名"会节气"。
5　薨（hōng）：古代诸侯死称为薨。据《世说新语·尤悔》记载，任城王是被曹丕毒死的。
6　还国：返回封地。
7　有司：官吏，此指监国使者灌均。监国使者是曹丕设以监察诸王、传达诏令的官吏。归藩：回封国。毒恨：痛恨。
8　大别：长别。自剖：自己剖心陈怀。
9　谒帝：朝见皇帝。承明庐：汉长安宫名，此借指曹魏的宫殿。逝：发语词，无义。旧疆：指曹植当时的封地鄄（juàn）城。
10　皇邑：皇都，指洛阳。首阳：山名，在洛阳东北二十里。

伊洛广且深，欲济川无梁[1]。

汎舟越洪涛，怨彼东路长[2]。

顾瞻恋城阙，引领情内伤[3]。

其　二

太谷何寥廓，山树郁苍苍[4]。

霖雨泥我涂，流潦浩纵横[5]。

中逵绝无轨，改辙登高冈[6]。

修坂造云日，我马玄以黄[7]。

其　三

玄黄犹能进，我思郁以纡[8]。

郁纡将何念，亲爱在离居。

本图相与偕，中更不克俱[9]。

1　伊洛：二水名。伊水源出卢氏县熊耳山，至偃师县入洛水；洛水源
出陕西冢岭山，至河南巩县入黄河。
2　东路：东归鄄城的路。
3　顾瞻：回首眺望。城阙：指京城洛阳。
4　太谷：谷名，一说是关名，在洛阳城东南五十里。
5　霖雨：久雨。三日以上的雨为霖。泥：作动词，使道路泥泞。流潦
（lǎo）：大水。大雨涨水曰潦。
6　中逵：路中，半途。轨：车道。改辙：改道。
7　修坂：长坡。造：至。玄黄：指马病。《诗经·周南·卷耳》："我马
玄黄。"
8　郁以纡：愁思郁结。
9　不克俱：不能在一起。克：能。

鸱枭鸣衡轭，豺狼当路衢[1]。

苍蝇间白黑，谗巧令亲疏[2]。

欲还绝无蹊，揽辔止踟蹰[3]。

其　四

踟蹰亦何留？相思无终极！

秋风发微凉，寒蝉鸣我侧。

原野何萧条！白日忽西匿[4]。

归鸟赴乔林，翩翩厉羽翼[5]。

孤兽走索群，衔草不遑食[6]。

感物伤我怀，抚心长太息。

其　五

太息将何为？天命与我违！

奈何念同生，一往形不归[7]。

孤魂翔故域，灵柩寄京师[8]。

1　鸱枭（chī xiāo）：猫头鹰，古人认为这是不祥之鸟。衡轭（è）：车辕前的横木和扼马颈的曲木，代指车。衢：四通八达的道路。
2　间：离间。谗巧：谗言巧语。
3　蹊：路径。揽辔：拉住马缰。踟蹰：徘徊不前。
4　西匿：夕阳西下。
5　乔林：高大的树林。厉：振动。
6　走索群：奔跑着寻找同伴。不遑：不暇，不及。
7　往：指死亡。
8　故域：指曹彰的封地任城。

92

存者忽复过，亡没身自衰[1]。

人生处一世，去若朝露晞。

年在桑榆间，影响不能追[2]。

自顾非金石，咄唶令心悲[3]。

其　六

心悲动我神，弃置莫复陈。

丈夫志四海，万里犹比邻。

恩爱苟不亏，在远分日亲[4]。

何必同衾帱，然后展殷勤[5]。

忧思成疾疢，无乃儿女仁[6]。

仓卒骨肉情，能不怀苦辛[7]！

1　存者：指自己与曹彪。

2　桑榆：二星名，都在西方。《文选》李善注说："日在桑榆，以喻人之将老。"影响：影子和回声。

3　顾：念。非金石：《古诗十九首》回车驾言迈："人生非金石，岂能长寿考。"咄唶（duō jiè）：惊叹声。

4　亏：欠缺。分：情分。日亲：日益亲密。

5　衾（qīn）：被子。帱（chóu）：床帐。殷勤：委曲的情意。

6　疢（chèn）：热病。无乃：岂不是。儿女仁：指小儿女的脆弱感情。

7　仓卒：急遽之意。

其 七

苦辛何虑思？天命信可疑[1]！

虚无求列仙，松子久吾欺[2]。

变故在斯须，百年谁能持[3]。

离别永无会，执手将何时。

王其爱玉体，俱享黄发期[4]。

收泪即长路，援笔从此辞[5]。

1　信：确实。
2　虚无：指求仙事不可靠。松子：赤松子，传说中的仙人。
3　变故：灾祸。斯须：须臾，顷刻之间。持：把握。
4　黄发期：指高寿。人极老时头发由白变黄，故以黄发指高龄老人。
5　援笔：提笔，指写诗赠别。

左　思

左思（约250—305），字太冲，临淄（今山东淄博）人。西晋文学家，其《三都赋》颇为当时称颂。有《左太冲集》。

咏史·其二

郁郁涧底松，离离山上苗。

以彼径寸茎，荫此百尺条。

世胄蹑高位¹，英俊沉下僚。

地势使之然，由来非一朝。

金张藉旧业²，七叶珥汉貂³。

冯公岂不伟⁴，白首不见招。

1　世胄（zhòu）：世家子弟。

2　金张：指西汉金日磾（mì dī）和张汤两家的子孙。金家从武帝到平帝七代担任内侍；张家自宣帝、元帝以来，子孙相继有十多人为侍中、中常侍。旧业：祖先的功业。

3　七叶：七代。珥：插。汉代侍中官冠旁皆插貂鼠尾以验明其身份。

4　冯公：冯唐，汉文帝时人，才能出众，但直到老年仍屈居低微小职。

陶渊明

陶渊明（约365—427），又名陶潜，字元亮，号五柳先生，友人私谥靖节，世称靖节先生。浔阳柴桑人，东晋诗人、文学家。曾做过几年小官，后辞官隐居，躬耕陇亩，被称为"隐逸诗人之宗"。有《陶渊明集》。

【顾随评论】

古今中外之诗人所以能震铄古今流传不朽，多以其伟大，而陶公之流传不朽，不以其伟大，而以其平凡。他的生活就是诗，也许这就是他的伟大处。

陶诗平凡而伟大，浅显而深刻。

平淡而有韵味，平凡而神秘，此盖为文学最高境界，陶诗做到此地步了。

陶诗如铁炼钢，真是智慧。似不使力而颠扑不破。

《史记》、杜诗、辛词，皆喷薄而出，渊明是风流自然而出。

癸卯岁始春怀古田舍·其二

先师有遗训[1]，忧道不忧贫[2]。

瞻望邈难逮[3]，转欲患长勤[4]。

秉耒欢时务[5]，解颜劝农人。

平畴交远风，良苗亦怀新。

虽未量岁功[6]，即事多所欣。

耕种有时息，行者无问津。

日入相与归，壶浆劳近邻。

长吟掩柴门，聊为陇亩民。

---

1 先师：指孔子，为古代儒者对孔子的尊称。
2 忧道不忧贫：君子担忧的是道行，而非担忧自己的衣食贫困。
3 瞻望：仰望。邈：远。逮：及，达到。
4 长勤：长年劳苦。
5 时务：按时节应做的农活。
6 岁功：一年的收成。

拟古九首（选三）

其　三

仲春遘时雨[1]，始雷发东隅。

众蛰各潜骇，草木纵横舒。

翩翩新来燕，双双入我庐。

先巢故尚在，相将还旧居。

自从分别来，门庭日荒芜；

我心固匪石[2]，君情定何如。

其　四

迢迢百尺楼[3]，分明望四荒。

暮作归云宅，朝为飞鸟堂。

山河满目中，平原独茫茫。

古时功名士，慷慨争此场；

1　遘（gòu）：遇。

2　匪：即非。

3　迢迢：高远的样子。《古诗十九首》之五："西北有高楼，上与浮云齐。"

一旦百岁后，相与还北邙[1]。

松柏为人伐，高坟互低昂。

颓基无遗主，游魂在何方？

荣华诚足贵，亦复可怜伤！

其　五

东方有一士，被服常不完。

三旬九遇食，十年着一冠。

辛苦无此比，常有好容颜[2]。

我欲观其人，晨去越河关。

青松夹路生，白云宿檐端。

知我故来意，取琴为我弹。

上弦惊别鹤[3]，下弦操孤鸾[4]。

愿留就君住，从今至岁寒。

1　北邙：山名，在洛阳东北，东汉、西晋君臣多葬此山，后泛指墓地。

2　好容颜：愉悦的面容，此有"一贫为乐"之意。

3　别鹤：即《别鹤操》，古琴曲名，喻隐退。

4　孤鸾：即《双凤离鸾》，古琴曲名，喻品格孤高自洁。

咏贫士·其一

万族各有托，孤云独无依。
暧暧空中灭[1]，何时见馀晖。
朝霞开宿雾，众鸟相与飞。
迟迟出林翮[2]，未夕复来归[3]。
量力守故辙，岂不寒与饥？
知音苟不存，已矣何所悲。

---

1 暧暧：云影昏暗貌。
2 翮（hé）：鸟翅，代指鸟。
3 未夕：未至傍晚。

咏荆轲

燕丹善养士[1]，志在报强嬴。

招集百夫良[2]，岁暮得荆卿。

君子死知己，提剑出燕京；

素骥鸣广陌[3]，慷慨送我行。

雄发指危冠，猛气冲长缨。

饮饯易水上，四座列群英。

渐离击悲筑，宋意唱高声[4]。

萧萧哀风逝，淡淡寒波生。

商音更流涕，羽奏壮士惊。

心知去不归，且有后世名。

登车何时顾，飞盖入秦庭。

凌厉越万里，逶迤过千城。

图穷事自至，豪主正怔营[5]。

惜哉剑术疏，奇功遂不成！

其人虽已没，千载有馀情。

1　燕丹：战国时燕王喜的太子，名丹。

2　百夫良：诸多武士中之豪杰。

3　素骥：白色良马。白色为丧服色，白衣白马示誓决生死，以之壮行。

4　渐离：高渐离，燕国人，与荆轲友善，善击筑。宋意：燕国勇士。

5　怔营：惊慌貌。

庚戌岁九月中于西田获早稻

人生归有道，衣食固其端。

孰是都不营，而以求自安！

开春理常业，岁功聊可观。

晨出肆微勤[1]，日入负禾还。

山中饶霜露，风气亦先寒。

田家岂不苦？弗获辞此难；

四体诚乃疲，庶无异患干[2]。

盥濯息檐下，斗酒散襟颜[3]。

遥遥沮溺心[4]，千载乃相关。

但愿长如此，躬耕非所叹。

---

1 肆：致力，操作。

2 异患：意外之祸。干：相犯。

3 襟（jīn）：寒战。

4 沮溺：即长沮、桀溺，春秋时楚国两个隐居躬耕、不愿出仕的人。

连雨独饮

运生会归尽[1]，终古谓之然。

世间有松乔[2]，于今定何间？

故老赠余酒，乃言饮得仙。

试酌百情远，重觞忽忘天。

天岂去此哉！任真无所先。

云鹤有奇翼，八表须臾还[3]。

自我抱兹独，僶俛四十年[4]。

形骸久已化，心在复何言。

1　运：天运，自然界发展变化的规律。会：应当。归尽：死亡。

2　松乔：古代传说中的仙人赤松子和王子乔。《汉书·张良传》："愿弃人间事，欲从赤松子游耳。"注：赤松子，仙人号也，神农时为雨师。王子乔，名晋，周灵王的太子。好吹笙，作凤鸣，乘白鹤仙去。事见刘向《列仙传》。

3　八表：八方之外，泛指极远的地方。

4　僶俛（mǐn miǎn）：勤勉，努力。

形影神三首·神释

大钧无私力¹，万物自森着。

人为三才中²，岂不以我故？

与君虽异物，生而相依附。

结托善恶同，安得不相语。

三皇大圣人³，今复在何处？

彭祖受永年⁴，欲留不得住。

老少同一死，贤愚无复数。

日醉或能忘，将非促龄具。

立善常所欣，谁当为汝誉？

甚念伤吾生，正宜委运去。

纵浪大化中，不喜亦不惧。

应尽便须尽，无复独多虑。

1　大钧：指运转不停的天地自然。钧本为制作陶器所用的转轮，比喻造化。无私力：谓造化之力没有偏爱。

2　三才：指天、地、人。《易传·系辞下》："有天道焉，有人道焉，有地道焉，兼三才而两之。"

3　三皇：说法不一，通常称伏羲、神农、黄帝。

4　彭祖：古代传说中的长寿者，生于夏代，经殷至周，活了八百岁。

饮酒二十首

余闲居寡欢，兼比夜已长，偶有名酒，无夕不饮，顾影独尽。忽焉复醉。既醉之后，辄题数句自娱，纸墨遂多。辞无诠次，聊命故人书之，以为欢笑尔。

其　一

衰荣无定在，彼此更共之。
邵生瓜田中，宁似东陵时[1]。
寒暑有代谢，人道每如兹。
达人解其会，逝将不复疑。
忽与一觞酒，日夕欢相持。

1　邵生：邵平，秦时为东陵侯，秦亡后为平民，因家贫而种瓜于长安城东，前后处境截然不同。

其　二

积善云有报，夷叔在西山[1]。

善恶苟不应，何事空立言[2]？

九十行带索[3]，饥寒况当年。

不赖固穷节[4]，百世当谁传。

其　三

道丧向千载[5]，人人惜其情[6]。

有酒不肯饮，但顾世间名。

所以贵我身，岂不在一生。

一生复能几，倏如流电惊。

鼎鼎百年内[7]，持此欲何成！

1　夷叔：伯夷、叔齐，商朝孤竹君的两个儿子。孤竹君死后，兄弟二人因都不肯继位为君而一起出逃。周灭商后，二人耻食周粟，隐于首阳山，采薇而食，最后饿死。西山：即首阳山。

2　何事：为什么。立言：树立格言。

3　九十行带索：指春秋时隐士荣启期。家贫，行年九十，以绳索为衣带，鼓琴而歌，能安贫自乐。

4　固穷节：固守穷困的节操。《论语·卫灵公》："子曰：君子固穷，小人穷斯滥矣。"

5　道丧：道德沦丧。道在此指做人的道理。向：将近。

6　惜其情：吝惜自己的感情，即只顾个人私欲。

7　鼎鼎：形容小人物得势发舒。语出《礼记·檀弓》："鼎鼎尔，则小人。"

其 四

栖栖失群鸟[1]，日暮犹独飞。

徘徊无定止，夜夜声转悲。

厉响思清晨[2]，远去何所依，

因值孤生松，敛翮遥来归[3]。

劲风无荣木，此荫独不衰。

托身已得所，千载不相违。

其 五

结庐在人境[4]，而无车马喧。

问君何能尔？心远地自偏。

采菊东篱下，悠然见南山。

山气日夕佳，飞鸟相与还。

此中有真意[5]，欲辨已忘言[6]。

1　栖栖：心神不安的样子。

2　厉响：谓鸣声激越。

3　敛翮：收起翅膀，即停飞。

4　结庐：建造房屋；此指寄居。人境：人间。

5　此中：大自然中。真意：淳真自然之意。《庄子·渔父》："真者，所以受于天也，自然不可易也。故圣人法天贵真，不拘于俗。"

6　辨：辨析，玩味。《庄子·齐物论》："辩也者，有不辩也，大辩不言。"忘言：忘记了怎样表达，此为无需表达意。

其 六

行止千万端，谁知非与是？

是非苟相形[1]，雷同共誉毁[2]！

三季多此事[3]，达士似不尔。

咄咄俗中愚，且当从黄绮[4]。

其 七

秋菊有佳色，裛露掇其英[5]。

汎此忘忧物[6]，远我遗世情[7]。

一觞虽独进，杯尽壶自倾。

日入群动息，归鸟趋林鸣。

啸傲东轩下，聊复得此生。

1　苟：如果。相形：互相比较。

2　雷同：人云亦云，相同。毁誉：诋毁与称誉。《楚辞·九辩》："世雷同而炫耀兮，何毁誉之昧昧。"

3　三季：指夏、商、周三代的末期。季：排行中之结末。

4　黄绮：夏黄公与绮里季，代指避秦之"商山四皓"。

5　裛（yì）：同"浥"，沾湿。掇：采摘。

6　汎：同"泛"，浮。意即以菊花泡酒中。忘忧物：指酒。

7　遗世情：遗弃世俗的情怀，即隐居。

其　八

青松在东园，众草没其姿。

凝霜殄异类[1]，卓然见高枝。

连林人不觉，独树众乃奇。

提壶抚寒柯，远望时复为[2]。

吾生梦幻间，何事绁尘羁[3]。

其　九

清晨闻叩门，倒裳往自开[4]。

问子为谁欤？田父有好怀。

壶浆远见候，疑我与时乖。

褴褛茅檐下，未足为高栖。

一世皆尚同[5]，愿君汩其泥[6]。

深感父老言，禀气寡所谐[7]。

纡辔诚可学[8]，违己讵非迷[9]。

且共欢此饮，吾驾不可回。

1　凝霜：严霜。殄：灭绝，绝尽。异类：指除松以外的其他草木。

2　远望时复为：即"时复为远望"的倒装句，意为还时时向远处眺望。

3　尘羁：尘世的羁绊。

4　倒裳：把下衣当做上衣穿了，形容匆忙中来不及穿好衣服。

5　尚同：以与世俗同流为贵。同：指同流合污，盲从附和。

6　汩其泥：谓同流合污，随同流俗。汩：搅水使浊。

7　禀气：禀性，天生的气质。

8　纡辔：放松马缰缓行，喻作官。

9　讵（jù）：岂。

其 十

在昔曾远游¹，直至东海隅。

道路迥且长，风波阻中途²。

此行谁使然，似为饥所驱。

倾身营一饱，少许便有馀。

恐此非名计³，息驾归闲居⁴。

其十一

颜生称为仁⁵，荣公言有道。

屡空不获年⁶，长饥至于老⁷。

虽留身后名，一生亦枯槁。

死去何所知，称心固为好。

客养千金躯⁸，临化消其宝⁹。

裸葬何必恶¹⁰，人当解意表。

1　远游：在外地做官。

2　风波阻中途：因遇风浪而被阻于中途。

3　非名计：不是求取名誉的良策。

4　息驾：停止车驾，喻弃官归隐。

5　颜生：即颜回，孔子最器重的贤弟子。称为仁：以仁德而著称。

6　屡空：指颜回生活贫困，食用经常空乏。不获年：指颜回短命早死。

7　长饥：指荣启期长期穷困挨饿，直到老死。

8　客：用人生如寄、似过客之意，代指短暂的人生。千金躯：犹贵体，贵如千金的身体。

9　化：死。宝：荣名。

10　裸葬：裸体埋葬。《汉书·杨王孙传》载，杨王孙病危时嘱其子曰："吾欲裸葬，以反吾真。死，则为布囊盛尸，入地七尺，既下，从足引脱其囊，以身亲土。"

其十二

长公曾一仕[1]，壮节忽失时。

杜门不复出[2]，终身与世辞。

仲理归大泽[3]，高风始在兹。

一往便当已，何为复狐疑？

去去当奚道[4]，世俗久相欺。

摆落悠悠谈[5]，请从余所之。

其十三

有客常同止，趣舍邈异境[6]。

一士常独醉，一夫终年醒。

醒醉还相笑，发言各不领。

规规一何愚[7]，兀傲差若颖[8]。

寄言酣中客，日没烛当秉。

---

1 长公：西汉张挚，字长公，曾官至大夫，后免。以不能取容当世，故终世不仕。

2 杜门：闭门不出。杜：堵塞，断绝。

3 仲理：东汉杨伦，字仲理，曾为郡文学掾。《后汉书·儒林传》："志乖于时，遂去职，不复应州郡命。讲授于大泽中，弟子至千馀人。"

4 去去："且罢""罢了"的意思。曹植《杂诗·转蓬离本根》："去去莫复道，沉忧令人老。"奚道：还有什么可说的。奚：何。

5 摆落：摆脱。悠悠谈：指世俗妄议是非的荒谬之谈。《晋书·王导传》："悠悠之谈，宜绝智者之口。"

6 趣舍：趣赴舍弃，此指出仕和隐居。邈异境：境界迥然不同。

7 规规：浅陋拘泥的样子。

8 兀傲：倔强而有锋芒。差：较，略。颖：聪敏。

其十四

故人赏我趣，挈壶相与至。

班荆坐松下[1]，数斟已复醉。

父老杂乱言，觞酌失行次[2]。

不觉知有我，安知物为贵。

悠悠迷所留[3]，酒中有深味！

其十五

贫居乏人工[4]，灌木荒余宅。

班班有翔鸟[5]，寂寂无行迹。

宇宙一何悠，人生少至百。

岁月相催逼，鬓边早已白。

若不委穷达[6]，素抱深可惜[7]。

1　班荆：铺荆于地。班：布也，布荆坐地。据《左传·襄公二十六年》载，楚国伍举与声子相善。伍举将奔晋国，在郑国郊外遇到声子，"班荆相与食，而言复故。"后世因有"班荆道故"的成语。

2　行次：指斟酒、饮酒的先后次序。

3　悠悠：形容醉后精神恍惚之状。迷所留：沉湎留恋于酒。

4　乏人工：缺少劳力帮手。

5　班班：显明的样子。

6　委：抛开。穷达：穷困或显达之命。

7　素抱：朴素怀抱。

其十六

少年罕人事，游好在六经[1]。

行行向不惑[2]，淹留遂无成[3]。

竟抱固穷节[4]，饥寒饱所更。

敝庐交悲风，荒草没前庭。

披褐守长夜，晨鸡不肯鸣。

孟公不在兹[5]，终以翳吾情。

其十七

幽兰生前庭，含熏待清风[6]。

清风脱然至[7]，见别萧艾中[8]。

行行失故路，任道或能通。

觉悟当念还，鸟尽废良弓[9]。

1　游好：神游笃好。六经：指《诗》《书》《易》《礼记》《乐记》《春秋》；此泛指古代经籍。

2　行行：不停地走，喻时光流逝。向：接近。

3　淹留：久留，指隐退。《楚辞·九辩》："寒淹留而无成。"无成：在功名事业上无所成就。

4　竟：最终。抱：坚持。固穷节：穷困时固守节操，即宁可穷困而不改其志。

5　孟公：东汉人刘龚，字孟公。皇甫谧《高士传》载："张仲蔚，平陵人。好诗赋，常居贫素，所处蓬蒿没人。时人莫识，惟刘龚知之。"

6　熏：香气。

7　脱然：轻快的样子。

8　萧艾：指杂草。

9　鸟尽废良弓：鸟被射尽以后就不需良弓了。

其十八

子云性嗜酒[1]，家贫无由得。

时赖好事人，载醪祛所惑。

觞来为之尽，是咨无不塞[2]。

有时不肯言，岂不在伐国[3]。

仁者用其心，何尝失显默[4]。

其十九

畴昔苦长饥[5]，投耒去学仕。

将养不得节，冻馁固缠己。

是时向立年，志意多所耻。

遂尽介然分，终死归田里。

冉冉星气流[6]，亭亭复一纪[7]。

世路廓悠悠，杨朱所以止[8]。

虽无挥金事[9]，浊酒聊可恃。

1　子云：即扬雄，字子云，西汉学者。

2　无不塞：无不得到满意的答复。塞：充实，充满。

3　伐国：《汉书·董仲舒传》："闻昔者鲁公问柳下惠：'吾欲伐齐，如何？'柳下惠曰：'不可。'归而有忧色，曰：'吾闻伐国不问仁人，此言何为至于我哉！'"诗人用此典故代指国家政治之事。

4　显默：显达与寂寞，指出仕与归隐。

5　畴昔：往昔，过去。

6　冉冉：渐渐。星气流：星宿节气运行，指时光流逝。

7　亭亭：久远之状。一纪：十二年。

8　杨朱：战国时魏国人。止：止步不前。本句用杨朱悲歧路典，《淮南子·说林》："杨子见逵路而哭之，为其可以南可以北。"

9　挥金事：挥，散。《汉书·疏广传》载，疏广官至太子太傅，后辞归乡里，将皇帝赐予的黄金每日用来设酒食宴请族人故旧，挥金甚多。

其二十

羲农去我久[1]，举世少复真。

汲汲鲁中叟[2]，弥缝使其淳。

凤鸟虽不至，礼乐暂得新。

洙泗辍微响[3]，漂流逮狂秦[4]。

诗书复何罪，一朝成灰尘。

区区诸老翁，为事诚殷勤。

如何绝世下，六籍无一亲！

终日驰车走，不见所问津。

若复不快饮，空负头上巾[5]。

但恨多谬误，君当恕醉人。

---

1 羲农：指伏羲氏、神农氏，传说中的上古帝王。

2 鲁中叟：鲁国的老人，此指孔子。

3 洙泗：二水名，在今山东省曲阜县北。微响：犹微言。

4 漂流：取"血流漂杵"意，言春秋战国时战事不绝，大批庶民流血
死亡。逮：至，到。

5 头上巾：此指陶渊明以自己所戴葛巾过滤新酒。

归园田居

其　一

少无适俗韵，性本爱丘山。

误落尘网中[1]，一去三十年。

羁鸟恋旧林，池鱼思故渊。

开荒南野际，守拙归园田[2]。

方宅十馀亩，草屋八九间。

榆柳荫后檐，桃李罗堂前。

暧暧远人村，依依墟里烟[3]。

狗吠深巷中，鸡鸣桑树巅。

户庭无尘杂，虚室有馀闲。

久在樊笼里，复得返自然。

1　尘网：尘世之网罗。此喻仕途、官场。

2　守拙：守正不阿。潘岳《闲居赋序》有"巧官""拙官"二词，巧官即善于钻营之人，拙官即一些守正不阿之人。

3　墟里：村落。

其　二

野外罕人事¹，穷巷寡轮鞅²。

白日掩荆扉，虚室绝尘想。

时复墟里人，披草共来往。

相见无杂言，但道桑麻长。

桑麻日已长，我土日已广。

常恐霜霰至³，零落同草莽。

其　三

种豆南山下⁴，草盛豆苗稀。

晨兴理荒秽，带月荷锄归⁵。

道狭草木长，夕露沾我衣。

衣沾不足惜，但使愿无违。

1　人事：指和俗人结交往来之事。陶渊明诗里的"人事""人境"都有
贬义，"人事"即"俗事"，"人境"即"尘世"。
2　轮鞅：代指车马。
3　霰（xiàn）：雪粒。
4　南山：指庐山。
5　带月：披着月光。带：同"戴"。

其 四

久去山泽游，浪莽林野娱[1]。

试携子侄辈，披榛步荒墟。

徘徊丘垄间[2]，依依昔人居。

井灶有遗处，桑竹残朽株。

借问采薪者，此人皆焉如[3]？

薪者向我言：死没无复馀。

一世异朝市[4]，此语真不虚。

人生似幻化[5]，终当归空无。

其 五

怅恨独策还[6]，崎岖历榛曲[7]。

山涧清且浅，可以濯吾足。

漉我新熟酒[8]，只鸡招近局[9]。

日入室中暗，荆薪代明烛。

欢来苦夕短，已复至天旭。

1　浪莽：形容林野的广大。
2　丘垄：坟墓。
3　焉如：去往何处。
4　一世：三十年为一世。
5　幻化：指人生变化无常。
6　怅恨：惆怅烦恼。策：策杖，拄杖。
7　榛曲：树木丛生的曲折小路。
8　漉酒：用布过滤酒，滤掉酒糟。
9　近局：近邻。

乞　食

饥来驱我去，不知竟何之！

行行至斯里，叩门拙言辞。

主人解余意，遗赠岂虚来？

谈谐终日夕，觞至辄倾杯。

情欣新知欢，言咏遂赋诗。

感子漂母惠[1]，愧我非韩才。

衔戢知何谢[2]，冥报以相贻[3]。

1　漂母惠：像漂母那样的恩惠。漂母：在水边洗衣服的妇女。据《史记·淮阴侯列传》：当年韩信在城下钓鱼，有位漂母怜他饥饿，给他饭吃，韩信发誓日后报答此恩。后韩信被封为楚王，果然派人找到那位漂母，赠以千金。

2　衔戢（jí）：谓对别人恩惠敛藏于心，永不忘却。衔：含于口。

3　冥报：谓死后在幽冥之中报答。

谢灵运

  谢灵运（384—433），原名公义，字灵运，小名客，世称谢客。陈郡阳夏人，名将谢玄之孙。南北朝山水诗人，文学家、旅行家。因袭封康乐公，又称谢康乐。他是"山水诗派"的开创者，其诗与颜延之齐名，并称颜谢。

登池上楼

潜虬媚幽姿，飞鸿响远音。

薄霄愧云浮，栖川怍渊沉。

进德智所拙，退耕力不任。

徇禄反穷海，卧痾对空林[1]。

衾枕昧节候，褰开暂窥临。

倾耳聆波澜，举目眺岖嵚[2]。

初景革绪风，新阳改故阴。

池塘生春草，园柳变鸣禽。

祁祁伤豳歌[3]，萋萋感楚吟。

索居易永久，离群难处心。

持操岂独古，无闷征在今。

---

1 痾（kē）：病。

2 岖嵚（qīn）：山势高峻之状。

3 祁祁：众多貌。

岁 暮

殷忧不能寐[1]，苦此夜难颓。
明月照积雪，朔风劲且哀。
运往无淹物[2]，年逝觉已催。

1　殷忧：深重的忧虑。《诗经·邶风·柏舟》有"耿耿不寐，如有隐忧"
之句，谢诗此联当化用其意。
2　运往：四季更替。淹：长久。

江 淹

江淹（444—505），字文通，济阳考城人，南朝著名诗赋家。以《恨赋》《别赋》著名，早年即以文章显名，晚年才思微退，时人谓之"才尽"。江郎才尽一词即出于此。

别　赋

　　黯然销魂者，唯别而已矣！况秦吴兮绝国[1]，复燕宋兮千里；或春苔兮始生，乍秋风兮暂起。是以行子肠断，百感凄恻。风萧萧而异响，云漫漫而奇色。舟凝滞于水滨，车逶迟于山侧[2]。棹容与而讵前[3]，马寒鸣而不息。掩金觞而谁御[4]，横玉柱而沾轼[5]。居人愁卧，怳若有亡。日下壁而沉彩，月上轩而飞光。见红兰之受露，望青楸之离霜。巡曾楹而空掩[6]，抚锦幕而虚凉。知离梦之踯躅，意别魂之飞扬[7]。

　　故别虽一绪，事乃万族。至若龙马银鞍[8]，朱轩绣轴，帐饮东都，送客金谷[9]。琴羽张兮箫鼓陈，燕赵歌兮伤美

1　绝国：相隔极远的邦国。
2　逶迟：徘徊不行之状。
3　棹（zhào）：船桨，此指船。讵前：滞留不前。此化用屈原《九章·涉江》"船容与而不进兮，淹回水而疑滞"之句。
4　掩：覆盖。御：进用。
5　玉柱：琴瑟上的系弦之木，这里指琴。
6　曾楹：高高的楼房。曾：同"层"。楹：屋前的柱子，此指房屋。掩（yǎn）：同"掩"。
7　意：同"臆"，料想。飞扬：心神不安。
8　龙马：马八尺以上称"龙马"。
9　金谷：晋代石崇在洛阳西北所造金谷园。史载石崇拜太仆，出为征虏将军，送者倾都，曾帐饮于金谷园。

人¹；珠与玉兮艳暮秋，罗与绮兮娇上春。惊驷马之仰秣，耸渊鱼之赤鳞²。造分手而衔涕，感寂寞而伤神。

乃有剑客惭恩³，少年报士，韩国赵厕⁴，吴宫燕市⁵，割慈忍爱，离邦去里，沥泣共诀，抆血相视⁶。驱征马而不顾，见行尘之时起。方衔感于一剑，非买价于泉里⁷。金石震而色变⁸，骨肉悲而心死⁹。

或乃边郡未和，负羽从军¹⁰。辽水无极，雁山参云¹¹。闺中风暖，陌上草熏。日出天而曜景，露下地而腾文。镜朱

1　燕赵：《古诗》有"燕赵多佳人，美者额如玉"句。后因以美人多出燕赵。

2　耸：因惊动而跃起。鳞：指渊中之鱼。语出《韩诗外传》："昔者瓠巴鼓瑟而潜鱼出听。"

3　惭恩：犹感恩，自惭于未报主人知遇之恩。

4　韩国：指聂政刺死侠累事。韩国严仲子与韩相侠累有仇，严遂以百金结交聂政。聂感其意而辞其金，为之刺杀侠累。赵厕：指豫让谋刺赵襄子事。豫让事晋智伯，智伯极尊宠他，后智伯为赵襄子所灭，豫让乃变姓名为刑人，入赵襄子宫中涂厕，欲伺机刺杀赵襄子。

5　吴宫：指专诸刺杀吴王僚事。吴公子光谋夺吴国王位，乃使专诸置匕首于鱼腹，于宴席间刺杀吴王僚。专诸亦为吴王手下所杀。燕市：指荆轲与朋友高渐离等饮于燕国街市，因感燕太子恩遇，藏匕首于地图中刺秦王，未成被杀。高渐离替荆轲报仇，又入秦谋杀秦王事。

6　抆（wěn）：擦拭。言泣血为别。

7　买价：指以生命换取金钱。泉里：黄泉。

8　金石震：钟、磬等乐器齐鸣。原本出自《燕丹太子》："荆轲与武阳入秦，秦王陛戟而见燕使，鼓钟并发，群臣皆呼万岁，武阳大恐，面如死灰色。"

9　"骨肉"句：聂政既刺杀侠累，即剖腹毁容自杀，以免牵连他人。韩国当政者将他暴尸于市，悬赏千金。莫能识。其姊聂嫈悲弟身死而名不扬，即于尸旁宣布聂政姓名，随即自杀。

10　羽：弓箭。

11　雁山：雁门山。在今山西原平西北。参云：高插入云。

126

尘之照烂[1]，袭青气之烟煴[2]，攀桃李兮不忍别，送爱子兮沾罗裙[3]。

至如一赴绝国，讵相见期。视乔木兮故里，决北梁兮永辞。左右兮魂动，亲宾兮泪滋。可班荆兮赠恨，惟樽酒兮叙悲[4]。值秋雁兮飞日，当白露兮下时。怨复怨兮远山曲，去复去兮长河湄。

又若君居淄右[5]，妾家河阳[6]。同琼佩之晨照，共金炉之夕香，君结绶兮千里[7]，惜瑶草之徒芳[8]。惭幽闺之琴瑟，晦高台之流黄。春宫閟此青苔[9]色，秋帐含兹明月光，夏簟清兮昼不暮[10]，冬釭凝兮夜何长！织锦曲兮泣已尽，回文诗兮影独伤[11]。

倘有华阴上士，服食还仙。术既妙而犹学，道已寂而未传。守丹灶而不顾[12]，炼金鼎而方坚。驾鹤上汉，骖鸾腾天。暂游万里，少别千年。惟世闲兮重别，谢主人兮

1　镜：照耀。照烂：光彩明亮而绚丽。
2　烟煴（yīn yūn）：同"氤氲"。云气笼罩之状。
3　爱子：爱人，征夫。
4　"惟樽"句：《文选》题苏子卿《诗四首》有"我有一樽酒，欲以赠远人。愿子留斟酌，叙此平生亲"之句。
5　淄右：淄水西面，在今山东境内。
6　河阳：黄河北岸。
7　结绶，指出仕做官。
8　瑶草：仙草。此喻闺中少妇。徒芳：喻虚度青春。
9　春宫：指闺房。閟（bì）：关闭。
10　簟（diàn）：竹席。
11　回文诗：古代一种文体，其文从正反两方读之意义皆通。
12　丹灶：炼丹炉。

依然[1]。

下有芍药之诗，佳人之歌[2]。桑中卫女，上宫陈娥[3]。春草碧色，春水渌波，送君南浦[4]，伤如之何？至乃秋露如珠，秋月如珪[5]，明月白露，光阴往来，与子之别，思心徘徊。

是以别方不定，别理千名，有别必怨，有怨必盈，使人意夺神骇，心折骨惊。虽渊云之墨妙[6]，严乐之笔精[7]，金闺之诸彦[8]，兰台之群英[9]，赋有凌云之称[10]，辨有雕龙之声[11]，谁能摹暂离之状，写永诀之情者乎！

---

1 谢：告辞。

2 佳人之歌：指李延年的歌："北方有佳人，绝世而独立。"

3 桑中：卫国地名。上宫：陈国地名。卫女、陈娥：均指恋爱中的少女。

4 南浦：泛指送别之地。《九歌·河伯》有"子交手兮东行，送美人兮南浦。"

5 珪（guī）：一种上尖下方的玉器。

6 渊：王褒，字子渊。云：扬雄，字子云。二人皆为西汉辞赋家。

7 严：严安。乐：徐乐。二人为汉代文学家。

8 金闺：指汉代长安金马门，后来为汉代官署名。是聚集才识之士以备汉武帝诏询之地。彦：有才能之士。

9 兰台：东汉中央藏书之地。设兰台令史，掌典校图籍治理文书。英：杰出的文人。

10 凌云之称：指司马相如。据《汉书》载，司马相如作《大人赋》，武帝赞誉其"飘飘有凌云之气，似游天地之间"。

11 雕龙之声：指驺奭（zōu shì）。据《史记·孟子荀卿列传》载，战国齐人驺奭写文章，善于闳辩。故时人称颂为"雕龙奭"。

谢　朓

谢朓（464—499），字玄晖，陈郡阳夏人。南朝齐时山水诗人，出身高门士族，与谢灵运同族，世称小谢。为"竟陵八友"之一，曾与沈约等共创"永明体"。诗风清新秀丽，圆美流转，善于发端，时有佳句；又平仄协调，对偶工整，开启唐代律绝之先河。

【顾随评论】

太白诗与小谢有渊源，由太白多首诗可看出其佩服小谢。

暂使下都夜发新林至京邑赠西府同僚

大江流日夜，客心悲未央。

徒念关山近，终知返路长。

秋河曙耿耿，寒渚夜苍苍。

引领见京室，宫雉正相望。

金波丽鳷鹊[1]，玉绳低建章[2]。

驱车鼎门外，思见昭丘阳。

驰晖不可接，何况隔两乡？

风云有鸟路，江汉限无梁。

常恐鹰隼击，时菊委严霜。

寄言蔚罗者[3]，寥廓已高翔。

1　金波：月光。鳷（zhī）鹊：汉代有鳷鹊观，在甘泉官外，此借指金陵官殿。

2　玉绳：星名。建章：即建章官，亦是借指金陵官殿。

3　蔚（wèi）罗者：张设罗网的人。蔚、罗：皆指捕鸟的网，此借指恶语中伤者。

王　籍

　　王籍（生卒年不详），字文海，琅邪临沂人，南朝梁诗人。仕途不顺，信游山水以自遣。其诗歌师法谢灵运。因《入若耶溪》一诗而享誉诗史。

入若耶溪

艅艎何泛泛¹，空水共悠悠。
阴霞生远岫²，阳景逐回流。
蝉噪林逾静，鸟鸣山更幽。
此地动归念，长年悲倦游。

1　艅艎（yú huáng）：舟名，指大船。泛泛：船行无阻。
2　远岫（xiù）：远处的峰峦。

王　绩

　　王绩(约585—644)，字无功，绛州龙门人。躬耕东皋，自号东皋子。性简傲，嗜酒，自作《五斗先生传》，撰《酒经》《酒谱》。其诗近而不浅，质而不俗，真率疏放，有旷怀高致，直追魏晋高风。律体滥觞于六朝，而成型于隋唐之际，无功实为先声。有《东皋子集》。

【顾随评论】

　　王无功由隋入唐，故其诗带点凄怆衰飒情味。

野　望

东皋薄暮望[1]，徙倚欲何依[2]。

树树皆秋色，山山惟落晖。

牧童驱犊返，猎马带禽归。

相顾无相识，长歌怀采薇。

1　东皋：此为山西省河津县东皋村，诗人隐居之地。
2　徙倚：徘徊，彷徨。

杜审言

　　杜审言（约645—约708），字必简，襄州襄阳人。诗人杜甫的祖父，唐代"近体诗"的奠基人之一。与李峤、崔融、苏味道齐名，称"文章四友"。作品多朴素自然，以浑厚见长。《和晋陵陆丞早春游望》被明人胡应麟赞为"初唐五律第一"。

和晋陵陆丞早春游望¹

独有宦游人，偏惊物候新。
云霞出海曙，梅柳渡江春。
淑气催黄鸟，晴光转绿蘋。
忽闻歌古调²，归思欲沾巾。

1　晋陵：县名，昆陵郡治所，今江苏常州。
2　古调：此指陆丞作的《早春游望》。

沈佺期

　　沈佺期（约656—714），字云卿，相州内黄人。唐代诗人。善属文，尤长七言之作。与宋之问齐名，并称沈宋。其近体诗格律谨严精密，史论以为是律诗体制定型的代表诗人。

【顾随评论】

　　沈佺期诗真是初唐诗，气象好，色彩、调子好。

龙池篇

龙池跃龙龙已飞，龙德先天天不违。
池开天汉分黄道，龙向天门入紫微¹。
邸第楼台多气色，君王凫雁有光辉。
为报寰中百川水，来朝此地莫东归。

1　紫微：亦作"紫薇"，指帝王宫殿。唐开元元年改中书省为紫微省，中书舍人为紫微舍人。

古　意

卢家少妇郁金堂[1]，海燕双栖玳瑁梁[2]。
九月寒砧催木叶[3]，十年征戍忆辽阳。
白狼河北音书断[4]，丹凤城南秋夜长[5]。
谁为含愁独不见，更教明月照流黄。

1　卢家少妇：泛指少妇。郁金堂：以郁金香料涂抹的堂屋。
2　玳瑁：海生龟类，甲呈黄褐色相间花纹，古人用为装饰品。
3　寒砧（zhēn）：指捣衣声。为赶制寒衣妇女每于秋夜捣衣，故古诗常以捣衣声寄思妇念远之情。
4　白狼河：今辽宁省境内之大凌河。
5　丹凤城：相传秦穆公女儿弄玉吹箫，引来凤凰，故称咸阳为丹凤城。后以凤城称京城，此指长安城。

陈子昂

陈子昂（661—702），字伯玉，梓州射洪人。初唐诗文革新人物之一。其诗风骨峥嵘，寓意深远，苍劲有力，有《陈子昂集》十卷。

【顾随评论】

诗可以说理，然不可说世俗相对之理，须说绝对之理。凡最大的真实皆无是非、善恶、好坏之可言。

《登幽州台歌》读之可令人将一切是非善恶皆放下。此诗可为诗中用意之作品的代表作。

登幽州台歌

前不见古人[1]，后不见来者。
念天地之悠悠，独怆然而涕下[2]。

1　古人：此指乐毅、燕昭王等贤者。
2　怆然：伤感貌。

感遇三十八首·其一

兰若生春夏[1]，芊蔚何青青[2]。

幽独空林色，朱蕤冒紫茎[3]。

迟迟白日晚，袅袅秋风生。

岁华尽摇落，芳意竟何成。

1　兰若：兰花和杜若。此是《楚辞》里赞美的两种花。

2　芊蔚（qiān yù）：草木茂盛一片碧绿之状。

3　蕤（ruí）：草木的花下垂之状。

张九龄

张九龄（678—740），一名博物，字子寿。韶州曲江人。在朝直言敢谏，是开元时代贤相之一。其诗辞采富艳而情致深婉。晚年遭受谗毁，感慨加深，诗歌风格转趋朴质简劲。有《张曲江集》。

感遇十二首·其四

孤鸿海上来，池潢不敢顾[1]。

侧见双翠鸟[2]，巢在三珠树[3]。

矫矫珍木巅，得无金丸惧[4]？

美服患人指[5]，高明逼神恶[6]。

今我游冥冥[7]，弋者何所慕[8]！

1　池潢：护城河，代指朝廷。

2　双翠鸟：即翡翠鸟，雄为翡，雌为翠，毛色华丽多彩。

3　三珠树：神话传说中的宝树，本作三株树。见《山海经·海外南经》："三株树在厌火国北，生赤水上，其为树如柏，叶皆为珠。"

4　"得无"句：岂不惧怕有子弹打来？得无：表反问语气。金丸：弹弓的子弹。

5　"美服"句：身着华美的服装应担心别人指责。

6　"高明"句：官位显要会遭到鬼神的厌恶。高明：指地位官职尊贵之人。扬雄《解嘲》："高明之家，鬼瞰其室。"

7　冥冥：高远的天空。

8　弋者：猎鸟的人。

孟浩然

　　孟浩然（689—740），襄州襄阳人，世称孟襄阳。少时，隐居鹿门山，四十岁时到长安应进士举，失意而归。张九龄镇荆州时，招致幕府。后病疽死。其诗意境清远，多自然超妙之趣。一向与王维并称。有《孟浩然集》四卷，共录诗二百馀首。

宿建德江[1]

移舟泊烟渚[2]，日暮客愁新。
野旷天低树[3]，江清月近人。

1　建德江：富春江上游流经建德县一段。
2　烟渚：雾气笼罩的沙洲。
3　天低树：天幕低垂，好像和树木相连。

句[1]

微云淡河汉[2]，疏雨滴梧桐。

逐逐怀良驭，萧萧顾乐鸣。

1　王士源《孟浩然集序》："浩然闲游秘省，秋月新霁，诸英华赋诗作会。浩然句曰'微云淡河汉，疏雨滴梧桐。'举座嗟其清绝，咸搁笔不复为继。"
2　河汉：天河，银河。

与诸子登岘山[1]

人事有代谢，往来成古今。

江山留胜迹，我辈复登临。

水落鱼梁浅，天寒梦泽深。

羊公碑尚在[2]，读罢泪沾襟。

1　岘（xiàn）山：一名岘首山，在今湖北省襄樊市南。

2　羊公碑：《晋书·羊祜传》载，羊祜镇守荆襄时，"每风景必造岘山，置酒言咏终日不倦。尝慨然太息，顾谓从事中郎邹湛等曰：'自有宇宙，便有此山，由来贤达胜士登此远望，如我与卿者多矣，皆湮没无闻，使人伤悲。'"及羊祜卒，襄阳百姓建碑于岘山，见碑者莫不流涕，杜预因名曰堕泪碑。

王　维

　　王维（701—761），字摩诘，河东蒲州人，仕途平顺，官尚书右丞，世称王右丞。他信奉禅理，后半生徘徊于仕隐之间，过着恬静悠闲的生活。李、杜而外，王维是盛唐诗歌的另一大宗。他是唐代山水田园派的代表人物，与孟浩然合称王孟。他的诗，各体都擅长，其中五言律、绝成就尤高。有《辋川集》。

【顾随评论】

　　王维晚年向佛，诗中有强烈的禅悦之味，不智求，不象取，心性平等若虚空，证悟得净智、净心、净土，语言既是造道之致，不复缚在文字，笔墨蹊径，无复可寻而入无言真境。

　　右丞诗以五古最能表现其高，非右丞善于五言古，盖五言古宜于此境界。诗之传统者实在右丞一派。中国若无此派诗人，中国诗之玄妙之处则表现不出，简单而神秘之处则表现不出；若无此种诗，不能发表中国民族性之长处。此是中国诗特点，而不是中国诗好点。

　　右丞写诗是法喜、禅悦，故品高、韵长。右丞一派顶高境界与佛之寂灭、涅槃相通，亦即法喜、禅悦，非世俗之喜悦。写快乐是法喜，写悲哀亦是法喜。

山居秋暝

空山新雨后，天气晚来秋。
明月松间照，清泉石上流。
竹喧归浣女[1]，莲动下渔舟。
随意春芳歇[2]，王孙自可留[3]。

---

1 浣女：洗衣服的姑娘。
2 随意：任凭。春芳：春花。歇：消散。
3 王孙：原指贵族子弟，后亦指隐居的人。

叹白发

宿昔朱颜成暮齿¹，须臾白发变垂髫²。
一生几许伤心事³，不向空门何处销。

1　暮齿：晚年。
2　垂髫：古时儿童不束发，头发下垂，谓之垂髫。
3　伤心事：疑指陷贼、禄山迫以伪署、被收系狱中等事。

出塞作

居延城外猎天骄[1]，白草连山野火烧。

暮云空碛时驱马[2]，秋日平原好射雕。

护羌校尉朝乘障，破虏将军夜渡辽。

玉靶角弓珠勒马，汉家将赐霍嫖姚[3]。

1　居延：在今内蒙古阿拉善盟额济纳旗北部，是汉唐以来西北军事重镇。

2　碛（qì）：沙漠。

3　霍嫖姚：霍去病，西汉抗击匈奴名将。后借指功大位高的武将。

山中送别

山中相送罢，日暮掩柴扉。
春草明年绿[1]，王孙归不归[2]？

1　明年：一作"年年"。
2　王孙：贵族的子孙，此指送别的友人。

终南别业

中岁颇好道¹，晚家南山陲。
兴来每独往，胜事空自知²。
行到水穷处，坐看云起时。
偶然值林叟³，谈笑无还期。

1　中岁：中年。
2　胜事：快意的事。
3　林叟：乡村的老翁。

送元二使安西[1]

渭城朝雨浥轻尘[2]，客舍青青柳色新。
劝君更尽一杯酒，西出阳关无故人[3]。

1　元二：作者的友人元常，在兄弟中排行老二，故名"元二"。
2　渭城：秦时咸阳城，汉代改称渭城，唐时属京兆府咸阳县辖区。浥
（yì）：湿润。
3　阳关：汉朝设置的边关名，故址在今甘肃省敦煌县西南，古代与玉
门关同是出塞必经之关口。《元和郡县志》云，因在玉门之南，故称
阳关。

辋川闲居赠裴秀才迪[1]

寒山转苍翠，秋水日潺湲。

倚杖柴门外，临风听暮蝉。

渡头馀落日，墟里上孤烟。

复值接舆醉[2]，狂歌五柳前[3]。

1　裴迪：诗人，王维的好友，与王维唱和较多。
2　接舆：陆通先生的字，为春秋时楚国著名隐士。因对当时社会不满，
"躬耕以食"，剪去头发，佯狂不仕，故又被人称为"楚狂接舆"。此以接
舆比裴迪。
3　五柳：指陶渊明。此以"五柳先生"自比。

送邢桂州[1]

铙吹喧京口，风波下洞庭。
赭圻将赤岸[2]，击汰复扬舲[3]。
日落江湖白，潮来天地青。
明珠归合浦[4]，应逐使臣星[5]。

1　邢桂州：指邢济，作者友人。

2　赭圻（zhě qí）：山岭名。赤岸：山名。

3　击汰：拍击水波，亦指划船。扬舲：犹扬帆，舲，有窗的船。

4　珠归合浦：化用后汉孟尝故事。《后汉书》载："孟尝迁合浦太守，郡不产谷实，而海出珠宝，与交趾比境，尝通商贩，贸籴粮食。先时宰守并多贪秽，诡人采求，不知纪极，珠遂渐徙于交趾郡界，于是行旅不至，人物无食，贫者饿死于道。尝到官，革易前弊，求民病利，曾未逾岁，去珠复还。百姓皆反其业，商贾流通。"

5　使臣星：即使星。典出《后汉书》："和帝即位，分遣使者，皆微服且单行，各至州县，观采风谣。使者二人当到益都。投李郃候舍。时夏夕露坐，郃因仰视，问曰：'二使君发京师时，宁知朝廷遣二使耶？'二人默然，惊相视曰：'不闻也！'问何以知之。郃指星示云：'有二使星向益州分野，故知之耳。'"

积雨辋川庄作¹

积雨空林烟火迟，蒸藜炊黍饷东菑²。

漠漠水田飞白鹭，阴阴夏木啭黄鹂。

山中习静观朝槿³，松下清斋折露葵⁴。

野老与人争席罢⁵，海鸥何事更相疑⁶。

---

1 辋川：在今陕西蓝田终南山中，是王维隐居之地。
2 饷东菑（zī）：给在东边田里干活的人送饭。菑，农田。
3 槿：植物名。落叶灌木，其花早开晚谢，古人常以此物悟人生荣枯无常之理。
4 露葵：经霜的葵菜。葵为古代重要蔬菜，有"百菜之主"之称。
5 争席罢：指隐退山林，与世无争。争席：典出《庄子·杂篇·寓言》：杨朱从老子学道，路上旅舍主人欢迎他，客人都给他让座；学成归来，旅客们却不再让座，而与他"争席"，说明杨朱已得自然之道，与人们没有隔膜了。
6 "海鸥"句：典出《列子·黄帝篇》：海上有人与鸥鸟相亲近，互不猜疑。一天，父亲要他把海鸥捉回家来，他又到海滨时，海鸥便飞得远远的。此借海鸥喻人事。

秋夜独坐

独坐悲双鬓，　空堂欲二更。

雨中山果落，　灯下草虫鸣。

白发终难变，　黄金不可成[1]。

欲知除老病，　唯有学无生[2]。

1　黄金：道教炼丹术中一种仙药的名字。"黄金可成"，亦指炼丹术。
《史记·封禅书》载，汉武帝时，有方士栾大诡称"黄金可成，河决可
塞，不死之药可得，仙人可致"，因此武帝封他为五利将军。后均无效
验，被杀。
2　无生：佛家语，谓世本虚幻，万物实体无生无灭。禅宗认为这一点
人们是难以领悟到的。

观　猎

风劲角弓鸣，将军猎渭城。

草枯鹰眼疾，雪尽马蹄轻。

忽过新丰市[1]，还归细柳营[2]。

回看射雕处[3]，千里暮云平。

1　新丰市：故址在今陕西省临潼县东北，是古代盛产美酒的地方。

2　细柳营：在今陕西省长安县，是汉代名将周亚夫屯军之地。《史记·绛侯周勃世家》："亚夫为将军，军细柳以备胡。"此借指打猎将军所居军营。

3　射雕处：借射雕处表达对将军的赞美。语出《北史·斛律光传》：北齐斛律光校猎时，于云表见一大鸟，射中其颈，形如车轮，旋转而下，乃是一雕，因被人称为"射雕手"。

奉寄韦太守陟

荒城自萧索，万里山河空。

天高秋日迥¹，嘹唳闻归鸿²。

寒塘映衰草，高馆落疏桐。

临此岁方晏，顾景咏悲翁³。

故人不可见，寂寞平陵东。

1　迥：远。

2　嘹唳：声音响亮凄清。

3　景：即"影"。

陇西行[1]

十里一走马，五里一扬鞭。
都护军书至，匈奴围酒泉。
关山正飞雪，烽戍断无烟[2]。

1　陇西行：乐府古题。陇西：在今甘肃省陇西县以东。
2　烽戍：烽火台和守边营垒。古代边疆告警，以烽燧为号，白天举烟为"燧"，夜晚举火为"烽"。

崔　颢

崔颢（704—754），汴州人，唐玄宗开元十一年进士，盛唐诗人。他才思敏捷，长于写诗，以《黄鹤楼》颇令李白折服。作品激昂豪放、气势宏伟，《旧唐书·文苑传》把他和王昌龄、高适、孟浩然并提。有《崔颢集》。

黄鹤楼[1]

昔人已乘黄鹤去[2]，此地空馀黄鹤楼。

黄鹤一去不复返，白云千载空悠悠。

晴川历历汉阳树[3]，芳草萋萋鹦鹉洲。

日暮乡关何处是？烟波江上使人愁。

1　黄鹤楼：故址在湖北武昌，民国初年被火焚毁，后重建。传说费祎在此乘鹤登仙。

2　昔人：指传说中的仙人子安。因其曾驾鹤过黄鹤山，遂建楼。

3　汉阳：地名。与黄鹤楼隔江相望。

李 白

李白（701—762），字太白，号青莲居士，又号谪仙人，诗人，被后人誉为诗仙。其诗雄奇飘逸，俊逸清新，以乐府、歌行及绝句成就为最高。有《李太白集》。

【顾随评论】

太白是天才。

屈子之后，诗人有近似《离骚》而富于幻想者，不得不推太白。

太白诗第一有豪气，出于鲍照且驾而上之。但豪气不可靠，颇近于佛家所谓"无明"（即俗所谓"愚"）。一有豪气则易成为感情用事，感情虽非理智，而真正感情亦非豪气。因真正感情是充实的、沉着的，豪气则颇不充实、不沉着，易流于空虚、浮飘。

太白有英气，超逸绝伦，即"俊逸"。

后之诗人虽亦用长短句写古风，而皆不及太白，即技术不熟。李之长短句长乎其所不得不长，短乎其所不得不短，比七言、五言还难，若可增减则不佳矣；而其转韵，亦行乎所不得不行，止乎所不得不止。

蜀道难

噫吁嚱[1]，危乎高哉！蜀道之难，难于上青天。

蚕丛及鱼凫[2]，开国何茫然[3]！

尔来四万八千岁，不与秦塞通人烟。

西当太白有鸟道，可以横绝峨眉巅[4]。

地崩山摧壮士死[5]，然后天梯石栈相钩连。

上有六龙回日之高标[6]，下有冲波逆折之回川[7]。

黄鹤之飞尚不得过，猿猱欲度愁攀援[8]。

青泥何盘盘，百步九折萦岩峦[9]。

1　噫吁嚱（yī xū xī）：三字都是惊叹词，蜀地方言。

2　蚕丛、鱼凫：传说中古蜀国开国的两位国王。

3　茫然：渺茫貌。意谓远古事迹，茫昧难详。

4　西当：西对。鸟道：高入云霄险仄的山路。

5　地崩山摧壮士死：《华阳国志·蜀志》：相传，秦惠王欲征服蜀国，许嫁五位美女给蜀王。蜀王派五丁力士去迎接。回到梓潼，见一大蛇钻入山穴中，五力士共掣蛇尾，不多时，山崩地裂，力士和美女皆被压死。山也分为五岭，入蜀之路遂通。此即"五丁开山"的故事。

6　六龙回日：《淮南子》注云："日乘车，驾以六龙，羲和御之。日至此面而薄于虞渊，羲和至此而回六螭。"螭即龙。高标：指蜀山中可作一方之标识的最高峰。

7　逆折：水流回旋。回川：有漩涡的河流。

8　黄鹤：即黄鹄，善飞的大鸟。猱（náo）：一种猿类动物，善攀援。

9　青泥：青泥岭，在今甘肃徽县南，陕西略阳县北。

扪参历井仰胁息[1]，以手抚膺坐长叹[2]。

问君西游何时还，畏途巉岩不可攀[3]。

但见悲鸟号古木，雄飞雌从绕林间。

又闻子规啼夜月，愁空山。

蜀道之难，难于上青天，使人听此凋朱颜。

连峰去天不盈尺，枯松倒挂倚绝壁。

飞湍瀑流争喧豗[4]，砯崖转石万壑雷[5]。

其险也如此，嗟尔远道之人胡为乎来哉！

剑阁峥嵘而崔嵬[6]，一夫当关，万夫莫开[7]。

所守或匪亲，化为狼与豺[8]。

朝避猛虎，夕避长蛇，磨牙吮血，杀人如麻。

锦城虽云乐，不如早还家。

蜀道之难，难于上青天，侧身西望长咨嗟。

1　扪（mén）参（shēn）历井：参、井是二星宿名。古人把天上的星宿分别指配地上的州国，曰"分野"，以通过观察天象来占卜地上所配州国的吉凶。参星为蜀之分野，井星为秦之分野。胁息：屏住呼吸。

2　膺（yīng）：胸。

3　巉（chán）岩：险恶陡峭的崖壁。

4　喧豗（huī）：喧闹声，指急流和瀑布发出的巨大响声。

5　砯（pīng）：水击岩石声，此为冲击之意。

6　剑阁：即剑门关。

7　"一夫"两句：张载《剑阁铭》："一人荷戟，万夫趦趄。形胜之地，匪亲勿居。"

8　或匪亲：倘若不是可信赖的人。狼与豺：指残害人民的叛乱者。

远别离[1]

远别离，古有皇英之二女[2]，乃在洞庭之南，潇湘之浦。

海水直下万里深，谁人不言此离苦。

日惨惨兮云冥冥，猩猩啼烟兮鬼啸雨，我纵言之将何补。

皇穹窃恐不照余之忠诚[3]，雷凭凭兮欲吼怒，尧舜当之亦禅禹。

君失臣兮龙为鱼，权归臣兮鼠变虎。

或云尧幽囚，舜野死[4]，九疑联绵皆相似[5]，重瞳孤坟竟何是[6]。

帝子泣兮绿云间，随风波兮去无还。

恸哭兮远望，见苍梧之深山。

苍梧山崩湘水绝，竹上之泪乃可灭。

1　远别离：乐府"别离"十九曲之一，多写悲伤离别之事。
2　皇英：指娥皇、女英，相传为尧的女儿，舜的妃子。舜南巡而死，两妃随行，溺死于湘江。其神魂游于洞庭之南，并出没于潇湘之滨。
3　皇穹：天；此代指唐玄宗。
4　尧幽囚：传说尧因德衰，曾被舜关押，父子不得相见。舜野死：传说舜南巡时死于苍梧。
5　九疑：即苍梧山。相传舜死后葬于此地。
6　重瞳：指舜。相传舜的两眼各有两个瞳仁。

宣州谢朓楼饯别校书叔云[1]

弃我去者，昨日之日不可留；
乱我心者，今日之日多烦忧。
长风万里送秋雁，对此可以酣高楼。
蓬莱文章建安骨[2]，中间小谢又清发[3]。
俱怀逸兴壮思飞，欲上青天览明月。
抽刀断水水更流，举杯销愁愁更愁。
人生在世不称意，明朝散发弄扁舟[4]。

1　宣州：今安徽宣城一带。谢朓楼：又名北楼、谢公楼，在陵阳山上，谢朓任宣城太守时所建。校（jiào）书：官名，即秘书省校书郎，掌管朝廷的图书整理工作。
2　蓬莱文章：借指李云的文章。建安骨：汉末建安年间，"三曹"和"七子"等所作之诗雄健慷慨、风骨遒劲，后人称之为"建安风骨"。
3　小谢：指谢朓，后人将他和谢灵运并称为"大谢小谢"。此以自喻。
4　弄扁舟：乘小舟归隐江湖。

鹦鹉洲[1]

鹦鹉来过吴江水[2]，江上洲传鹦鹉名。
鹦鹉西飞陇山去[3]，芳洲之树何青青。
烟开兰叶香风暖，岸夹桃花锦浪生。
迁客此时徒极目，长洲孤月向谁明。

---

1 鹦鹉洲：武昌西南长江中之小洲。祢衡曾作《鹦鹉赋》于此，故称。
2 吴江：指流经武昌一带的长江。因三国时属吴国，故称吴江。
3 陇山：又名陇坻，山名，在今陕西陇县西北。相传鹦鹉出产于此。

经下邳圯桥怀张子房[1]

子房未虎啸[2]，破产不为家。
沧海得壮士，椎秦博浪沙[3]。
报韩虽不成，天地皆振动。
潜匿游下邳，岂曰非智勇？
我来圯桥上，怀古钦英风。
唯见碧流水，曾无黄石公[4]。
叹息此人去，萧条徐泗空[5]。

---

1 张子房：张良，字子房。
2 虎啸：喻英雄得志。
3 博浪沙：在今河南省原阳县东南。
4 黄石公：秦时隐士。相传张良刺秦始皇不中，逃匿下邳圯上遇老人，授以《太公兵法》，曰："读此则为王者师矣。后十年兴。十三年孺子见我济北，谷城山下黄石即我矣。"后十三年，张良从汉高祖过济北，果见谷城山下黄石，取而祠之，世称此圯上老人为"黄石公"。
5 徐泗：徐州与泗州。

乌夜啼[1]

黄云城边乌欲栖，归飞哑哑枝上啼。
机中织锦秦川女[2]，碧纱如烟隔窗语。
停梭怅然忆远人[3]，独宿孤房泪如雨。

---

1 乌夜啼：乐府旧题，属《清商曲·西曲歌》。
2 机中织锦：指闺中织妇。
3 远人：在远地的丈夫。

古风五十九首·其三十一

郑客西入关[1]，行行未能已。

白马华山君，相逢平原里。

璧遗镐池君[2]，明年祖龙死[3]。

秦人相谓曰："吾属可去矣[4]。"

一往桃花源，千春隔流水。

1　郑客：一说为"郑容"。《搜神记》卷四：秦始皇三十六年，使者郑容从关东来，将入函关，西至华阴，望见素车白马，从华山上下，疑其非人。道住，止而观之。遂至，问郑容曰："安之？"郑容曰："之咸阳。"车上人曰："吾华山使也，愿托一牍书，致镐池君所。子之咸阳，道过镐池，见一大梓，有文石，取款梓，当有应者，即以书与之。"容如其言，以石款梓，果有人来取书，云明年祖龙死。

2　镐池君：水神。

3　祖龙：谓秦始皇。祖：始也。龙：人君也。

4　吾属：我等，我们。

夜泊牛渚怀古

牛渚西江夜，青天无片云。
登舟望秋月，空忆谢将军[1]。
余亦能高咏，斯人不可闻。
明朝挂帆席，枫叶落纷纷。

1　谢将军：东晋谢尚，官镇西将军，镇守牛渚时，秋夜泛舟赏月，适袁宏于运租船中诵己作，音辞皆好，遂大加赞赏，邀其谈至天明。袁宏此后名声大振。

宫中行乐词八首·其一

小小生金屋[1]，盈盈在紫微。

山花插宝髻，石竹绣罗衣。

每出深宫里，常随步辇归。

只愁歌舞散，化作彩云飞。

1　金屋：用汉武帝及陈阿娇事，此指深宫。

秋登宣城谢朓北楼

江城如画里[1]，山晚望晴空。
两水夹明镜[2]，双桥落彩虹。
人烟寒橘柚，秋色老梧桐。
谁念北楼上，临风怀谢公。

1　江城：此指宣城。唐代江南地区方言，无论大水小水皆称为"江"。
2　两水：指宛溪、句溪。宛溪上有凤凰桥，句溪上有济川桥。即下句之"双桥"。

塞下曲六首（选二）

其 一

五月天山雪[1]，无花只有寒。

笛中闻《折柳》[2]，春色未曾看。

晓战随金鼓[3]，宵眠抱玉鞍。

愿将腰下剑，直为斩楼兰[4]。

其 三

骏马似风飙，鸣鞭出渭桥。

弯弓辞汉月，插羽破天骄[5]。

阵解星芒尽，营空海雾消。

功成画麟阁[6]，独有霍嫖姚。

1　天山：指祁连山。

2　折柳：即《折杨柳》，古乐曲名。

3　金鼓：指锣，进军时击鼓，退军时鸣金。

4　斩楼兰：据《汉书·傅介子传》："汉代地处西域的楼兰国经常杀死汉朝使节，傅介子出使西域，楼兰王贪他所献金帛，被他诱至帐中杀死，遂持王首而还。"此借用傅介子故事，表现诗人甘愿赴身疆场，为国杀敌的雄心壮志。

5　天骄：指匈奴。

6　麟阁：即麒麟阁，在未央宫中。汉宣帝时曾绘十一位功臣像于其上，后即以此代表卓越的功勋和最高荣誉。

山中问答

问余何意栖碧山[1]，笑而不答心自闲。
桃花流水窅然去[2]，别有天地非人间。

1　碧山：在湖北省安陆县内，山下桃花岩是李白读书处。
2　窅（yǎo）然：深远的样子。

杜 甫

杜甫（712—770），字子美，自号少陵野老，世称老杜、杜工部、杜少陵等，河南府巩县人。唐代诗人，被尊为诗圣。在诗歌艺术上，能融合众长，兼备诸体，形成特有的沉郁顿挫风格。杜甫与李白合称李杜，有《杜工部集》。

【顾随评论】

老杜诗真是气象万千，不但伟大而且崇高。

老杜诗苍苍茫茫之气，真是大地上的山水。

老杜在唐诗中是革命的，因他打破了历来酝酿之传统，他表现的不是"韵"，而是"力"。

老杜诗中有力量，而非一时蛮力、横劲。其好诗有力，而非散漫的、盲目的、浪费的，其力皆如河水之拍堤，乃生之力，生之色彩，故谓老杜为一伟大记录者。曰生之"色彩"而不曰形状者，色彩虽是外表，而此外表乃内外交融而透出的，色彩是活色，如花之红、柳之绿，是内在生气、生命力之放射。

凡一时代之大作家，皆是一时代的革新者，老杜取材、造句以及见识，皆是新鲜的。

彭衙行¹

忆昔避贼初，北走经险艰。
夜深彭衙道，月照白水山。
尽室久徒步²，逢人多厚颜³。
参差谷鸟吟，不见游子还。
痴女饥咬我，啼畏虎狼闻。
怀中掩其口，反侧声愈嗔⁴。
小儿强解事，故索苦李餐。
一旬半雷雨，泥泞相攀牵。
既无御雨备，径滑衣又寒。
有时经契阔⁵，竟日数里间。
野果充糇粮⁶，卑枝成屋椽⁷。
早行石上水，暮宿天边烟。

---

1 彭衙：在陕西白水县东北六十里，即现今之彭衙堡。
2 尽室：全家。
3 多厚颜：觉得很不好意思。
4 反侧：挣扎。声愈嗔：声愈大。
5 经契阔：逢路难行之处。
6 糇粮：干粮。指采野果充饥。
7 卑枝：低矮的树枝。屋椽：屋宇。

小留同家洼[1]，欲出芦子关。

故人有孙宰[2]，高义薄曾云。

延客已曛黑[3]，张灯启重门。

暖汤濯我足，翦纸招我魂。

从此出妻孥，相视涕阑干[4]。

众雏烂熳睡，唤起沾盘飧[5]。

誓将与夫子，永结为弟昆。

遂空所坐堂，安居奉我欢。

谁肯艰难际，豁达露心肝。

别来岁月周[6]，胡羯仍构患。

何当有翅翎[7]，飞去堕尔前。

---

1 同家洼：即孙宰的家。
2 宰：是唐人对县令的一种尊称，孙大概做过县令。
3 延：邀请。
4 阑干：横斜貌，形容涕泪之多。
5 飧：晚餐。
6 岁月周：满一年。
7 何当：哪得。

赠卫八处士

人生不相见，动如参与商[1]。

今夕复何夕，共此灯烛光。

少壮能几时，鬓发各已苍。

访旧半为鬼[2]，惊呼热中肠。

焉知二十载，重上君子堂。

昔别君未婚，儿女忽成行。

怡然敬父执[3]，问我来何方。

问答未及已，驱儿罗酒浆。

夜雨剪春韭[4]，新炊间黄粱[5]。

主称会面难，一举累十觞。

十觞亦不醉，感子故意长[6]。

明日隔山岳，世事两茫茫。

1　参（shēn）商：二星名。参星在西而商星在东，一出一没永不相见，故为比。
2　"访旧"句：打听故旧亲友，竟已死亡一半。
3　父执：词出《礼记·曲礼》中"见父之执"，即父亲的执友。执是接的借字，接友即常相接近之友。
4　"夜雨"句：典出郭林宗冒雨剪韭招待好友范逵的故事。林宗自种畦圃，友人范逵夜至，自冒雨剪韭，作汤饼以供之。
5　间：掺合。
6　故意：故交的情谊。

自京赴奉先县咏怀五百字

杜陵有布衣，老大意转拙[1]。

许身一何愚，窃比稷与契[2]。

居然成濩落[3]，白首甘契阔[4]。

盖棺事则已[5]，此志常觊豁[6]。

穷年忧黎元[7]，叹息肠内热。

取笑同学翁，浩歌弥激烈。

非无江海志[8]，萧洒送日月[9]。

生逢尧舜君，不忍便永诀。

当今廊庙具[10]，构厦岂云缺？

葵藿倾太阳[11]，物性固难夺。

---

1 拙：笨拙。此言年龄越大，越不肯屈志随俗；亦有自嘲老大无成之意。

2 稷与契：传说中舜帝的两个大臣，稷是周代祖先，教百姓种植五谷；契是殷代祖先，掌管文化教育。

3 濩（huò）落：即廓落，大而无当意。

4 契阔：勤苦。

5 盖棺：死亡。

6 觊豁：希望实现理想。

7 穷年：终年。黎元：百姓。

8 江海志：隐居之志。

9 萧洒：即潇洒。

10 廊庙具：喻治国之人才。

11 葵藿：冬葵和豆。其花与叶都向太阳。杜甫用以自比。

顾惟蝼蚁辈[1]，但自求其穴。

胡为慕大鲸[2]，辄拟偃溟渤[3]？

以兹悟生理，独耻事干谒[4]。

兀兀遂至今[5]，忍为尘埃没。

终愧巢与由[6]，未能易其节。

沉饮聊自遣，放歌颇愁绝。

岁暮百草零，疾风高冈裂。

天衢阴峥嵘[7]，客子中夜发。

霜严衣带断，指直不能结。

凌晨过骊山，御榻在嵽嵲[8]。

蚩尤塞寒空[9]，蹴踏崖谷滑。

瑶池气郁律[10]，羽林相摩戛[11]。

1　蝼蚁辈：喻那些钻营利禄的人。

2　大鲸：喻有远大理想者。

3　溟渤：大海的别名。

4　干谒：求见权贵。

5　兀兀：犹言矻矻，劳苦貌。

6　巢与由：巢父、许由皆尧时的隐士。

7　天衢：天空。峥嵘：本义是山高峻貌，此形容阴云密布，寒气阴森。

8　嵽嵲（dié niè）：本形容山高，此指骊山。

9　蚩尤：传说中黄帝时的诸侯。黄帝与蚩尤作战，蚩尤作大雾以迷惑对方。此以蚩尤代指大雾。

10　瑶池：传说中西王母与周穆王游宴之地，此指骊山温泉，亦暗指玄宗与贵妃游幸事。郁律：暖气蒸腾貌。

11　摩戛：武器相撞击。极言禁军之多。

君臣留欢娱，乐动殷胶葛[1]。

赐浴皆长缨[2]，与宴非短褐。

彤庭所分帛[3]，本自寒女出。

鞭挞其夫家，聚敛贡城阙。

圣人筐篚恩[4]，实愿邦国活。

臣如忽至理，君岂弃此物。

多士盈朝廷，仁者宜战栗。

况闻内金盘，尽在卫霍室[5]。

中堂有神仙，烟雾蒙玉质。

暖客貂鼠裘，悲管逐清瑟[6]。

劝客驼蹄羹，霜橙压香橘[7]。

朱门酒肉臭，路有冻死骨。

荣枯咫尺异[8]，惆怅难再述。

北辕就泾渭，官渡又改辙[9]。

群水从西下，极目高崒兀[10]。

1　殷（yǐn）：震动。胶葛：广大貌。此指乐声响彻云霄。

2　长缨：指权贵。

3　彤庭：朝廷。

4　圣人：指皇帝。筐篚（fěi）：两种盛物的竹器，方曰筐，圆曰篚。古代皇帝以筐篚盛布帛赏赐群臣。

5　卫、霍：指汉代大将卫青、霍去病，都是汉时的外戚。此喻指杨贵妃的从兄、权臣杨国忠。

6　"悲管"句：指丝竹并奏，弦管齐鸣。悲：酣畅淋漓意。

7　驼蹄羹、霜橙、香橘：皆罕见珍品。

8　荣：富裕豪华。枯：困苦饥寒。

9　官渡：官设的渡口。

10　崒（zú）兀：危险而高陡貌。

疑是崆峒来，恐触天柱折[1]。

河梁幸未坼[2]，枝撑声窸窣。

行李相攀援，川广不可越。

老妻寄异县[3]，十口隔风雪。

谁能久不顾？庶往共饥渴[4]。

入门闻号咷[5]，幼子饿已卒。

吾宁舍一哀，里巷犹呜咽。

所愧为人父，无食致夭折。

岂知秋禾登[6]，贫窭有仓卒[7]。

生常免租税，名不隶征伐[8]。

抚迹犹酸辛，平人固骚屑[9]。

默思失业徒，因念远戍卒。

忧端齐终南，澒洞不可掇[10]。

1　天柱：古代神话说，天的四角都有柱子支撑，叫天柱。天柱折：形容冰河汹涌，仿佛共工怒触不周山，使人有天崩地塌之感。
2　河梁：桥。坼：断裂。
3　异县：此指奉先县，对故乡而言。
4　庶：希望。
5　咷：同"啕"。
6　登：禾稻收割谓登。
7　贫窭（jù）：贫穷。仓卒：即仓猝，指意外的不幸。
8　名不隶征伐：此句自言名属"士人"，享有豁免租税和兵役之权。
9　平人：平民，唐为避太宗李世民讳，改"民"为"人"。骚屑：本指风声，此引申为动荡不安之意。
10　澒（hòng）洞：弥漫无际貌。掇：收拾，此引申为止息。

玉华宫

贞观二十一年，作玉华宫，后改为寺，在宜君县北凤凰谷。

溪回松风长，苍鼠窜古瓦。

不知何王殿，遗构绝壁下[1]。

阴房鬼火青[2]，坏道哀湍泻。

万籁真笙竽[3]，秋色正萧洒。

美人为黄土，况乃粉黛假。

当时侍金舆[4]，故物独石马。

忧来藉草坐，浩歌泪盈把[5]。

冉冉征途间，谁是长年者[6]。

---

1 遗构：前代留下的建筑物。
2 阴房：阴凉的房室。鬼火：磷火。
3 万籁（lài）：各种声响。笙竽：两种乐器名。《礼记·檀弓上》："琴瑟张而不平，笙竽备而不和。"
4 金舆（yú）：帝王乘坐的车轿。
5 浩歌：放声高歌。盈把：满把。
6 长年者：长寿的人。

无家别

寂寞天宝后[1]，园庐但蒿藜[2]。

我里百馀家，世乱各东西。

存者无消息，死者为尘泥。

贱子因阵败[3]，归来寻旧蹊。

久行见空巷，日瘦气惨凄。

但对狐与狸，竖毛怒我啼[4]。

四邻何所有，一二老寡妻。

宿鸟恋本枝，安辞且穷栖。

方春独荷锄，日暮还灌畦。

县吏知我至，召令习鼓鞞[5]。

虽从本州岛役，内顾无所携[6]。

近行止一身，远去终转迷[7]。

家乡既荡尽，远近理亦齐。

1　天宝后：指安史之乱后。

2　庐：即居住的房屋。但：只有。

3　贱子：这位无家者自谓。阵败：指邺城之败。

4　怒我啼：对我发怒且啼叫。

5　鞞（pí）：同"鼙"，鼓名。

6　无所携：家中没有可以告别的人。携：离。

7　终转迷：终究是前途迷茫，生死吉凶难料。

永痛长病母，五年委沟溪[1]。
生我不得力，终身两酸嘶[2]。
人生无家别，何以为蒸黎[3]。

1　五年：自天宝乱至此恰为五年。委沟溪：指母亲葬在山谷里。
2　两酸嘶：母子两人都饮恨。酸嘶：失声痛哭。
3　蒸黎：黎民百姓。蒸：众。黎：黑。

新安吏

客行新安道[1]，喧呼闻点兵。

借问新安吏："县小更无丁？"

"府帖昨夜下，次选中男行[2]。"

"中男绝短小[3]，何以守王城[4]？"

肥男有母送，瘦男独伶俜[5]。

白水暮东流，青山犹哭声。

莫自使眼枯，收汝泪纵横。

眼枯即见骨，天地终无情。

我军取相州[6]，日夕望其平。

岂意贼难料[7]，归军星散营[8]。

就粮近故垒，练卒依旧京。

1　客：杜甫自称。新安：地名，今河南省新安县。

2　中男：指十八岁以上、二十三岁以下青壮年。唐实行府兵制，规定："十八岁以上为中男；二十三以上成丁。"成丁才服兵役。此因无丁可抽，而下调年龄抽到中男。次：依次。

3　绝短小：极矮小。

4　王城：指东都洛阳。

5　伶俜（líng pīng）：孤独伶仃之状。

6　相州：即邺城，今河南安阳。

7　岂意：哪里料到。

8　归军：指唐朝的败兵。星散营：如星星一般散乱地扎营。

掘壕不到水¹，牧马役亦轻。

况乃王师顺，抚养甚分明。

送行勿泣血，仆射如父兄²。

1　不到水：言掘壕很浅。
2　仆射（yè）：指郭子仪。

北　征

北归至凤翔，墨制放往鄜州作¹。

皇帝二载秋，闰八月初吉²。
杜子将北征，苍茫问家室。
维时遭艰虞³，朝野少暇日。
顾惭恩私被，诏许归蓬荜⁴。
拜辞诣阙下⁵，怵惕久未出⁶。
虽乏谏诤姿⁷，恐君有遗失。
君诚中兴主⁸，经纬固密勿⁹。
东胡反未已¹⁰，臣甫愤所切。

1　墨制：是用墨笔书写的诏敕，亦称墨敕。

2　初吉：朔日，即初一。

3　维：发语词。维时：犹言是时。艰虞：艰难和忧患。

4　蓬荜：蓬门荜户，贫苦人所住之草房，此指自己家。

5　诣：至。阙下：朝廷。

6　怵惕：惶恐不安。

7　谏诤：臣下对君上的规劝叫谏。直言争论叫诤。杜甫时任左拾遗，职属谏官，谏诤是其职责。

8　中兴主：复兴国家的君主，此指肃宗。

9　经纬：织布时的纵线叫经，横线叫纬。一经一纬，织成布匹。此借指计划国家大事。密勿：同黾勉，谨慎周到。

10　东胡：指安史叛军。

挥涕恋行在¹，道途犹恍惚。

乾坤含疮痍，忧虞何时毕？

靡靡逾阡陌²，人烟眇萧瑟³。

所遇多被伤，呻吟更流血。

回首凤翔县，旌旗晚明灭。

前登寒山重，屡得饮马窟⁴。

邠郊入地底⁵，泾水中荡潏⁶。

猛虎立我前⁷，苍崖吼时裂。

菊垂今秋花，石戴古车辙。

青云动高兴，幽事亦可悦。

山果多琐细，罗生杂橡栗。

或红如丹砂，或黑如点漆。

雨露之所濡，甘苦齐结实。

缅思桃源内，益叹身世拙。

坡陀望鄜畤⁸，岩谷互出没。

我行已水滨，我仆犹木末⁹。

1　行在：皇帝在外临时居住的处所。

2　阡陌：田间小路。南北曰阡，东西曰陌。

3　眇：稀少。

4　饮马窟：古时行军荒野，遇低洼有水处，就而饮马，故有此称。

5　邠郊：唐邠州在今陕西省彬县。郊：郊原，平原。

6　荡潏（jué）：水流动貌。

7　猛虎：喻山上怪石状如猛虎。李白有"石惊虎伏起"之句。

8　坡陀：山岗起伏不平。鄜畤（zhì）：即鄜州。春秋时，秦文公曾在鄜筑坛以祀神。畤：祭坛。

9　木末：树梢。

鸱鸟鸣黄桑，野鼠拱乱穴。

夜深经战场，寒月照白骨。

潼关百万师，往者散何卒[1]？

遂令半秦民，残害为异物[2]。

况我堕胡尘[3]，及归尽华发。

经年至茅屋，妻子衣百结。

恸哭松声回，悲泉共幽咽。

平生所娇儿，颜色白胜雪。

见耶背面啼[4]，垢腻脚不袜。

床前两小女，补缀才过膝[5]。

海图拆波涛，旧绣移曲折。

天吴及紫凤[6]，颠倒在裋褐[7]。

老夫情怀恶，呕泄卧数日。

那无囊中帛，救汝寒凛栗[8]。

粉黛亦解苞，衾裯稍罗列。

1　卒：同"猝"，仓促。此指七五六年（至德元年），安禄山攻陷洛阳，哥舒翰率三十万大军据守潼关，杨国忠迫其匆促迎战，结果全军覆没之事。
2　异物：指死亡。
3　堕胡尘：指自己为叛军所虏事。
4　耶：即爷。
5　补缀才过膝：女儿们的衣服既破又短，补了又补，刚刚盖过膝盖。唐时妇女的衣服一般要垂至地面，才过膝是很不得体的。
6　天吴：神话中虎身人面的水神。此与"紫凤"皆指官服上刺绣的花纹图案。
7　裋（shù）：粗布衣服。
8　凛栗：冻得发抖。

瘦妻面复光，痴女头自栉[1]。

学母无不为，晓妆随手抹。

移时施朱铅[2]，狼藉画眉阔。

生还对童稚，似欲忘饥渴。

问事竞挽须，谁能即嗔喝？

翻思在贼愁[3]，甘受杂乱聒。

新归且慰意，生理焉得说[4]？

至尊尚蒙尘[5]，几日休练卒[6]？

仰观天色改，坐觉妖氛豁[7]。

阴风西北来，惨澹随回纥[8]。

其王愿助顺，其俗善驰突[9]。

送兵五千人，驱马一万匹。

此辈少为贵[10]，四方服勇决。

所用皆鹰腾，破敌过箭疾[11]。

圣心颇虚伫，时议气欲夺。

1　栉：梳头。

2　移时：一会儿工夫。朱铅：红粉。

3　翻思：回想起。

4　生理：生计。

5　至尊：对皇帝的尊称。蒙尘：皇帝逃难在外，蒙受风尘之苦。

6　休练卒：停止练兵。意为结束战争。

7　妖氛：指叛军的凶焰。豁：开朗。妖氛豁然散尽，象征寇乱将平。

8　回纥：唐西北部族名。时唐肃宗向回纥借兵平息安史叛乱。

9　善驰突：长于骑射突击。

10　少为贵：人数少而战斗力强。

11　鹰腾、箭疾：形容回纥兵的剽悍迅捷。

伊洛指掌收，西京不足拔[1]。

官军请深入，蓄锐可俱发。

此举开青徐，旋瞻略恒碣[2]。

昊天积霜露，正气有肃杀。

祸转亡胡岁，势成擒胡月。

胡命其能久？皇纲未宜绝。

忆昨狼狈初，事与古先别。

奸臣竟菹醢[3]，同恶随荡析[4]。

不闻夏殷衰，中自诛褒妲。

周汉获再兴，宣光果明哲[5]。

桓桓陈将军[6]，仗钺奋忠烈[7]。

微尔人尽非，于今国犹活。

凄凉大同殿，寂寞白兽闼。

都人望翠华[8]，佳气向金阙。

园陵固有神，扫洒数不缺。

煌煌太宗业，树立甚宏达！

---

1 伊洛：代指洛阳。西京：长安。指掌收、不足拔：轻易地收复攻克。
2 旋瞻：不久即可看到。略：攻取。恒碣：即恒山、碣石山，今山西、河北一带，此指安禄山、史思明的老巢。
3 奸臣：指杨国忠等人。
4 同恶：指杨氏家族及其党羽。荡析：清除干净。
5 宣：周宣王。光：汉光武帝。明哲：英明圣哲，此喻肃宗。
6 桓桓：威严勇武。陈将军：陈玄礼。
7 钺：大斧。此指陈玄礼支持马嵬兵谏，锄奸杨国忠事。
8 翠华：仪仗中饰有翠羽的旌旗。此代指皇帝。

奉赠韦左丞丈二十二韵

纨袴不饿死，儒冠多误身[1]。

丈人试静听[2]，贱子请具陈[3]。

甫昔少年日，早充观国宾。

读书破万卷，下笔如有神。

赋料扬雄敌，诗看子建亲。

李邕求识面[4]，王翰愿为邻[5]。

自谓颇挺出，立登要路津。

致君尧舜上，再使风俗淳。

此意竟萧条，行歌非隐沦。

骑驴十三载，旅食京华春[6]。

朝扣富儿门，暮随肥马尘。

残杯与冷炙，到处潜悲辛。

---

1 儒冠多误身：满腹经纶的儒生却穷困潦倒。

2 丈人：对长辈的尊称，此指韦左丞。

3 贱子：年少位卑者自谓，此是自称。具陈：细说。

4 李邕：唐代文豪、书法家。杜甫少年在洛阳，李邕奇其才，曾主动结识他。

5 王翰：《凉州词》的作者。

6 旅食：寄食。京华：京师，指长安。

主上顷见征[1]，歘然欲求伸[2]。

青冥却垂翅[3]，蹭蹬无纵鳞[4]。

甚愧丈人厚，甚知丈人真。

每于百僚上，猥诵佳句新。

窃效贡公喜[5]，难甘原宪贫[6]。

焉能心怏怏，只是走踆踆[7]。

今欲东入海[8]，即将西去秦。

尚怜终南山，回首清渭滨。

常拟报一饭[9]，况怀辞大臣。

白鸥没浩荡[10]，万里谁能驯？

1　主上：指唐玄宗。见征：被征召。
2　歘（xū）然：忽然。欲求伸：希望表现才能，实现致君尧舜的志愿。
3　青冥：天空。垂翅：折翅。
4　蹭蹬：行进困难貌。无纵鳞：本指鱼不能纵身远游，此言理想不得实现。
5　贡公：西汉人贡禹。与王吉为友，闻吉显贵，高兴得弹冠相庆，因为知道自己也将出头。杜甫也曾自比贡禹，期待韦济荐拔自己。
6　原宪：孔子的学生，为古之清高贫寒之士。
7　踆踆（qūn qūn）：迟疑不前状。
8　东入海：指避世隐居。
9　报一饭：报答一饭之恩。春秋时灵辄报答赵宣子，汉代韩信报答漂母，皆为历史上有名的报恩故事。
10　白鸥：诗人自比。没浩荡：投身于浩荡的烟波之间。

述 怀

去年潼关破，妻子隔绝久。

今夏草木长，脱身得西走。

麻鞋见天子，衣袖露两肘。

朝廷愍生还，亲故伤老丑。

涕泪授拾遗[1]，流离主恩厚。

柴门虽得去，未忍即开口。

寄书问三川，不知家在否？

比闻同罹祸[2]，杀戮到鸡狗。

山中漏茅屋，谁复依户牖。

摧颓苍松根，地冷骨未朽。

几人全性命，尽室岂相偶。

嵚岑猛虎场[3]，郁结回我首。

自寄一封书，今已十月后。

反畏消息来，寸心亦何有。

汉运初中兴，生平老耽酒。

沉思欢会处，恐作穷独叟。

1　授拾遗：至德元载，肃宗任杜甫为左拾遗，系谏官。

2　比闻：近闻。口语则为"比来闻道"。

3　嵚（qīn）岑：山高峻貌。猛虎：喻贼寇的残暴。

梦李白二首

其　一

死别已吞声，生别常恻恻[1]。

江南瘴疠地，逐客无消息[2]。

故人入我梦，明我长相忆。

君今在罗网，何以有羽翼。

恐非平生魂，路远不可测。

魂来枫林青[3]，魂返关塞黑[4]。

落月满屋梁，犹疑照颜色。

水深波浪阔，无使蛟龙得。

1　吞声：极端悲恸，哭不出声来。恻恻：悲痛。开头两句互文。
2　逐客：被放逐的人，此指李白。
3　枫林：李白放逐的西南之地多枫林。
4　关塞：杜甫流寓的秦州之地多关塞。李白的魂魄来往皆于夜间，故
云“青”“黑”。

其 二

浮云终日行[1]，游子久不至[2]。

三夜频梦君，情亲见君意。

告归常局促，苦道来不易。

江湖多风波，舟楫恐失坠。

出门搔白首[3]，若负平生志。

冠盖满京华[4]，斯人独憔悴。

孰云网恢恢[5]，将老身反累。

千秋万岁名，寂寞身后事。

---

1 浮云：喻飘游不定。

2 游子：此指李白。

3 搔首：盖为李白不如意时的习惯举动。

4 冠盖：指代达官。

5 网恢恢：老子有"天网恢恢，疏而不漏"的话。此处意为：谁说天网宽疏，对你却不免过于严酷了。

羌村三首¹

其　一

峥嵘赤云西²，　日脚下平地。

柴门鸟雀噪，　归客千里至。

妻孥怪我在³，　惊定还拭泪。

世乱遭飘荡，　生还偶然遂。

邻人满墙头，　感叹亦歔欷。

夜阑更秉烛，　相对如梦寐。

其　二

晚岁迫偷生，　还家少欢趣。

娇儿不离膝，　畏我复却去。

忆昔好追凉，　故绕池边树。

萧萧北风劲，　抚事煎百虑。

赖知禾黍收⁴，　已觉糟床注⁵。

1　羌村：在鄜州城外，杜甫家所在。
2　峥嵘：山高峻貌，此形容天空之云层。
3　妻孥（nú）：妻与子。怪：惊诧。
4　赖知：幸而知道。
5　糟床注：糟床里注出酒来。糟床：制酒之具。

如今足斟酌，　且用慰迟暮¹。

其　三

群鸡正乱叫，　客至鸡斗争。

驱鸡上树木，　始闻叩柴荆。

父老四五人，　问我久远行²。

手中各有携，　倾榼浊复清³。

苦辞酒味薄，　黍地无人耕。

兵革既未息，　儿童尽东征⁴。

请为父老歌，　艰难愧深情。

歌罢仰天叹，　四座涕纵横。

1　迟暮：衰老之年。
2　问：即问遗，带着礼物去慰问，以物遥赠也谓"问"。
3　榼（kē）：盛酒器。浊复清：有浊酒还有清酒。
4　儿童：此是对丁壮年的称呼。

遣 怀

昔我游宋中，惟梁孝王都[1]。

名今陈留亚[2]，剧则贝魏俱[3]。

邑中九万家，高栋照通衢。

舟车半天下，主客多欢娱。

白刃雠不义，黄金倾有无[4]。

杀人红尘里，报答在斯须。

忆与高李辈，论交入酒垆[5]。

两公壮藻思，得我色敷腴。

气酣登吹台[6]，怀古视平芜。

芒砀云一去[7]，雁鹜空相呼。

---

1 《汉书》：梁孝王城睢阳，北界太山，西至高阳，四十馀城，多大县。

2 《史·郦生传》：陈留，天下之冲，四通五达之郊也。

3 《史·文帝纪》：以齐剧郡。《唐书》：贝州清河郡、魏州武阳郡，俱属河北道。贝州，今东昌府恩县。魏州，今大名府地。

4 《汉书》："郭解，河内人也，阴贼感概，以躯藉友报仇。剧孟，洛阳人也，以侠显，及死，家无十金之财。白刃、黄金二句，暗用二人事。

5 《世说》：王濬冲，经黄公酒垆，顾谓后车客曰："吾昔与嵇阮，共酣饮于此垆。"

6 吹台：即繁台，本师旷吹台，梁孝王增筑。

7 《汉书》：高祖隐于瓦砀山，所居上常有云气。应劭曰："芒，属沛国。砀，属梁国。"

先帝正好武[1]，寰海未凋枯[2]。

猛将收西域[3]，长戟破林胡[4]。

百万攻一城，献捷不云输[5]。

组练去如泥[6]，尺土负百夫[7]。

拓境功未已，元和辞大鑪[8]。

乱离朋友尽，合沓岁月徂[9]。

吾衰将焉讬，存殁再鸣呼。

萧条益堪愧，独在天一隅。

乘黄已去矣，凡马徒区区[10]。

不复见颜鲍[11]，系舟卧荆巫[12]。

临餐吐更食，常恐违抚孤[13]。

---

1 《通鉴·玄宗纪》：宋璟以天子好武功，恐好事者竟生心徼幸。

2 江淹诗："窃值寰海辟，仄见圭纬昌。"虞茂诗："原泽润凋枯。"

3 《抱朴子》："猛将难御。"《前汉·郑吉传》：卒伍从军，数出西域。

4 《通鉴注》：契丹，即战国林胡地也。《唐会要》：开元二十六年，张守珪大破契丹林胡，遣使献捷。

5 《唐韵》："俗谓负为输。"

6 《左传》："组甲三百，被练三百。"皆精兵也。

7 诸葛武侯《新书》："此百夫之将。"

8 元和：即太和。鑪：同"炉"。《庄子》："以天地为大鑪，以造化为大冶。"

9 合沓：相继貌。

10 《抱朴子》："凡马野鹰，本实一类。"古诗："一心抱区区。"

11 颜鲍：颜延之、鲍照，以比高适、李白诗才。

12 张载诗："西瞻岷山岭，嵯峨似荆巫。"自巫山而下，为荆州也。

13 何胥《哭陈昭》诗："抚孤空对此，零泪欲何言。"

元日示宗武

汝啼吾手战，吾笑汝身长。

处处逢正月，迢迢滞远方。

飘零还柏酒，衰病只藜床。

训谕青衿子[1]，名惭白首郎[2]。

赋诗犹落笔，献寿更称觞。

不见江东弟，高歌泪数行。

1　青衿：青领也，青色交领的深衣，学子之所服。后亦代指学子、文士。

2　白首郎：此用"白首为郎"之典。《汉武故事》载，武帝尝至郎署，见郎官颜驷"须鬓皓白，衣服不整"。武帝问他："何时为郎？"答："以文帝时为郎。"武帝又问："何以老而不遇？"答："文帝好文而臣尚武，景帝好老而臣尚少，陛下好少而臣已老，是以三世不遇。"后因以慨叹虽有才能而至老不遇。

哀江头

少陵野老吞声哭，春日潜行曲江曲¹。

江头宫殿锁千门，细柳新蒲为谁绿！

忆昔霓旌下南苑²，苑中万物生颜色。

昭阳殿里第一人³，同辇随君侍君侧。

辇前才人带弓箭，白马嚼啮黄金勒⁴。

翻身向天仰射云，一笑正堕双飞翼。

明眸皓齿今何在？血污游魂归不得。

清渭东流剑阁深，去住彼此无消息⁵。

人生有情泪沾臆，江水江花岂终极！

黄昏胡骑尘满城，欲往城南望城北。

---

1 曲江曲：曲江的深曲之处。曲江：曾为帝妃游幸之所，故有宫殿。

2 霓旌：皇帝仪仗中一种旌旗，缀有五色羽毛，望之如虹霓。南苑：
即芙蓉苑，因在曲江东南，故名。

3 昭阳殿：汉成帝时宫殿，赵飞燕姊妹所居，唐人诗中多以赵飞燕喻
杨贵妃。第一人：最得宠的人。

4 啮（niè）：咬。勒：马衔的嚼口。

5 "清渭"两句：借喻二人一生一死，了无消息。马嵬南滨渭水，是杨
贵妃死处；剑阁在蜀，是玄宗入蜀所经。去住：去指唐玄宗，住指杨贵
妃，意即死生。

醉时歌

赠广文馆博士郑虔

诸公衮衮登台省[1]，广文先生官独冷[2]。

甲第纷纷厌粱肉[3]，广文先生饭不足。

先生有道出羲皇[4]，先生有才过屈宋[5]。

德尊一代常轗轲，名垂万古知何用。

杜陵野客人更嗤[6]，被褐短窄鬓如丝。

日籴太仓五升米[7]，时赴郑老同襟期。

得钱即相觅，沽酒不复疑。

忘形到尔汝，痛饮真吾师。

清夜沉沉动春酌，灯前细雨檐花落。

但觉高歌有鬼神，焉知饿死填沟壑。

1　衮衮：众多。台省：台是御史台，省是中书省、尚书省和门下省。皆当时中央枢要机构。

2　广文先生：指郑虔。因郑虔是广文馆博士。

3　甲第：汉代达官贵人住宅有甲乙次第，所以说"甲第"。

4　羲皇：指伏羲氏，是古代传说中的圣君。

5　屈宋：屈原和宋玉。

6　杜陵野客：杜甫自称。

7　籴(dí)：买粮，无隔夜之粮。太仓：京师所设皇家粮仓。当时因长期下雨，米价极贵，于是发放太仓米十万石减价济贫，杜甫也以此为生。

相如逸才亲涤器[1]，子云识字终投阁[2]。

先生早赋归去来[3]，石田茅屋荒苍苔。

儒术于我何有哉，孔丘盗跖俱尘埃[4]。

不须闻此意惨怆，生前相遇且衔杯。

1　相如：司马相如，西汉著名辞赋家。逸才：出众的才能。亲涤器：
司马相如和妻子卓文君在成都开了一间小酒店，卓文君当炉，司马相如
亲自洗涤食器。
2　子云：扬雄的字。投阁：王莽时，扬雄校书天禄阁，因别人牵连得
罪，使者来收捕时，扬雄仓皇跳楼自杀，幸而没有摔死。
3　归去来：陶渊明辞彭泽令归家时，曾赋《归去来兮辞》。
4　盗跖：春秋时人，姓柳下，名跖，以盗为生，因而被称为"盗跖"。

醉歌行

别从侄勤落第归[1]

陆机二十作《文赋》，汝更少年能缀文。

总角草书又神速，世上儿子徒纷纷。

骅骝作驹已汗血，鸷鸟举翮连青云[2]。

词源倒流三峡水，笔阵独扫千人军。

只今年才十六七，射策君门期第一[3]。

旧穿杨叶真自知，暂蹶霜蹄未为失[4]。

偶然擢秀非难取，会是排风有毛质[5]。

汝身已见唾成珠[6]，汝伯何由发如漆。

春光潭沱秦东亭[7]，渚蒲牙白水荇青。

风吹客衣日杲杲，树搅离思花冥冥[8]。

酒尽沙头双玉瓶，众宾皆醉我独醒。

乃知贫贱别更苦，吞声踯躅涕泪零。

1　从（zòng）侄：堂侄。从，言与父类从也；同一宗族次于至亲者曰从。

2　鸷鸟：凶猛的鸟。举翮（hé）：振翅高飞。

3　射策：西汉岁课士，有对策、射策。

4　蹶蹄：对应上文之骅骝，惜其不遇也。

5　排风：应鸷鸟，望其终达也。

6　唾成珠：矢口成章。

7　潭沱：即淡荡也。秦东亭：京城门外送别之地。

8　冥冥：草木茂盛也。

乐游原歌

乐游古园崒森爽[1]，烟绵碧草萋萋长。

公子华筵势最高，秦川对酒平如掌。

长生木瓢示真率[2]，更调鞍马狂欢赏。

青春波浪芙蓉园[3]，白日雷霆夹城仗[4]。

阊阖晴开诀荡荡[5]，曲江翠幕排银榜[6]。

拂水低徊舞袖翻，缘云清切歌声上。

却忆年年人醉时，只今未醉已先悲。

数茎白发那抛得？百罚深杯辞不辞。

圣朝亦知贱士丑[7]，一物但荷皇天慈。

此身饮罢无归处，独立苍茫自咏诗。

1　崒：山高危貌。森爽：森疏而爽豁也。

2　长生木瓢：用长生木做的瓢。

3　青春：犹言青青，河水碧绿。

4　雷霆：指宫廷仪仗队的赫赫声势。

5　阊阖：天门，此指宫殿门。诀荡荡：阔大之意。

6　银榜：宫殿门端所悬金碧辉煌的匾额。

7　圣朝：有道之邦，此指当时的朝廷。贱士：杜甫自称。

观公孙大娘弟子舞剑器行（并序）

大历二年十月十九日[1]，夔府别驾元持宅，见临颍李十二娘舞剑器[2]，壮其蔚跂[3]。问其所师，曰："余公孙大娘弟子也。"[4]开元五年，余尚童稚，记于郾城，观公孙氏舞剑器浑脱[5]，浏漓顿挫，独出冠时。自高头宜春、梨园二伎坊内人，洎外供奉舞女，晓是舞者，圣文神武皇帝初[6]，公孙一人而已。玉貌锦衣，况余白首，今兹弟子，亦非盛颜。既辨其由来，知波澜莫二[7]。抚事慷慨，聊为《剑器行》。昔者吴人张旭，善草书书帖，数尝于邺县见公孙大娘舞西河剑器，自此草书长进，豪荡感激，即公孙可知矣。

> 昔有佳人公孙氏，一舞剑器动四方。
> 观者如山色沮丧，天地为之久低昂。
> 㸌如羿射九日落[8]，矫如群帝骖龙翔。

1　大历二年：公元七六七年。
2　剑器：指唐代流行的武舞，舞者为戎装女子。
3　蔚跂（qí）：雄浑多姿。
4　公孙大娘：唐玄宗时的舞蹈家。弟子：指李十二娘。
5　剑器浑脱：浑脱舞是唐代流行的一种武舞，把剑器舞和浑脱舞综合起来，成为一种新的舞蹈。
6　圣文神武皇帝：指唐玄宗。
7　波澜莫二：师徒舞技相仿，不差上下。
8　㸌（huò）：闪动貌。

来如雷霆收震怒，罢如江海凝清光。

绛唇珠袖两寂寞[1]，晚有弟子传芬芳。

临颍美人在白帝，妙舞此曲神扬扬。

与余问答既有以，感时抚事增惋伤。

先帝侍女八千人，公孙剑器初第一。

五十年间似反掌[2]，风尘澒洞昏王室。

梨园弟子散如烟，女乐馀姿映寒日。

金粟堆南木已拱，瞿唐石城草萧瑟。

玳筵急管曲复终[3]，乐极哀来月东出。

老夫不知其所往，足茧荒山转愁疾。

1　绛唇珠袖：指公孙大娘的歌和舞。
2　似反掌：形容时间过得飞快。
3　玳筵：以玳瑁装饰的琴瑟。

茅屋为秋风所破歌

八月秋高风怒号，卷我屋上三重茅。

茅飞渡江洒江郊，高者挂罥长林梢[1]，下者飘转沉塘坳。

南村群童欺我老无力，忍能对面为盗贼。

公然抱茅入竹去，唇焦口燥呼不得。归来倚杖自叹息。

俄顷风定云墨色，秋天漠漠向昏黑。

布衾多年冷似铁，娇儿恶卧踏里裂。

床头屋漏无干处，雨脚如麻未断绝。

自经丧乱少睡眠，长夜沾湿何由彻[2]！

安得广厦千万间，大庇天下寒士俱欢颜，风雨不动安如山？

呜呼！何时眼前突兀见此屋，吾庐独破受冻死亦足。

1　罥（juàn）：挂。
2　何由彻：如何能挨到天亮？

古柏行

孔明庙前有老柏，柯如青铜根如石。
霜皮溜雨四十围[1]，黛色参天二千尺。
云来气接巫峡长，月出寒通雪山白。
君臣已与时际会，树木犹为人爱惜。
忆昨路绕锦亭东，先主武侯同閟宫[2]。
崔嵬枝干郊原古，窈窕丹青户牖空[3]。
落落盘踞虽得地[4]，冥冥孤高多烈风。
扶持自是神明力，正直元因造化功。
大厦如倾要梁栋，万牛回首丘山重。
不露文章世已惊[5]，未辞翦伐谁能送。
苦心岂免容蝼蚁，香叶终经宿鸾凤。
志士幽人莫怨嗟：古来材大难为用。

1　溜雨：形容树皮的光滑。
2　先主：指刘备。閟宫：即祠庙。
3　窈窕：深邃貌。
4　落落：独立不苟合。
5　不露文章：指古柏没有花叶之美。

玄都坛歌寄元逸人

故人昔隐东蒙峰，已佩含景苍精龙[1]。

故人今居子午谷[2]，独并阴崖白茅屋。

屋前太古玄都坛[3]，青石漠漠常风寒。

子规夜啼山竹裂，王母昼下云旗翻[4]。

知君此计成长往，芝草琅玕日应长[5]。

铁锁高垂不可攀，致身福地何萧爽。

1　苍精龙：《史记·索隐》之《文耀钩》云："东宫苍帝，其精为龙。"
《神仙传》：壶公云："吾尝佩含景，驾苍精。"
2　子午谷：《汉书》载，子午道，从杜陵直绝南山，径汉中。注：子，
北方也，午，南方也，言通南北道相当。《秦记》：长安正南，山名秦
岭，谷名子午。
3　玄都坛：道观为玄坛。
4　王母：鸟名，故对子规。
5　碧海琅玕：《汉武内传》：王母曰："太上之药，有黄庭芝草、碧海琅
玕。"

天育骠图歌¹

吾闻天子之马走千里，今之画图无乃是²。

是何意态雄且杰，骏尾萧梢朔风起³。

毛为绿缥两耳黄，眼有紫焰双瞳方⁴。

矫矫龙性含变化，卓立天骨森开张⁵。

伊昔太仆张景顺，监牧攻驹阅清峻⁶。

遂令大奴字天育，别养骥子怜神俊⁷。

当时四十万匹马，张公叹其材尽下。

故独写真传世人，见之座右久更新。

年多物化空形影，呜呼健步无由骋⁸。

如今岂无騕褭与骅骝，时无王良伯乐死即休⁹。

1　天育：马厩名。骠骑：犹飞骑。

2　无乃：只怕，是推测之词。

3　萧梢：摇尾的样子。

4　"毛为"二句：实写马形。缥：淡青色。

5　"矫矫"二句：虚写马神。矫矫，桀骜。古人多以龙拟良马。天骨：天生的骨骼。

6　伊：发语词，无意义。《新唐书·兵志》："马者，兵之用也。监牧，所以蕃马也。"攻：攻治，即训练。驹：马二岁曰驹。

7　大奴：马奴的头目。骥子：即此骠骑，因爱其神骏，故在另一处养。

8　物化：化为异物，是说真马已死。无由骋：不能驰骋。

9　騕褭（yǎo niǎo）、骅骝（huá liú）：皆千里马。王良、伯乐：皆春秋时人。王良善御，伯乐善相马。

为　农

锦里烟尘外[1]，江村八九家。

圆荷浮小叶，细麦落轻花。

卜宅从兹老，为农去国赊[2]。

远惭勾漏令[3]，不得问丹砂。

1　锦里：指成都。成都号称"锦官城"，故曰锦里。烟尘：古人多用作
战火的代名词。此时遍地干戈，惟成都尚无战事，故曰烟尘外。
2　赊：远也。
3　勾漏令：指葛洪。《晋书·葛洪传》："洪年老欲炼丹以求长寿，闻交
趾出丹砂，因求为勾漏令，帝以洪资高，不许。洪曰：'非欲为荣，以有
丹耳。'帝从之。"

杜位宅守岁[1]

守岁阿戎家[2]，椒盘已颂花[3]。

盍簪喧枥马，列炬散林鸦。

四十明朝过，飞腾暮景斜。

谁能更拘束，烂醉是生涯。

---

1 杜位：杜甫的同族兄弟，李林甫女婿。

2 守岁：除夕守岁。阿戎：晋宋间，人多呼弟为阿戎。

3 椒盘颂花："椒盘"，旧时风俗，元日以盘盛花椒，饮酒时放入酒中。"颂花"，《晋书》载，刘臻妻陈氏，元旦献椒花颂曰："标美灵葩，爰采爰献。"

旅夜书怀

细草微风岸，危樯独夜舟¹。
星垂平野阔，月涌大江流。
名岂文章著²，官应老病休³。
飘飘何所似，天地一沙鸥。

1　危樯：高竖的桅杆。
2　"名岂"句：这句连下句，是用"反言以见意"的写作手法。杜甫确实是以文章而著名的，却偏说不是，可见另有抱负，乃自豪语。
3　"官应"句：休官明明是因论事见弃，却说不是，而是老且病，为自解语。

对 雪

战哭多新鬼，愁吟独老翁。

乱云低薄暮，急雪舞回风[1]。

瓢弃樽无绿，炉存火似红。

数州消息断，愁坐正书空[2]。

1　回风：旋风。

2　愁坐：含忧默坐。李白《酬崔五郎中》诗："奈何怀良图，郁悒独愁坐。"书空：是晋人殷浩的典故，指其忧愁无聊，用手在空中划着字。

房兵曹胡马[1]

胡马大宛名[2]，锋棱瘦骨成[3]。

竹批双耳峻[4]，风入四蹄轻。

所向无空阔，真堪托死生。

骁腾有如此[5]，万里可横行。

1　兵曹：兵曹参军的省称，是唐代州府中掌管军防、驿传等事的小官。
房兵曹，不详为何人。胡：此指西域。
2　大宛：汉代西域国名，盛产良马。
3　锋棱：锋利的棱角。形容马的神骏健悍之状。。
4　竹批：形容马耳如竹尖。峻：尖锐。"双耳峻"是良马的特征。
5　骁（xiāo）腾：健步奔驰。

春　望

国破山河在[1]，城春草木深。

感时花溅泪，恨别鸟惊心。

烽火连三月，家书抵万金。

白头搔更短，浑欲不胜簪[2]。

1　国：国都，指长安。

2　簪：一种束发的长针。古代男子束发，故用簪。

画 鹰

素练风霜起[1]，苍鹰画作殊[2]。

㧐身思狡兔[3]，侧目似愁胡[4]。

绦镟光堪摘[5]，轩楹势可呼[6]。

何当击凡鸟[7]，毛血洒平芜。

1　素练：作画用的白绢。风霜：本指秋冬肃杀之气，此形容画中之鹰凶猛如挟风霜之杀气。

2　画作：作画，写生。殊：特异，不同凡俗。

3　㧐（sǒng）身：即竦身，收敛躯体准备搏击之状。

4　侧目：斜视。《汉书·李广传》："侧目而视，号曰苍鹰。"似愁胡：形容鹰的眼睛色碧而锐利。因胡人碧眼，故以此为喻。

5　绦：丝绳，此指系鹰的丝绳。镟（xuàn）：金属转轴，鹰绳另一端系的金属环。

6　轩楹：悬挂画鹰的堂前廊柱。势可呼：画中的鹰势态逼真，呼之欲飞。

7　何当：安得，哪得。击凡鸟：捕捉凡庸的鸟。

月 夜

今夜鄜州月¹，闺中只独看²。

遥怜小儿女，未解忆长安³。

香雾云鬟湿⁴，清辉玉臂寒。

何时倚虚幌⁵，双照泪痕干。

1　鄜（fū）州：今陕西省富县。时妻儿尚在鄜州，而杜甫身在长安。
2　闺中：闺中人，此指妻子。看，读平声。
3　未解：尚不懂得。
4　云鬟：古代妇女的环形发饰。
5　虚幌：轻薄透明的帷幕。

倦　夜

竹凉侵卧内，野月满庭隅。

重露成涓滴，稀星乍有无。

暗飞萤自照，水宿鸟相呼。

万事干戈里，空悲清夜徂[1]。

1　清夜徂（cú）：清静的夜晚易逝。徂：消逝。

得舍弟消息

其　一

近有平阴信，遥怜舍弟存。

侧身千里道，寄食一家村[1]。

烽举新酣战，啼垂旧血痕。

不知临老日，招得几时魂。

其　二

汝懦归无计，吾衰往未期。

浪传乌鹊喜，深负鹡鸰诗[2]。

生理何颜面[3]，忧端且岁时。

两京三十口，虽在命如丝。

1　一家村：指平阴荒僻之乡。

2　鹡鸰（jí líng）：鸣禽类鸟。常用以喻兄弟。

3　何颜面：穷困而惭。

其　三

乱后谁归得，他乡胜故乡。

直为心厄苦[1]，久念与存亡。

汝书犹在壁[2]，汝妾已辞房。

旧犬知愁恨，垂头傍我床。

其　四

风吹紫荆树[3]，色与春庭暮。

花落辞故枝，风回返无处。

骨肉恩书重，漂泊难相遇。

犹有泪成河，经天复东注。

1　心厄苦：《前秦录》：慕容冲逼长安，符坚登城责之。冲曰："既厄奴苦，欲取尔相代。"

2　汝书犹在壁：潘岳《悼亡诗》有"流芳未及歇，遗挂犹在壁"句，此为化用。

3　紫荆树：典出周景式《孝子传》：古有兄弟欲分异，出门见三荆同株，枝叶连阴，叹曰："木犹欣聚，况我而殊哉。"又《续齐谐记》：田广、田真、田庆兄弟三人欲分财，其夜庭前三荆便枯，兄弟叹之，却合，树还荣茂。

春夜喜雨

好雨知时节，当春乃发生[1]。
随风潜入夜[2]，润物细无声。
野径云俱黑，江船火独明。
晓看红湿处，花重锦官城[3]。

1　发生：催发植物生长，萌发生长。
2　潜：暗暗地。
3　花重：花枝饱涵雨水，故曰重。

登岳阳楼¹

昔闻洞庭水，今上岳阳楼。

吴楚东南坼²，乾坤日夜浮。

亲朋无一字，老病有孤舟。

戎马关山北³，凭轩涕泗流。

---

1 岳阳楼：即岳阳城西门楼，下临洞庭湖。
2 吴楚：吴地和楚地。
3 戎马：指战争。

前出塞九首

其 一

戚戚去故里[1]，悠悠赴交河。

公家有程期[2]，亡命婴祸罗[3]。

君已富土境，开边一何多。

弃绝父母恩，吞声行负戈。

其 二

出门日已远，不受徒旅欺。

骨肉恩岂断，男儿死无时。

走马脱辔头，手中挑青丝[4]。

捷下万仞冈，俯身试搴旗。

1　因被迫应往，故心怀戚戚。
2　有程期：是说赴交河有一定期限。
3　婴祸罗：唐行"府兵制"，至天宝末时还未全废，士兵有户籍，逃则连累父母妻子，故有此语。
4　青丝：即马缰。

其 三

磨刀呜咽水[1]，水赤刃伤手。

欲轻肠断声，心绪乱已久。

丈夫誓许国，愤惋复何有。

功名图麒麟[2]，战骨当速朽。

其 四

送徒既有长[3]，远戍亦有身。

生死向前去，不劳吏怒瞋。

路逢相识人，附书与六亲[4]。

哀哉两决绝，不复同苦辛。

其 五

迢迢万里馀，领我赴三军。

军中异苦乐[5]，主将宁尽闻。

隔河见胡骑，倏忽数百群。

我始为奴仆，几时树功勋。

1　呜咽水：指陇头水。《三秦记》载，"陇山顶有泉，清水四注，俗歌：'陇头流水，鸣声呜咽。遥望秦川，肝肠断绝。'"这以下四句即化用陇头歌。

2　图麒麟：西汉宣帝曾图画霍光、苏武等功臣一十八人于麒麟阁。

3　送徒有长：指押解征夫的头目。刘邦、陈胜都曾做过。

4　附书：捎信儿。六亲：指父母兄弟妻子。

5　异苦乐：苦乐不均。

其 六

挽弓当挽强[1]，用箭当用长。

射人先射马，擒贼先擒王。

杀人亦有限，列国自有疆[2]。

苟能制侵陵[3]，岂在多杀伤。

其 七

驱马天雨雪，军行入高山。

径危抱寒石[4]，指落层冰间。

已去汉月远[5]，何时筑城还？

浮云暮南征，可望不可攀。

---

1 挽弓：拉弓。强：指坚硬的弓。拉此弓需用大力气，但射程远。

2 列：建立。疆：领土。

3 制侵陵：制止侵略。

4 抱寒石：因筑城，故须抱石。

5 汉月：指祖国。

其 八

单于寇我垒，百里风尘昏。

雄剑四五动，彼军为我奔[1]。

虏其名王归[2]，系颈授辕门。

潜身备行列，一胜何足论。

其 九

从军十年馀，能无分寸功。

众人贵苟得[3]，欲语羞雷同。

中原有斗争，况在狄与戎。

丈夫四方志，安可辞固穷。

---

1 奔：奔北，即吃了败仗。
2 名王：泛指贵人，如匈奴的左贤王、右贤王。
3 众人：指一般将士。苟得：指争功贪赏。

春日江村五首

其 一

农务村村急[1]，春流岸岸深[2]。

乾坤万里眼[3]，时序百年心[4]。

茅屋还堪赋，桃源自可寻。

艰难昧生理，飘泊到如今。

其 二

迢递来三蜀[5]，蹉跎有六年。

客身逢故旧，发兴自林泉。

过懒从衣结[6]，频游任履穿[7]。

藩篱颇无限，恣意向江天。

1　农务村村急：化用陶潜诗句"农务各自归"。

2　春流岸岸深：化用江凫诗句"春流岂难越"。岸岸深：可溉田也。

3　万里眼：写蜀江所见。

4　百年心：写春事又逢。

5　三蜀：谓蜀郡、广汉郡、犍为郡也。

6　从衣结：王隐《晋书》载，"董威辇，不知何许人，忽见洛阳，止宿白社中，拾得残碎缯，辄结为衣，号曰'百结衣'"。

7　任履穿：《滑稽传》载，"齐人东郭先生，贫困饥寒，履有上无下，行雪中，着地处皆足迹"。

其 三

种竹交加翠，栽桃烂熳红。

经心石镜月[1]，到面雪山风。

赤管随王命，银章付老翁[2]。

岂知牙齿落，名玷荐贤中。

其 四

扶病垂朱绂，归休步紫苔。

郊扉存晚计[3]，幕府愧群材。

燕外晴丝卷，鸥边水叶开[4]。

邻家送鱼鳖，问我数能来。

其 五

群盗哀王粲[5]，中年召贾生[6]。

登楼初有作，前席竟为荣。

宅入先贤传，才高处士名。

异时怀二子，春日复含情。

---

1 经心：《世说新语》有"为是尘务经心"句。

2 银章：即银印，背龟纽，其文曰章，刻曰某官之章。

3 存晚计：言将终老于此。

4 阮籍有诗："浴鸥开水叶，戏蝶避风丝。"此为化用。

5 哀王粲：动王粲之哀也。首句倒装。王粲作《七哀诗》；避乱客荆州时，思归而作《登楼赋》。颔联"登楼"即承此而来。

6 贾生：指贾谊，年少有才，因遭妒被贬。后文帝思谊，征之，问鬼神之事，至夜半，文帝前席。颔联"前席"即承此而来。

秦州杂诗二十首[1]·其五

西使宜天马，由来万匹强。

浮云连阵没[2]，秋草遍山长。

闻说真龙种，仍残老骕骦[3]。

哀鸣思战斗，迥立向苍苍。

1　秦州：今甘肃天水。此诗作于诗人弃官西行，滞留秦州期间。
2　浮云：指良马。下文"龙种""骕骦"意同。
3　残：剩馀。

遣　怀

愁眼看霜露[1]，寒城菊自花[2]。

天风随断柳，客泪堕清笳[3]。

水静楼阴直[4]，山昏塞日斜[5]。

夜来归鸟尽[6]，啼杀后栖鸦。

1　霜露：霜露既降。

2　"寒城"句：谢朓《宣城郡内登望》有"寒城一以眺"。

3　"天风"二句：刘桢《赠徐干》有"轻叶随风转"，此云"天风随断柳"。刘删《赋得马》有"边声陨客泪"，此云"客泪堕清笳"，皆用古人语而句法倒装耳。

4　"水静"句：《庄子》："水静则明"。梁元帝诗："水静泻楼船"。

5　"山昏"句：孔德绍诗："山昏五里雾"。张正见诗："昏昏塞日沉"。

6　"夜来"句：潘岳《杨仲武诔》有"归鸟颉颃"。

曲江二首

其　一

一片花飞减却春，风飘万点正愁人。

且看欲尽花经眼，莫厌伤多酒入唇。

江上小堂巢翡翠，苑边高冢卧麒麟[1]。

细推物理须行乐[2]，何用浮名绊此身。

其　二

朝回日日典春衣[3]，每日江头尽醉归。

酒债寻常行处有，人生七十古来稀。

穿花蛱蝶深深见，点水蜻蜓款款飞。

传语风光共流转，暂时相赏莫相违。

1　苑：指曲江胜境之一"芙蓉苑"。

2　推：推究。物理：事物的道理。

3　朝回：上朝回来。典：典当。

咏怀古迹五首

其 一

支离东北风尘际[1]，漂泊西南天地间。

三峡楼台淹日月[2]，五溪衣服共云山[3]。

羯胡事主终无赖[4]，词客哀时且未还。

庾信平生最萧瑟，暮年诗赋动江关[5]。

其 二

摇落深知宋玉悲，风流儒雅亦吾师。

怅望千秋一洒泪，萧条异代不同时。

江山故宅空文藻[6]，云雨荒台岂梦思。

最是楚宫俱泯灭，舟人指点到今疑。

---

1 支离：流离。风尘：指安史之乱以来的兵荒马乱。

2 淹：滞留。日月：岁月，时光。

3 "五溪"句：指五溪蛮的后裔身穿五色衣服，同云彩和山峦共居同住。

4 羯（jié）胡：古代北方少数民族，此指安禄山。

5 动江关：指南北朝诗人庾信晚年诗作影响巨大。

6 空文藻：斯人已去，只有诗赋留传下来。

其 三

群山万壑赴荆门[1]，生长明妃尚有村。

一去紫台连朔漠[2]，独留青冢向黄昏[3]。

画图省识春风面[4]，环佩空归夜月魂。

千载琵琶作胡语，分明怨恨曲中论。

其 四

蜀主窥吴幸三峡[5]，崩年亦在永安宫[6]。

翠华想像空山里，玉殿虚无野寺中。

古庙杉松巢水鹤，岁时伏腊走村翁[7]。

武侯祠堂长邻近，一体君臣祭祀同。

---

1 荆门：山名，在今湖北宜都西北。
2 紫台：汉宫，宫廷。朔漠：北方的沙漠。
3 青冢：指王昭君墓。
4 省识：略识；一说"省"意为曾经。春风面：形容王昭君的美貌。
5 蜀主：指刘备。
6 永安宫：在今四川省奉节县。
7 伏腊：指伏祭腊祭。

其 五

诸葛大名垂宇宙，宗臣遗像肃清高[1]。

三分割据纡筹策[2]，万古云霄一羽毛[3]。

伯仲之间见伊吕[4]，指挥若定失萧曹[5]。

运移汉祚终难复[6]，志决身歼军务劳[7]。

---

1 宗臣：为后世所敬仰的大臣。

2 三分：魏、蜀、吴鼎立。纡（yū）：曲折。

3 云霄一羽毛：凌霄的飞鸟，喻诸葛亮绝世独立的智慧和品德。

4 伯仲：伯仲本指兄弟，此谓不相上下。伊吕：商代伊尹与周代吕尚，皆辅佐贤主的开国名相。

5 萧曹：萧何与曹参。

6 祚：帝位。

7 志决：志向坚定，指诸葛亮《出师表》所云"鞠躬尽瘁，死而后已"。身歼：身死。

秋兴八首（选三）

其 一

玉露凋伤枫树林[1]，巫山巫峡气萧森[2]。

江间波浪兼天涌，塞上风云接地阴[3]。

丛菊两开他日泪，孤舟一系故园心。

寒衣处处催刀尺[4]，白帝城高急暮砧[5]。

其 二

夔府孤城落日斜，每依北斗望京华[6]。

听猿实下三声泪[7]，奉使虚随八月槎[8]。

---

1 玉露：秋天的霜露。
2 萧森：萧瑟阴森。
3 接地阴：风云盖地。"接地"又作"匝地"。
4 催刀尺：指赶裁冬衣。
5 急暮砧：黄昏时急促的捣衣声。砧，捣衣石。
6 京华：指长安。
7 "听猿"句：是"听猿三声实下泪"的倒文。
8 "奉使"句：奉使：杜甫曾为严武幕僚，而严武是皇帝派到蜀中的节度使，故曰"奉使"。八月槎：《博物志》载，有个人住在海边，年年八月有浮槎去来不失期。有一年此人登上浮槎想看个究竟，结果就被浮槎带到了天上的银河。

画省香炉违伏枕[1]，山楼粉堞隐悲笳[2]。

请看石上藤萝月，已映洲前芦荻花。

其 八

昆吾御宿自逶迤[3]，紫阁峰阴入渼陂[4]。

香稻啄馀鹦鹉粒，碧梧栖老凤凰枝[5]。

佳人拾翠春相问，仙侣同舟晚更移[6]。

彩笔昔曾干气象，白头吟望苦低垂[7]。

1　画省：指尚书省。因尚书省用胡粉涂壁，画古贤人像，故称。违伏枕：是说因伏枕卧病，远离朝廷。

2　山楼：犹言山城，此指夔府。粉堞：城上女墙，饰以垩土，故称。笳（jiā）：胡人卷芦叶为笳以吹之，谓之胡笳，似觱篥（bì lì）而无孔。

3　昆吾、御宿：均地名，在长安附近。昆吾为汉武帝上林苑地名。御宿即御宿川，又称樊川，以武帝宿此而得名。

4　紫阁峰：终南山峰名，在今陕西省户县东南。渼陂（měi bēi）：水名，在今户县西，唐时风景名胜之地。

5　"香稻"二句：是"鹦鹉啄馀香稻粒，凤凰栖老碧梧枝"的倒文。

6　"佳人"二句：写陂中春游之盛。拾翠：拾取翠鸟的羽毛。相问：赠送礼物。仙侣：指春游之伴侣。晚更移：天色已晚，尚移船他处，以尽游赏之兴。

7　彩笔：喻指才情艳发的文笔。据说，江淹梦人授五色笔，自是文藻日进。

登　高

风急天高猿啸哀，渚清沙白鸟飞回。
无边落木萧萧下，不尽长江滚滚来。
万里悲秋常作客，百年多病独登台[1]。
艰难苦恨繁霜鬓[2]，潦倒新停浊酒杯[3]。

1　百年：借指晚年。
2　艰难：兼指国运和自身命运。
3　潦倒：犹言困顿，衰颓。

登 楼

花近高楼伤客心[1]，万方多难此登临。

锦江春色来天地[2]，玉垒浮云变古今[3]。

北极朝廷终不改[4]，西山寇盗莫相侵[5]。

可怜后主还祠庙[6]，日暮聊为《梁甫吟》[7]。

---

1 客心：客居者之心。

2 锦江：即濯锦江，流经成都的岷江支流。成都出锦，锦在江中漂洗，色泽更加鲜明，故命名濯锦江。

3 玉垒：山名，在四川灌县西、成都西北。

4 北极：北极星，常用以指代朝廷。

5 西山寇盗：指入侵的吐蕃。

6 后主：即刘禅，三国蜀国之后主。曹魏灭蜀，他辞庙北上，成亡国之君。

7 《梁甫吟》：古乐府中一曲葬歌。《三国志》说诸葛亮躬耕陇亩，好为《梁甫吟》。此藉以发空怀济世之心，聊以吟诗自遣。

闻官军收河南河北

剑外忽传收蓟北[1]，初闻涕泪满衣裳。
却看妻子愁何在[2]，漫卷诗书喜欲狂。
白日放歌须纵酒[3]，青春作伴好还乡[4]。
即从巴峡穿巫峡，便下襄阳向洛阳。

1　剑外：剑门关以南，此借指四川。蓟北：唐时幽州、蓟州一带，是安史叛军的根据地。
2　却看：回头看。妻子：妻子和儿女。
3　纵酒：开怀痛饮。
4　青春：明丽的春景。

缚鸡行

小奴缚鸡向市卖，鸡被缚急相喧争[1]。
家中厌鸡食虫蚁[2]，不知鸡卖还遭烹。
虫鸡于人何厚薄，我斥奴人解其缚。
鸡虫得失无了时[3]，注目寒江倚山阁[4]。

1　喧争：吵闹争夺。
2　食虫蚁：指鸡飞走树间啄食虫蚁。
3　得失：指用心于物。无了时：没有结束的时候。
4　山阁：建在山中的亭阁。

绝 句

两个黄鹂鸣翠柳[1]，一行白鹭上青天。
窗含西岭千秋雪[2]，门泊东吴万里船[3]。

---

1 黄鹂：黄莺。
2 窗含：窗户对着雪山，如口含一般。西岭：泛指岷山，在成都西，岷山西岭，积雪终年不化，故称"千秋雪"。
3 东吴：今江浙一带，故称"东吴"。万里船：来去江南的船只。

三绝句

楸树馨香倚钓矶，斩新花蕊未应飞[1]。
不如醉里风吹尽，可忍醒时雨打稀。

门外鸬鹚去不来，沙头忽见眼相猜。
自今已后知人意，一日须来一百回。

无数春笋满林生，柴门密掩断人行。
会须上番看成竹[2]，客至从嗔不出迎。

1　斩新：作崭新。
2　上番：乃川语，即初番、头回，多指植物初生。斩新、上番，皆为
唐人方言。

诣徐卿觅果栽

草堂少花今欲栽，不问绿李与黄梅[1]。
石笋街中却归去，果园坊里为求来。

---

1 "不问"句:《西京杂记》载，初修上林苑，群臣远方各献各果。李
十五种，内有绿李。

江畔独步寻花七绝句[1]

其　一

江上被花恼不彻[2]，无处告诉只颠狂[3]。
走觅南邻爱酒伴[4]，经旬出饮独空床。

其　二

稠花乱蕊裹江滨，行步欹危实怕春[5]。
诗酒尚堪驱使在，未须料理白头人[6]。

其　三

江深竹静两三家，多事红花映白花[7]。
报答春光知有处，应须美酒送生涯[8]。

1　江：指成都草堂边的浣花溪。
2　彻：已，尽。
3　颠狂：放荡不羁。
4　南邻：指斛斯融。
5　欹（qī）：歪斜。实：一作"独"。
6　料理：安排、帮助。白头人：老人，此是自指。
7　多事：此有撩人之意。
8　送：打发。

其 四

东望少城花满烟[1]，百花高楼更可怜。
谁能载酒开金盏，唤取佳人舞绣筵[2]。

其 五

黄师塔前江水东[3]，春光懒困倚微风[4]。
桃花一簇开无主[5]，可爱深红爱浅红？

其 六

黄四娘家花满蹊[6]，千朵万朵压枝低。
留连戏蝶时时舞[7]，自在娇莺恰恰啼。

其 七

不是爱花即欲死，只恐花尽老相催。
繁枝容易纷纷落，嫩蕊商量细细开。

1　少城：小城。成都原有大城和少城之分，少城在大城西面。
2　佳人：指官妓。绣筵：丰盛的筵席。
3　黄师塔：和尚所葬之塔。陆游《老学庵笔记》载："余以事至犀浦，过松林甚茂，问驭卒，此何处？答曰：'师塔也。'蜀人呼僧为师，葬所为塔，乃悟少陵'黄师塔前'之句。"
4　懒困：疲倦困怠。
5　无主：自生自灭，无人照管和玩赏。
6　黄四娘：杜甫住成都草堂时的邻居。蹊：小路。
7　留连：即留恋。

夔州歌十绝句·其九

武侯祠堂不可忘，中有松柏参天长。
干戈满地客愁破¹，云日如火炎天凉²。

---

1 干戈满地：指严武爱将崔旰与蜀中诸将混战。
2 "云日"句：谢灵运诗："云日相照媚。"孔融诗："赫赫炎天路。"

绝句漫兴九首·其四

二月已破三月来[1]，渐老逢春能几回？
莫思身外无穷事，且尽生前有限杯[2]。

---

1 破：残也。沈佺期诗："别离频破月。"
2 生前有限杯：《世说新语》载，张翰曰："使我有身后名，不如生前一
杯酒。"

立 春

春日春盘细生菜[1]，忽忆两京梅发时[2]。

盘出高门行白玉，菜传纤手送青丝。

巫峡寒江那对眼[3]，杜陵远客不胜悲[4]。

此身未知归定处，呼儿觅纸一题诗。

---

1 春盘：古代习俗，立春日用蔬菜、水果、饼饵等装盘，馈送亲友，即
为"春盘"。
2 两京：指长安、洛阳两都。
3 那对眼：那，同"挪"，挪动，移动；对眼，双眼。此句意为：目光
随着巫峡的滚滚江流移动。
4 杜陵远客：诗人自称。

白帝城最高楼

城尖径仄旌旆愁[1]，独立缥缈之飞楼[2]。
峡坼云霾龙虎卧[3]，江清日抱鼋鼍游[4]。
扶桑西枝对断石[5]，弱水东影随长流[6]。
杖藜叹世者谁子[7]？泣血迸空回白头[8]。

---

1 城尖：山尖。旌旆：旌旗；旆，本义为古代旃旗末端形如燕尾的垂旒（liú）飘带。
2 缥缈：高远不明之貌。飞楼：楼高势若飞，故曰。
3 霾：指云色昏暗。龙虎卧：形容山峡突兀盘踞之状。
4 日抱：指日照江面如环抱。鼋（yuán）：大鳖；鼍（tuó）：鳄鱼。
5 断石：指峡坼。
6 弱水：《山海经》载，昆仑之丘，其下有弱水，其水不胜鸿毛。
7 杖藜：用藜茎制成的手杖。谁子：哪一个。
8 泣血：形容极度哀痛，语出西汉李陵《答苏武书》。

暮 归

霜黄碧梧白鹤栖[1]，城上击柝复乌啼[2]。
客子入门月皎皎[3]，谁家捣练风凄凄[4]。
南渡桂水阙舟楫[5]，北归秦川多鼓鼙[6]。
年过半百不称意，明日看云还杖藜。

1　黄：此用作动词，霜使原来的碧梧变黄。
2　击柝（tuò）：打更。
3　客子：作者自谓。
4　捣练：捣洗白绸。
5　桂水：今连江，一说为漓江，均在广西；此应指湘水。阙：缺。
6　秦川：古地名。今陕西、甘肃的秦岭以北平原地带。此指长安。鼓
鼙：喻战争。

晓发公安¹

北城击柝复欲罢，东方明星亦不迟²。

邻鸡野哭如昨日，物色生态能几时³。

舟楫眇然自此去⁴，江湖远适无前期⁵。

出门转眄已陈迹⁶，药饵扶吾随所之⁷。

---

1 杜甫自注：数月憩息此县。
2 明星：即金星，是太阳系九大行星之一，亦名太白、长庚、启明
（晨出东方为启明，昏见西方为长庚）。亦不迟：柝声一歇，启明星也就
出现，仿佛在催人早早出发。
3 生态：犹言生计。
4 眇然：高远、遥远的样子。这句是说，从此随船远去。
5 适：往，到。
6 转眄：即转眼。
7 药饵：药物。

钱　起

钱起（约722—780），字仲文，吴兴人，唐代诗人。世称钱考功，为"大历十才子"之一。诗作题材多写景与投赠应酬，风格清空闲雅，流丽纤秀，音律谐婉。

【顾随评论】

诗的姿态，夷犹缥缈与坚实两种之外，还有氤氲。"氤氲"二字，写出来就神秘。它乃介于夷犹与坚实之间者，有夷犹之姿态而不甚缥缈；有锤炼之功夫而不甚坚实。氤氲与朦胧相似，是文字上的朦胧而又非常清楚，清楚而又朦胧。锤炼则黑白分明，长短必分；氤氲即混沌，黑白不分明，长短齐一。故夷犹与锤炼、氤氲互通，全连宗了。矛盾中有调和，是混色。若说夷犹是云，锤炼是山，则氤氲是气。"曲终人不见，江上数峰青"，若不懂此二句，则中国诗一大半不能了解。

省试湘灵鼓瑟

善鼓云和瑟[1]，常闻帝子灵。

冯夷空自舞[2]，楚客不堪听[3]。

苦调凄金石[4]，清音入杳冥。

苍梧来怨慕，白芷动芳馨。

流水传潇浦[5]，悲风过洞庭。

曲终人不见，江上数峰青。

1　云和瑟：云和，古山名。《周礼·春官大司乐》："云和之琴瑟。"

2　冯（píng）夷：传说中的河神名。

3　楚客：指屈原，一说指远游的旅人。

4　金：指钟类乐器。石：磬类乐器。

5　潇浦：一作"湘浦"或"潇湘"。

韦应物

韦应物（737—792），字、号无考，长安人，唐代山水田园派诗人，世称韦左司、韦苏州。诗风恬淡高远，以善于写景和描写隐逸生活著称。

【顾随评论】

锤炼、氤氲虽有分别，而氤氲出自锤炼，若谓锤炼是"苦修"，则"氤氲"为"得大自在"。苦行是手段，得自在是目的。俗所说"不受苦中苦，难为人上人"，用锤炼之功夫时不自在，而到氤氲则成人上人矣。"落叶满空山，何处寻行迹"之句，不说心，心即在其中，无哀乐而哀乐在其中。何者为我，何者为物？有我无我，皆不能成立，只可以"万物与我为一"解之。自然，可说是得大自在。

寄全椒山中道士

今朝郡斋冷，忽念山中客。
涧底束荆薪¹，归来煮白石²。
欲持一瓢酒³，远慰风雨夕。
落叶满空山，何处寻行迹。

1　荆薪：柴草。
2　煮白石：用《神仙传》"常煮白石为粮"典。
3　瓢：将干瓠剖空而为二称为瓢，用作盛酒浆的器具。

李　益

李益（约750—约830），字君虞，陇西姑臧人，"大历十才子"之一，中唐"边塞派"代表诗人。诗风豪放明快，工于七绝。

夜上受降城闻笛¹

回乐峰前沙似雪²，受降城外月如霜。
不知何处吹芦管³，一夜征人尽望乡。

1　受降城：唐初名将张仁愿为了防御突厥，在黄河以北筑受降城，分东、中、西三城，都在今内蒙古境内。
2　回乐峰：唐代有回乐县，灵州治所，今宁夏灵武县西南。
3　芦管：笛子。

韩　愈

　　韩愈（768—824），字退之，号昌黎，河内河阳人。唐代文学家、思想家、古文运动的倡导者。"唐宋八大家"之一，有"文章巨公"与"百代文宗"之誉。其文各体兼长，遒劲有力；其诗气势壮阔，雄健新奇，自成一家；提出的文道合一、气盛言宜、务去陈言、文从字顺等散文写作理论，对后世极影响甚大。有《昌黎先生集》。

【顾随评论】

　　诗是女性，偏于阴柔、优美。中国诗多自此路发展，直至六朝。至杜甫已变，尚不太显。至韩愈则变为男性，阳刚、壮美。唐宋诗转变之枢纽即在"芭蕉叶大栀子肥"句。唐诗之变为宋诗，能自杜甫看出者少，至韩愈则甚为明显，到江西诗派则致力于阳刚。

　　韩退之修辞最好。

山　石

山石荦确行径微[1]，黄昏到寺蝙蝠飞。
升堂坐阶新雨足，芭蕉叶大栀子肥。
僧言古壁佛画好，以火来照所见稀。
铺床拂席置羹饭，疏粝亦足饱我饥[2]。
夜深静卧百虫绝，清月出岭光入扉。
天明独去无道路，出入高下穷烟霏。
山红涧碧纷烂漫，时见松枥皆十围。
当流赤足踏涧石，水声激激风生衣。
人生如此自可乐，岂必局束为人鞿？
嗟哉吾党二三子，安得至老不更归[3]！

1　荦（luò）确：险峻不平貌。
2　疏粝（lì）：糙米饭。
3　不更归：更不归的倒文。

谒衡岳庙遂宿岳寺题门楼[1]

五岳祭秩皆三公[2]，四方环镇嵩当中。

火维地荒足妖怪[3]，天假神柄专其雄。

喷云泄雾藏半腹，虽有绝顶谁能穷？

我来正逢秋雨节，阴气晦昧无清风[4]。

潜心默祷若有应，岂非正直能感通。

须臾静扫众峰出，仰见突兀撑青空。

紫盖连延接天柱，石廪腾掷堆祝融[5]。

森然魄动下马拜，松柏一径趋灵宫[6]。

粉墙丹柱动光彩，鬼物图画填青红。

升阶伛偻荐脯酒[7]，欲以菲薄明其衷[8]。

庙令老人识神意，睢盱侦伺能鞠躬[9]。

1　谒：拜见。衡岳：南岳衡山。

2　祭秩：祭祀仪礼的等级次序。三公：周朝的太师、太傅、太保称三公，以示尊崇，后来用作朝廷最高官位的通称。

3　火维：古代五行学说以木、火、水、金、土分属五方，南方属火，故火维属南方。维：隅落。

4　晦昧：阴暗无光。

5　腾掷：形容山势起伏。

6　灵宫：指衡岳庙。

7　伛偻（yǔ lǚ）：驼背，此是弯腰鞠躬。荐：进献。

8　菲薄：微薄的祭品。

9　睢盱（suī xū）：睁大眼睛看。睁眼叫睢，闭眼叫盱，此是偏义复词。

手持杯珓导我掷[1]，云此最吉馀难同。
窜逐蛮荒幸不死[2]，衣食才足甘长终。
侯王将相望久绝，神纵欲福难为功。
夜投佛寺上高阁，星月掩映云曈昽[3]。
猿鸣钟动不知曙[4]，杲杲寒日生于东。

---

1 杯珓（jiào）：古时的一种卜具。
2 窜逐蛮荒：流放到南方边荒地区。
3 曈昽：月光隐约貌。
4 钟动：古代寺庙打钟报时，以便作息。

柳宗元

柳宗元（773—819），字子厚，河东郡人，世称柳河东，又因终于柳州刺史任上，又称柳柳州。唐代文学家、思想家，"唐宋八大家"之一。与韩愈共同倡导唐代古文运动，并称为韩柳；与刘禹锡并称刘柳；与王维、孟浩然、韦应物并称王孟韦柳。有《柳河东集》。

【顾随评论】

柳宗元乃聪明热衷之人，凡此种人必多对人对物抵触，即今所谓矛盾，佛法所谓"我执"，此种人我执最深。其游山水非闲情逸致，乃穷极无聊而自遣，如此则有我，而写得真好，只言美景不足以尽之，真是微妙。此时则我执化去。曰"独游"时尚有我执，至"回风"则将我执化去。

南涧中题[1]

秋气集南涧，独游亭午时。

回风一萧瑟，林影久参差。

始至若有得，稍深遂忘疲。

羁禽响幽谷[2]，寒藻舞沦漪。

去国魂已远，怀人泪空垂。

孤生易为感[3]，失路少所宜。

索寞竟何事[4]，徘徊只自知。

谁为后来者，当与此心期。

---

1 南涧：地处永州之南，即《石涧记》中所指的"石涧"。
2 羁：系住。
3 孤生：孤独的生涯。
4 索寞：枯寂没有生气，形容消沉之状。

白居易

白居易（772—846），字乐天，晚号香山居士，原籍太原，后迁居为下邽人。贞元十六年进士，授秘书省校书郎，官终刑部尚书。世称白香山。与元稹齐名，并称元白。他认为"文章合为时而著，歌诗合为事而作"，论诗强调继承《诗经》的优良传统和杜甫的创作精神，在"新乐府"运动中显示了优异的业绩。其诗善于叙述，语言浅易，相传老妪能解。有《白氏长庆集》。

【顾随评论】

此首可为白氏代表作。草随地随时皆有，而经白氏一写，成此不朽之作。用诗眼看去，此四十字每句是草，然是诗眼中之草，不是肉眼中之草，与打马草所见自不同。彼为世谛，此为诗义（谛）。以世谛讲，打马草喂马，是，而非诗。白氏以诗眼看，故合诗谛，才是真草，把草的灵魂都掘出来了。

赋得古原草送别

离离原上草[1]，一岁一枯荣。

野火烧不尽，春风吹又生。

远芳侵古道[2]，晴翠接荒城。

又送王孙去，萋萋满别情[3]。

1　离离：春草繁盛茂密。

2　远芳：牵连成片的草。

3　"又送"二句：借用《楚辞》"王孙游兮不归，春草生兮萋萋"的典故。王孙：贵族，此指朋友。

李 涉

李涉（约806年前后在世），唐代诗人。字不详，自号清溪子，河南洛阳人。早岁客梁园，逢兵乱，避地南方，与弟李渤同隐庐山香炉峰下，后出山做幕僚。曾任国子博士，世称李博士。有《李涉诗》一卷。

【顾随评论】
李涉是一个寂寞又能欣赏寂寞之人。已经对人生有所觉悟，并能找出自己的答案。

题鹤林寺僧舍

终日昏昏醉梦间，忽闻春尽强登山。
因过竹院逢僧话[1]，又得浮生半日闲[2]。

1　竹院：寺院。
2　浮生：语出《庄子》"其生若浮"。意为人生漂浮无定，如无根之浮萍，不受自身之力所控，故谓之"浮生"。

李 贺

李贺（790—816），字长吉，福昌人，家居昌谷，世
称李昌谷。中唐诗人，亦是中唐到晚唐诗风转变期的一个
代表。诗作想象丰富奇特，造语瑰丽奇隽、旖旎绚烂，常
用神话传说来托古寓今，后世称之为鬼才，有"太白仙
才，长吉鬼才"之说。有《李长吉歌诗》。

【顾随评论】

长吉幻想极丰富，可惜二十七岁即卒，其幻想不能与屈原
比，盖乃空中楼阁，内中空洞。长吉诗幻想虽丰富，但偶见奇丽
而无长味。可读，虽不可为饭，亦可为菜；虽不可常吃，亦可偶
尔一用。晦，可医浅薄；涩，可医油滑。李贺诗进可以战，退可
以守，绝不致油滑腐败。

花有花情，马有马情。人缺乏诗情即缺乏同情。诗人固须
有大的天才，同时亦须有大的同情。吾人固不敢轻视长吉之诗才
（诗确有才），然绝不敢首肯其诗情。

不过，长吉诗除幻想外尚有特点，即修辞功夫：晦涩。晦，
不易懂；涩，不好念。

李凭箜篌引[1]

吴丝蜀桐张高秋[2]，空山凝云颓不流。
江娥啼竹素女愁，李凭中国弹箜篌[3]。
昆山玉碎凤凰叫，芙蓉泣露香兰笑。
十二门前融冷光，二十三弦动紫皇。
女娲炼石补天处，石破天惊逗秋雨。
梦入神山教神妪，老鱼跳波瘦蛟舞[4]。
吴质不眠倚桂树[5]，露脚斜飞湿寒兔。

---

1 李凭：当时的梨园艺人，善弹奏箜篌。
2 吴丝蜀桐：吴地之丝，蜀地之桐。此指制作箜篌的材料。
3 中国：即国之中央，意谓京城。
4 老鱼跳波：鱼随着乐声跳跃。
5 吴质：即吴刚。

李商隐

李商隐（812—约858），字义山，号玉溪生。怀州河内人。开成二年进士，授秘书省校书郎，补宏农尉。因卷入牛李党争，一生困顿失意。李商隐和杜牧齐名，是晚唐重要诗人。他的诗构思缜密，想象丰富，语言优美，韵调和谐。各体之中，尤擅长七言律、绝。有《李义山诗集》三卷。

【顾随评论】

晚唐两诗人：李义山、杜牧之。小杜虽不能谓为大诗人，但确为一诗人。窃以为义山优于牧之，余重义山轻牧之。原因：义山集之五七言、古近体中皆有好诗；杜樊川则只有七律、七绝最高，五律极不成，此其不及义山处，故生轻重分别。义山可谓全才，小杜可谓"半边俏"。

义山诗力厚、绵密，学老杜真学到了家。义山诗最大成功是将日常生活美化成诗。

李义山是最能将日常生活加上梦的朦胧美的诗人。他对日常生活不但能享受，且能欣赏。

若令举一首诗为中国诗之代表，可举义山《锦瑟》。

杜司勋[1]

高楼风雨感斯文[2]，短翼差池不及群[3]。
刻意伤春复伤别，人间惟有杜司勋。

---

1 杜司勋：即杜牧。
2 风雨：以风雨迷茫之景象征时局之昏暗。斯文：此文。
3 "短翼"句：谓自己翅短力微，不能与众鸟群飞比翼。自谦才短，自伤不能奋飞远举。

赠司勋杜十三员外

杜牧司勋字牧之，清秋一首杜秋诗[1]。
前身应是梁江总[2]，名总还曾字总持。
心铁已从干镆利[3]，鬓丝休叹雪霜垂。
汉江远吊西江水[4]，羊祜韦丹尽有碑[5]。

---

1 杜秋诗：指杜牧《杜秋娘》诗。
2 江总：是南朝梁、陈时宫体诗人。他姓江名总，字总持，与杜牧的名、字相似。此是从名字比拟，称颂杜牧的文才超群非凡。
3 心铁：犹言胸中之甲兵。指杜牧之军事才能与筹划。干镆：指干将、莫邪，均为宝剑名。从：共。
4 汉江：借指杜预。预曾任襄阳太守，地处汉江之滨。因杜预系杜牧远祖，故转以"汉江"指杜牧。西江：长江中游称西江，此借指韦丹。李商隐赠诗给杜牧，正是杜牧风光奉诏，为已故功臣韦丹写《遗爱碑》时。
5 韦丹：唐京兆万年人，元和五年卒江西观察使任。《通鉴·大中三年》载："正月上与宰相论元和宰相孰为第一，周墀曰：'臣尝守土江西，闻观察使韦丹功德披于八州。没四十年，老稚歌思，如丹尚存。'乙亥，诏史馆修撰杜牧撰丹遗爱碑以纪之。"

锦　瑟

锦瑟无端五十弦，一弦一柱思华年。
庄生晓梦迷蝴蝶[1]，望帝春心托杜鹃[2]。
沧海月明珠有泪，蓝田日暖玉生烟。
此情可待成追忆，只是当时已惘然。

1　"庄生"句：意谓人生如梦，往事如烟。
2　"望帝"句：意谓托文字以写心中的哀怨。《太平御览》："杜宇称帝，号曰望帝。望帝使鳖冷凿巫山治水，有功。望帝自以德薄，乃委国禅鳖冷，号曰开明，遂自亡去，化为子规。"子规：杜鹃的别称，鸣声凄楚动人。

蝉

本以高难饱[1]，徒劳恨费声。

五更疏欲断，一树碧无情。

薄宦梗犹泛[2]，故园芜已平。

烦君最相警，我亦举家清[3]。

---

1 高难饱：古人认为蝉栖于高处，餐风饮露，自难以饱腹。
2 薄宦：官卑职微。梗犹泛：此是自伤沦落意。
3 举家清：全家清贫。

风　雨

凄凉宝剑篇[1]，羁泊欲穷年[2]。

黄叶仍风雨[3]，青楼自管弦。

新知遭薄俗，旧好隔良缘。

心断新丰酒[4]，销愁斗几千。

1　宝剑篇：为唐初郭震所作诗篇名。《新唐书·郭震传》载，武则天召他谈话，索其诗文，郭即呈上《宝剑篇》，中有句云："非直接交游侠子，亦曾亲近英雄人。何言中路遭捐弃，零落飘沦古岳边。虽复沉埋无所用，犹能夜夜气冲天。"则天看后大加称赏，立即加以重用。

2　羁泊：羁旅飘泊。穷年：终生。

3　黄叶：用以自喻。

4　心断：意绝。

河清与赵氏昆季宴集得拟杜工部[1]

胜概殊江右[2]，佳名逼渭川[3]。
虹收青嶂雨，鸟没夕阳天。
客鬓行如此[4]，沧波坐渺然。
此中真得地，漂荡钓鱼船。

1　河清：唐河南府属县，南临黄河。赵氏昆季：当谓赵祝、赵晳兄弟；长为昆，幼为季。二人均见于商隐之诗文。得拟杜工部：指席上分题得拟杜甫诗体。
2　胜概殊江右：谓此地风景与江南各擅其胜。
3　渭川：渭水，有清渭之称。此用以点河清。
4　客鬓：犹客子，诗人自指。

凉 思

客去波平槛[1]，蝉休露满枝[2]。

永怀当此节[3]，倚立自移时。

北斗兼春远，南陵寓使迟。

天涯占梦数[4]，疑误有新知。

---

1 槛（jiàn）：栏杆。

2 蝉休：蝉声停止，指夜深。

3 永怀：长久思念。

4 占梦：占卜梦境的吉凶。

无　题

昨夜星辰昨夜风，画楼西畔桂堂东[1]。
身无彩凤双飞翼，心有灵犀一点通[2]。
隔座送钩春酒暖[3]，分曹射覆蜡灯红[4]。
嗟余听鼓应官去[5]，走马兰台类转蓬[6]。

1　画楼、桂堂：皆喻富贵人家的屋舍。
2　灵犀：旧说犀牛有神异，角中有白纹如线，直通两头。
3　送钩：也称藏钩，古代腊日的一种游戏。
4　分曹：分组。射覆：在覆器下放着东西令人猜。分曹、射覆未必是实指，只是借喻宴会时的热闹。
5　鼓：指更鼓。应官：犹言上班。
6　兰台：即秘书省。李商隐曾任秘书省正字。这句言参加宴会后，随即骑马到兰台，类似蓬草之飞转，实也隐含自伤飘零意。

花下醉

寻芳不觉醉流霞¹，倚树沉眠日已斜。
客散酒醒深夜后，更持红烛赏残花²。

1　流霞：是神话传说中一种仙酒。《论衡·道虚》上说，项曼卿好道学
仙，离家三年而返，自言："欲饮食，仙人辄饮我以流霞。每饮一杯，数
日不饥。"
2　"更持"句：更，再。仿白居易《惜牡丹花》"夜惜衰红把火看"句。

登乐游原 [1]

向晚意不适[2]，驱车登古原。
夕阳无限好，只是近黄昏。

1　乐游原：在长安城南，地势较高。《长安志》:"升平坊东北隅，汉乐
游庙。"注云："汉宣帝所立，因乐游苑为名。在曲江北面高原上，馀址
尚有。……其地居京城之最高，四望宽敞。京城之内，俯视指掌。"
2　意不适：心情不舒畅。

夜雨寄北

君问归期未有期，巴山夜雨涨秋池[1]。
何当共剪西窗烛[2]，却话巴山夜雨时。

1　巴山：泛指巴蜀之地。
2　何当：何时能够。

燕台诗四首·秋

月浪衡天天宇湿，凉蟾落尽疏星入[1]。

云屏不动掩孤颦，西楼一夜风筝急[2]。

欲织相思花寄远，终日相思却相怨[3]。

但闻北斗声回环，不见长河水清浅。

金鱼锁断红桂春，古时尘满鸳鸯茵[4]。

堪悲小苑作长道，玉树未怜亡国人[5]。

瑶琴愔愔藏楚弄，越罗冷薄金泥重[6]。

帘钩鹦鹉夜惊霜，唤起南云绕云梦[7]。

双珰丁丁联尺素，内记湘川相识处[8]。

歌唇一世衔雨看，可惜馨香手中故。

1　月浪：月的光波。衡天：横天，指月波如水平。凉蟾落：月落。
2　"云屏"句：云母屏风遮住女子的颦眉。
3　"欲织"二句：要在锦上织花寄远人，相思却引起相怨。
4　"金鱼锁"句：鱼形的金锁隔断了丹桂的盛开。"古时"句：旧时的尘土落满绣着鸳鸯的褥子上。
5　"玉树"句：陈后主作《玉树后庭花》来赞张、孔两美人，不用再唱《玉树》歌来怜惜亡国的两美人，她比两美人更美。
6　"瑶琴"句：玉琴的声音安和中有楚调，即幽怨。愔愔：安静和悦貌。楚弄：楚调。
7　云梦：楚国大泽名。指其人已到了云梦一带。
8　双珰：一双耳珠。湘川：长沙。

二月二日

二月二日江上行¹，东风日暖闻吹笙。

花须柳眼各无赖²，紫蝶黄蜂俱有情。

万里忆归元亮井³，三年从事亚夫营⁴。

新滩莫悟游人意，更作风檐夜雨声。

1　二月二日：蜀地风俗，二月二日为踏青节。
2　花须：花蕊，因花蕊细长如须，故称花须。柳眼：柳叶的嫩芽，因嫩芽如人睡眼方展，故称柳眼。无赖：形容花柳都在任意地生长，从而撩起游人的羁愁。
3　元亮井：这里指故里。元亮，东晋诗人陶渊明的字。
4　亚夫营：亚夫，即周亚夫，汉代的将军。他曾屯兵细柳防御匈奴，以军纪严明著称，后人称为'亚夫营'或"细柳营"。

杜 牧

杜牧（803—852），字牧之，号樊川，京兆万年人，晚唐诗人。宰相杜佑之孙。太和二年进士。为弘文馆校书郎。历监察御史，膳部、比部及司勋员外郎，黄州、池州、睦州、湖州刺史。官终中书舍人。世称杜樊川。杜牧工诗、赋及古文，以诗的成就为最高。后人称为小杜，以别于杜甫。尤长七言律诗和绝句，于拗折峭健之中，见风华掩映之美，风格富于独创性。他和李商隐齐名。有《樊川文集》二十卷、《外集》《别集》各一卷。

【顾随评论】

小杜、义山皆是唯美派诗人。一首诗有其"形""音""义"，此三者皆得到谐和，即唯美派诗。

小杜诗其好处只是完成得美，得到和谐。无论形式、音节及内外表现皆和谐。此点或妨害其成为伟大诗人，而不害其成为真诗人。

小杜写景、写大自然之诗（七绝）特佳。此与其个人之私生活有关，非纯粹写大自然。此关乎大自然、私生活，乃非常之调和、谐和。

赠　别

其　一

娉娉袅袅十三余，豆蔻梢头二月初[1]。
春风十里扬州路，卷上珠帘总不如。

其　二

多情却似总无情，唯觉尊前笑不成[2]。
蜡烛有心还惜别，替人垂泪到天明。

1　豆蔻：喻处女，后称十三四岁女子为豆蔻年华。
2　尊：同"樽"，酒杯。

汴河阻冻[1]

千里长河初冻时，玉珂瑶珮响参差[2]。
浮生却似冰底水，日夜东流人不知。

登乐游原

长空澹澹孤鸟没[1]，万古销沉向此中[2]。
看取汉家何事业，五陵无树起秋风[3]。

---

1 澹澹：安静，寂静。
2 销沉：形迹消失、沉没。
3 五陵：汉代五个皇帝的陵墓，在咸阳附近。

江南春

千里莺啼绿映红，水村山郭酒旗风[1]。
南朝四百八十寺[2]，多少楼台烟雨中。

1　水村：水乡。山郭：依山而建的外城。古代内城为城，外城为郭。
2　南朝：东晋灭亡后，先后出现的宋、齐、梁、陈四个王朝的总称。
南朝君臣好佛，广置寺院。此处四百八十是举其约数，非实指。

念昔游

其 一

十载飘然绳检外[1]，樽前自献自为酬。
秋山春雨闲吟处，倚遍江南寺寺楼。

其 二

云门寺外逢猛雨，林黑山高雨脚长。
曾奉郊宫为近侍，分明㧑㧑羽林枪[2]。

其 三

李白题诗水西寺，古木回岩楼阁风。
半醒半醉游三日，红白花开山雨中。

---

1 绳检：规矩；法度。
2 㧑：挺立。

齐安郡中偶题二首[1]

其　一

两竿落日溪桥上[2]，半缕轻烟柳影中。
多少绿荷相倚恨，一时回首背西风。

其　二

秋声无不搅离心，梦泽蒹葭楚雨深[3]。
自滴阶前大梧叶，干君何事动哀吟[4]。

1　齐安：今湖北省黄冈黄州一带。
2　两竿：形容落日有两竹竿高。
3　梦泽：即云梦泽，楚国之地。
4　干：触犯，冒犯；关连，涉及。

长安杂题长句六首（选二）

其　二

晴云似絮惹低空，紫陌微微弄袖风。

韩嫣金丸莎覆绿[1]，许公鞯汗杏黏红[2]。

烟生窈窕深东第[3]，轮撼流苏下北宫[4]。

自笑苦无楼护智[5]，可怜铅椠竟何功！

其　三

雨晴九陌铺江练[6]，岚嫩千峰叠海涛。

南苑草芳眠锦雉，夹城云暖下霓旄[7]。

少年羁络青纹玉[8]，游女花簪紫蒂桃。

江碧柳深人尽醉，一瓢颜巷日空高。

1　韩嫣：汉人，好弹，常以金为丸，所失者日有十馀。长安人为之语曰："苦饥寒，逐金丸。"京师儿童每闻嫣出弹，辄随之，望丸之所落，辄拾焉。

2　许公：北周宇文述。他生性贪鄙，常夺人珍异之物。他有特制的马鞯。鞯（jiān）：马鞍衬垫。

3　东第：指王侯府第。

4　流苏：五彩丝缕，为车马、帷帐等的垂饰。北宫：又名桂宫，因在未央宫之北，故称。

5　楼护：西汉人，字君卿，机智善谈。

6　九陌：京师大路。

7　夹城：唐玄宗时所筑自大明宫至兴庆宫，又由兴庆宫至芙蓉苑的通道。霓旄：即霓旌，皇帝的仪仗。

8　羁络：马笼头。

秋浦途中¹

萧萧山路穷秋雨，淅淅溪风一岸蒲。
为问寒沙新到雁，来时还下杜陵无²？

1　秋浦：即今安徽贵池，唐时为池州州治所在。
2　杜陵：在长安西南，诗人家乡樊川所在地。

途中一绝

镜中丝发悲来惯，衣上尘痕拂渐难。
惆怅江湖钓竿手[1]，却遮西日向长安。

1　钓竿手：钓鱼人，借指隐居者。朱孝臧《洞仙歌·丁未九日》词："浮云千万态，回指长安，却是江湖钓竿手。"

韩　偓

　　韩偓（842—923），唐代诗人。字致尧，乳名冬郎，京兆万年人。自幼聪明好学，十岁时，曾即席赋诗送其姨夫李商隐，令满座皆惊，李商隐赞其诗"雏凤清于老凤声"。有艳体诗《香奁集》。

【顾随评论】

　　唐朝两大唯美派诗人：李商隐、韩偓。晚唐义山（李商隐）、冬郎实不能说高深、伟大，而假如说晚唐还有两个大诗人，还得推李、韩。

幽　窗

刺绣非无暇，幽窗自鲜欢。
手香江橘嫩，齿软越梅酸。
密约临行怯¹，私书欲报难²。
无凭谙鹊语，犹得暂心宽。

1　密约：秘密约会。
2　私书：隐秘的书信。

别　绪

别绪静惛惛，牵愁暗入心。
已回花渚棹，悔听酒垆琴。
菊露凄罗幕，梨霜恻锦衾[1]。
此生终独宿，到死誓相寻。
月好知何计，歌阑叹不禁。
山巅更高处，忆上上头吟。

1　梨霜：指霜。因霜白似梨花，故称。

惜　花

皱白离情高处切[1]，腻红愁态静中深[2]。
眼随片片沿流去，恨满枝枝被雨淋。
总得苔遮犹慰意，若教泥污更伤心。
临轩一盏悲春酒，明日池塘是绿阴。

1　皱白：指代花朵。
2　腻红：指代花朵。

苏 轼

苏轼（1037—1101），字子瞻，号东坡居士，眉山人。北宋文学家，其诗题材广阔，清新豪健，与黄庭坚并称苏黄；词开豪放一派，与辛弃疾同是豪放派代表，并称苏辛；散文著述宏富，与欧阳修并称欧苏，为"唐宋八大家"之一；苏轼亦善书，为"宋四家"之一；工于画，尤擅墨竹、怪石、枯木等。有《苏东坡集》《东坡乐府》。

【顾随评论】

至苏（轼）、黄（庭坚），宋诗是完成了，而并非成熟，与晚唐之诗不同。宋之苏、黄似唐之李、杜而又绝不同。苏什么都会，而人评之曰：凡事俱不肯着力。余以为苏东坡未尝不用力，而是到彼即尽，没办法。

苏公是才人，诗成于机趣，非酝酿。

苏之成为诗人因其在宋诗中是较有感觉的。欧阳修在词中很能表现其感觉，而作诗便不成。陈简斋、陆放翁在宋诗人中尚非木头脑袋，有感觉、感情。苏诗中感觉尚有，而无感情，然在其词中有感情——可见用某一工具表现，有自然不自然之分。

赠刘景文

荷尽已无擎雨盖[1]，菊残犹有傲霜枝。
一年好景君须记，最是橙黄橘绿时[2]。

---

1 雨盖：雨伞，诗中喻荷叶舒展的样子。
2 橙黄橘绿时：指农历秋末冬初时。

惠崇《春江晚景》

竹外桃花三两枝，春江水暖鸭先知。
蒌蒿满地芦芽短[1]，正是河豚欲上时[2]。

1　蒌蒿：草名，有青蒿、白蒿等。
2　河豚：学名"河鲀"，肉味鲜美，但卵巢和肝脏有剧毒。

黄庭坚

黄庭坚 （1045—1105），字鲁直，号山谷道人，晚号涪翁，洪州分宁人。是盛极一时的江西诗派开山之祖，亦为"苏门四学士"之一。诗歌方面，与苏轼并称为苏黄；书法亦能树格，与苏轼、米芾、蔡襄并称为"宋代四大家"；词作方面，与秦观并称秦黄。有《山谷集》。

【顾随评论】

诗之工莫过于宋，宋诗之工莫过于江西派，山谷、后山、简斋。

人谓山谷诗如老吏断狱，严酷寡恩。不是说断得不对，而是过于严酷。在作品中我们要看出它的人情味，而黄山谷诗中很少能看出人情味，其诗但表现技巧，而内容浅薄。江西派之大师，自山谷而下十九有此病，即技巧好而没有意思（内容），缺少人情味。功夫用到家反而减少诗之美。

弈棋二首呈任公渐

其　一

偶无公事负朝暄[1]，三百枯棋共一樽。

坐隐不知岩穴乐，手谈胜与俗人言。

簿书堆积尘生案，车马淹留客在门。

战胜将骄疑必败，果然终取敌兵翻。

其　二

偶无公事客休时，席上谈兵校两棋。

心似蛛丝游碧落，身如蜩甲化枯枝[2]。

湘东一目诚甘死[3]，天下中分尚可持。

谁谓吾徒犹爱日，参横月落不曾知。

1　负朝暄：受日光曝晒取暖。

2　蜩甲：用《庄子》"佝偻丈人承蜩"典。丈人一心捕蝉，竟把身子当枯树，手臂当树枝。

3　湘东一目：用南朝梁湘东王萧绎一只眼失明的典故，喻弈者处于不利之局。按照规则，围棋有两个"眼"才能活，然现在只有一眼，情势危急可知。

陈与义

陈与义（1090—1138），字去非，号简斋，洛阳人。北宋末、南宋初诗人，以诗名，又工词。师尊杜甫，也推崇苏轼、黄庭坚和陈师道。号为"诗俊"，与"词俊"朱敦儒和"文俊"富直柔同列"洛中八俊"。其词存于今者仅十馀首。有《简斋集》。

【顾随评论】

方回《瀛奎律髓》言诗当以杜甫为一祖，以黄庭坚（山谷）、陈师道（后山）、陈与义（简斋）为三宗。

简斋用宋人字句而有晚唐情韵。

中牟道中[1]

其 一

雨意欲成还未成，归云却作伴人行。
依然坏郭中牟县，千尺浮屠管送迎[2]。

其 二

杨柳招人不待媒，蜻蜓近马忽相猜。
如何得与凉风约，不共尘沙一并来！

---

1 中牟：中牟县，今属河南省。
2 浮屠：佛塔。

春　雨

花尽春犹冷，羁心只自惊[1]。

孤莺啼永昼，细雨湿高城。

扰扰成何事[2]，悠悠送此生[3]。

蛛丝闪夕霁[4]，随处有诗情。

1　羁心：羁旅之心，即客心。
2　扰扰：纷乱动荡状。
3　悠悠：忧思不尽状。
4　夕霁：傍晚的晴晖。

清明二绝

其 一

街头女儿双髻鸦[1]，随蜂趁蝶学夭邪。

东风也作清明节，开遍来禽一树花。

其 二

卷地风抛市井声[2]，病夫危坐了清明[3]。

一帘晚日看收尽，杨柳春风百媚生[4]。

1　髻鸦：即髻丫。米芾有《醉太平》词："高梳髻鸦，浓妆脸霞，玉尖
弹动琵琶。"
2　卷地风：猛烈的大风。市井声：街市上喧闹嘈杂之声。
3　危坐：端坐。
4　媚：美好的春光。

怀天经、智老因访之[1]

今年二月冻初融，睡起苕溪绿向东[2]。
客子光阴诗卷里，杏花消息雨声中。
西庵禅伯方多病[3]，北栅儒生只固穷[4]。
忽忆轻舟寻二子，纶巾鹤氅试春风[5]。

---

1 天经：姓叶，名懋。智老：即大圆洪智，一位和尚。
2 苕溪：河名，源出浙江省天目山，进入太湖。
3 西庵：智老所居。禅伯：形容智老精于禅学。
4 北栅：天经所居。儒生：形容天经精于儒学。
5 纶巾鹤氅：是六朝以来名士喜爱的穿戴，此喻诗人。纶巾：用丝带做成的头巾。鹤氅：用鸟羽做成的外衣。

陆 游

陆游（1125—1210），字务观，号放翁。越州山阴人，南宋诗人、词人。诗与尤袤、杨万里、范成大齐名，称"南宋四大家"。"扫胡尘""靖国难"为其平生所志，作诗近万首。有《剑南诗稿》《放翁词》。

【顾随评论】

通常所谓"宋诗"乃"江西诗派"之专称，西昆体及陆游不在内。

陆放翁诗七律、七绝好，尤以七绝为佳。学七律当少读放翁诗，盖其诗少唐人浑厚之味，而人最易受其传染。

放翁虽非伟大诗人，而确是真实诗人，先不论其思想感觉，即其感情便已够得上真的诗人。

放翁诗品格不高或因其感情丰富，不能宽绰有馀。"六十年间万首诗"，便因其忠于自己，感情丰富，变化便多，诗格不高而真。

放翁诗多为一触即发，但也是胸无城府，是诚，但偏于直。

放翁诗到晚年有一特殊境界，即意境圆熟、音节调和。

临安春雨初霁

世味年来薄似纱¹，谁令骑马客京华。
小楼一夜听春雨，深巷明朝卖杏花。
矮纸斜行闲作草²，晴窗细乳戏分茶³。
素衣莫起风尘叹⁴，犹及清明可到家。

1　世味：人世滋味；社会人情。
2　矮纸：短纸、小纸。草：指草书。
3　分茶：宋元时煎茶之法。
4　素衣：原指白色的衣服，此为诗人自称。

雪夜感旧

江月亭前桦烛香[1]，龙门阁上驮声长[2]。

乱山古驿经三折，小市孤城宿两当[3]。

晚岁犹思事鞍马，当时那信老耕桑？

绿沉金锁俱尘委[4]，雪洒寒灯泪数行。

1　江月亭：宋代江南的赏月名亭。

2　龙门阁：在四川广元。

3　两当：指两当县。

4　绿沉：用绿沉竹做的枪。金锁：金色铠甲，此代指作者的理想抱负。
尘委：委尘的倒文，抛弃在尘沙中。

三峡歌

我游南宾春暮时，蜀船曾系挂猿枝[1]。
云迷江岸屈原塔，花落空山夏禹祠[2]。

1　挂猿枝：苏轼《书李世南所画秋景二首》诗："不是溪山成独往，何人解作挂猿枝。"
2　夏禹：上古治水英雄。屈原塔和夏禹祠都建在忠州南宾县。

菊枕二首

其　一

采得黄花作枕囊，曲屏深幌闭幽香。

唤回四十三年梦[1]，灯暗无人说断肠。

其　二

少日曾题菊枕诗，蠹篇残稿锁蛛丝。

人间万事消磨尽，只有清香似旧时。

1　四十三年：自陆游与唐氏结婚至写此诗时已四十三年，言恍如梦境。

沈　园[1]

其　一

城上斜阳画角哀，沈园非复旧池台。
伤心桥下春波绿，曾是惊鸿照影来。

其　二

梦断香消四十年[2]，沈园柳老不吹绵。
此身行作稽山土，犹吊遗踪一泫然[3]。

1　沈园：故址在今浙江绍兴禹迹寺南。
2　"梦断"句：作者在禹迹寺遇到唐琬是在高宗绍兴二十五年，其后不
久，唐琬郁郁而死。作此诗时距那次会面四十四年，"四十"是举其成数。
3　吊：凭吊。泫然：流泪貌。

十二月二日夜梦游沈氏园亭

其　一

路近城南已怕行，沈家园里更伤情。

香穿客袖梅花在，绿蘸寺桥春水生[1]。

其　二

城南小陌又逢春，只见梅花不见人。

玉骨久成泉下土[2]，墨痕犹锁壁间尘[3]。

1　蘸：泡在水里。

2　玉骨：指唐婉。

3　墨痕：指陆游写在墙上的《钗头凤》一词。

鉴赏家顾随遴选之

中国古典诗词精华

—— 下卷 ——

武圆圆·编注

新星出版社 NEW STAR PRESS

武圆圆，陕西人，生于七十年代末，毕业于陕西师大中文系，现为咸阳市某中学语文教师。曾获全国语文教师读书竞赛一等奖。从教之馀，浸润于古典诗词的大海，从中汲取安顿身心的养分与力量。仰慕鉴赏家顾随先生，孜孜以求，方有此致敬之书。

出版说明

选本即偏见。

这是文学鉴赏家顾随先生关于中国古典诗词的偏见集成。

他从自己设定的诗心出发，张扬真、力、美，剔除国民性中消极的元素，鼓动奋进的精神姿态。

他对中国古典诗词的看法，令人有石破天惊之感。他融汇中西文化，颠覆传统文学观念，提出了崭新的鉴赏标准。他建立了自己独特的文学谱系，从诗经、屈原、古诗十九首到曹操、陶渊明、杜甫、李商隐、晏殊、欧阳修、苏轼、辛弃疾、王国维。他推陶渊明为古今第一人，因其与生活调和的人生与文学本色。

一干文学大师硬被他拽下马。在他鞭辟入里的解析中，由伤感、空虚、遁世所主导的静态文学时空发生了逆转。

这套书遵循顾随先生的文学理念，以其民国时期的讲义为本，力图绘制一副契合鉴赏家心意的古典诗词图谱。

编者将其点评过褒奖过的作品，按照时间顺序一一陈列；

重要作家都附有顾随的精辟评论；

顾随对苏轼和辛弃疾词作的解读文字，以摘要的形式附在相关作品后面；

对词的编排，参照已有之权威版本，按照其内在节奏分行排列，有助于读者欣赏；

为便于读者阅读，编者对字词及用典作了简明注解；

全书分为上下两卷，上卷为诗，下卷为词。

下卷附录选用了顾随先生三篇文字，有演讲，有用文言写成的习词心得。为阅读方便，对文言进行了必要的分段；文字一仍其旧，底、者、走作（做作）之类用法读者当可意会，不另行加注。

这本充满偏见的选本，或许可以呈现顾随心中最理想的文学世界。这些美轮美奂、滋润人心的作品，将为我们平淡的人生带来片刻的愉悦。文学的作用，就在于调理情感，抚慰人心。这个选本足以担当此任。

顾随先生说："一个好的选本，等于一本著作。"从这个意义上说，此亦可作为武圆圆女士的著作。她积数年之功，在完成语文教学任务之馀，勉力完成了这部作品——既是对顾随先生文学理念的完美诠释，也包含着古典文学专业出身的教师弘扬祖国文学传统的深情。

选文、注释若有不当之处，敬请方家指正。

编注者在工作中参考了河北教育出版社之《顾随全集》，在此谨向主事者致以诚挚的谢意。

新星出版社
2018年6月6日

目　录

欧阳修

苏 轼

李之仪

秦 观

周邦彦

朱敦儒

史达祖

蒋　捷

温庭筠

温庭筠（约812—866），晚唐时期诗人、词人。本名岐，字飞卿，太原人。富有天才，文思敏捷，每入试，押官韵，八叉手而成八韵，故亦有温八叉之称。然恃才不羁，又好讥刺权贵，多犯忌讳，取憎于时，故屡举进士不第，长被贬抑，终生不得志。精通音律，工诗，与李商隐齐名，时称温李。其诗辞藻华丽，秾艳精致，内容多写闺情；其词艺术成就在晚唐诸词人之上，在词史上与韦庄齐名，并称温韦。被尊为"花间派"之鼻祖。后人辑有《温飞卿集》及《金荃集》。

【顾随评论】

晚唐词，温为第一也（有词集之词人），将北里词加工为诗家词，以诗之唯美派作风入词，（乃）以诗之末流为词之早期之作。

梦江南

其　一

千万恨[1]，
恨极在天涯。
山月不知心里事，
水风空落眼前花，
摇曳碧云斜。

1　恨：离恨。

其　二

梳洗罢，
独倚望江楼。
过尽千帆皆不是，
斜晖脉脉水悠悠，
肠断白蘋洲[1]。

1　白蘋（píng）：水中浮草，色白。古时男女常采蘋花赠别。

顾 夐

　　顾夐（约公元928年前后在世），五代词人，善艳词，词风似温庭筠，绮丽却不浮靡，意象清新生动，情致悱恻缠绵，况周颐赞其为"五代艳词上驷也"。作品收入《花间集》。

诉衷情

香灭帘垂春漏永[1]。

整鸳衾[2]，罗带重。

双凤，缕黄金。

窗外月光临，沉沉。

断肠无处寻[3]，负春心[4]。

永夜抛人何处去[5]。

绝来音，香阁掩。

眉敛，月将沉。

争忍不相寻[6]，怨孤衾。

换我心，为你心，始知相忆深。

1　春漏永：即春夜长。漏为漏壶，古时计时之器。
2　鸳衾：绣着鸳鸯的被子。衾，被子。
3　断肠：此处指断肠人，即情人。
4　负春心：辜负了少女一片爱慕之心。
5　永夜：长夜。
6　争忍：怎忍。

韦　庄

　　韦庄（约836—约910）字端己，长安杜陵人。晚唐诗人、词人，五代时前蜀宰相。与温庭筠同为"花间派"代表人物，并称温韦。所著长诗《秦妇吟》与《孔雀东南飞》《木兰诗》并称"乐府三绝"。词风清丽，有《浣花词》。

【顾随评论】
　　六一词是动的、热的；韦庄词是静的、冷的，静中有动。

应天长

绿槐阴里黄莺语，
深院无人春昼午[1]。
画帘垂，金凤舞[2]，
寂寞绣屏香一炷。

碧天云，无定处，
空有梦魂来去。
夜夜绿窗风雨[3]，
断肠君信否？

1　春昼午：春季白天正午之时。
2　金凤舞：指画帘上绘的金凤凰，经风吹动，宛如起舞。
3　绿窗：华丽的窗户。冯贽《南部烟花记》："隋文帝为蔡容华作潇湘绿绮窗，上饰黄金芙蓉花，琉璃网户，文杏为梁，雕刻飞走，动值千金。"

思帝乡

春日游，杏花吹满头。
陌上谁家年少，足风流[1]。

妾拟将身嫁与，一生休[2]。
纵被无情弃，不能羞。

---

1 足：足够，十分。
2 一生休：直到生命尽头。

女冠子

四月十七，正是去年今日，别君时。
忍泪佯低面[1]，含羞半敛眉[2]。

不知魂已断，空有梦相随。
除却天边月，没人知。

1　佯低面：假装着低下脸。
2　敛眉：皱眉。敛：蹙。

菩萨蛮

红楼别夜堪惆怅[1]，香灯半卷流苏帐[2]。
残月出门时，美人和泪辞。

琵琶金翠羽[3]，弦上黄莺语[4]。
劝我早还家，绿窗人似花[5]。

1　红楼：指豪门富家的住所。
2　香灯：用香料制油点的灯。流苏：用彩色羽毛或丝线等制成的穗状垂饰物。
3　金翠羽：琵琶的装饰，嵌金点翠在捍拨上。琵琶槽上安置金属薄片，防止弹拨损伤，叫"捍拨"。
4　弦上黄莺语：此句是指琵琶声犹如黄莺的啼叫。
5　绿窗：指贫女的闺室，与红楼相对。

韩 偓

　　韩偓（842—923），晚唐五代诗人。字致尧，小名冬郎，自号玉山樵人，京兆万年人。李商隐曾誉其"雏凤清于老凤声"。艳体诗集《香奁集》写男女之情，风格纤巧。

生查子

侍女动妆奁，
故故惊人睡[1]。
那知本未眠，
背面偷垂泪。

懒卸凤凰钗，
羞入鸳鸯被[2]。
时复见残灯，
和烟坠金穗[3]。

1　故故：故意。
2　鸳鸯被：《古诗十九首》有"文彩双鸳鸯，裁为合欢被"。
3　金穗：灯芯结为灯花。此写残夜光景。

冯延巳

冯延巳（903—960），又名延嗣，字正中，广陵人。南唐中主时官至左仆射同平章事（宰相），为后主李煜之师。词风清丽，善写离愁别绪。其词多娱宾遣兴、流连光景之作，反映官僚士大夫闲逸的生活面貌。王国维《人间词话》说："冯正中词虽不失五代风格，而堂庑特大，开北宋一代风气。"冯煦《阳春集序》说："其旨隐，其词微。"有《阳春集》（原名《阳春录》）。

【顾随评论】

冯正中，沉着，有担荷的精神。中国人多缺少此种精神，而多是逃避、躲避。

菩萨蛮

娇鬟堆枕钗横凤[1]，溶溶春水杨花梦。
红烛泪阑干，翠屏烟浪寒。

锦壶催画箭[2]，玉佩天涯远。
和泪试严妆[3]，落梅飞晓霜。

———————————
1　娇鬟：柔美的发髻。钗横凤：即凤钗横的倒文。
2　锦壶催画箭：喻时光流逝。
3　严妆：浓丽整齐的装束。

鹊踏枝

谁道闲情抛掷久¹？

每到春来，惆怅还依旧。

日日花前常病酒²，不辞镜里朱颜瘦³。

河畔青芜堤上柳⁴，

为问新愁，何事年年有？

独立小桥风满袖，平林新月人归后⁵。

1　闲情：即闲愁、春愁。
2　病酒：饮酒沉醉如病，醉酒。
3　朱颜：此指青春红润的面色，亦代指年轻。
4　青芜：青草。
5　平林：原野上的丛林。

鹊踏枝

几日行云何处去[1]？
忘却归来，不道春将暮[2]。
百草千花寒食路，香车系在谁家树？

泪眼倚楼频独语。
双燕来时，陌上相逢否？
撩乱春愁如柳絮，依依梦里无寻处。

1　行云：宋玉《高唐赋》载巫山神女云："妾在巫山之阳，高丘之阻。旦为行云，暮为行雨，朝朝暮暮，阳台之下。"后喻踪迹无定。
2　不道：犹云不知不觉也，不期。

上行杯

落梅著雨消残粉，云重烟轻寒食近。
罗幕遮香[1]，柳外秋千出画墙[2]。

春山颠倒钗横凤[3]，飞絮入檐春睡重。
梦里佳期，只许庭花与月知。

1　罗幕：罗帐。
2　画墙：绘有精彩图绘的围墙。
3　春山：此喻指妇人姣好之眉。

长命女

春日宴，
绿酒一杯歌一遍[1]。
再拜陈三愿，
一愿郎君千岁，
二愿妾身常健[2]，
三愿如同梁上燕，
岁岁长相见。

1　绿酒：古时米酒酿成未滤时，面浮米渣，呈淡绿色，故名。
2　妾身：古时女子的自称。

李　璟

　　李璟（916—961），字伯玉，五代十国时期南唐第二位皇帝，史称南唐中主。李璟好读书，多才艺。常与宠臣韩熙载、冯延巳等饮宴赋诗。他的词，感情真挚，风格清新，语言不事雕琢，"小楼吹彻玉笙寒"是流芳千古的名句。其诗词被录入《南唐二主词》中。

【顾随评论】

　　词很少叙事（史实）成分，很少表现哲学理想，"二主"入以史实，思想内容因以扩大，继承了诗骚李杜。

摊破浣溪沙

菡萏香销翠叶残¹，西风愁起绿波间²。
还与韶光共憔悴，不堪看。

细雨梦回鸡塞远³，小楼吹彻玉笙寒⁴。
多少泪珠何限恨，倚阑干。

1　菡萏（hàn dàn）：荷花的别称。
2　西风愁起：西风从绿波之间起来。以花叶凋零，故曰"愁起"。
3　鸡塞：地名，此泛指边塞。
4　彻：大曲中的最后一遍。"吹彻"意谓吹到最后一曲。笙以吹久而含润，故云"寒"。

摊破浣溪沙

手卷真珠上玉钩，依前春恨锁重楼[1]。
风里落花谁是主，思悠悠。

青鸟不传云外信[2]，丁香空结雨中愁[3]。
回首绿波三峡暮，接天流。

---

1 依前：依旧。春恨：犹春愁，春怨。
2 青鸟：传说曾为西王母传递消息给汉武帝。这里指带信的人。
3 丁香结：丁香的花蕾。此处用以象征愁心。

李　煜

李煜（937—978），南唐中主李璟第六子，南唐最后一位国君。初名从嘉，字重光，号钟隐、莲峰居士，世称南唐后主、李后主。开宝八年，李煜兵败降宋，被俘至汴京，封违命侯。后因作感怀故国的《虞美人》而被宋太宗毒死。

李煜精书法，工绘画，通音律，诗文均有一定造诣，尤以词的成就最高。其词继承了晚唐以来温庭筠、韦庄等"花间派"词人的传统，又受李璟、冯延巳等人的影响，语言明快，形象生动，用情真挚，风格鲜明。其亡国后词作含义深沉，在晚唐五代词中独树一帜，被称为"千古词帝"。

【顾随评论】

江西诗派有"一祖三宗"之说，"一祖"为杜甫，"三宗"为黄庭坚（山谷）、陈师道（后山）、陈与义（简斋）。词史亦有"一祖三宗"，词之"一祖"乃李后主，词之"三宗"乃冯延巳（正中）、晏殊（同叔）、欧阳修（六一）。

词之"一祖"乃李后主，开山大师多是天纵之才，无师自通。

破阵子

四十年来家国[1]，三千里地山河。

凤阙龙楼连霄汉[2]，玉树琼枝作烟萝[3]。

几曾识干戈[4]。

一旦归为臣虏，沈腰潘鬓销磨[5]。

最是苍皇辞庙日[6]，教坊独奏别离歌，

垂泪对宫娥。

1　四十年：南唐自建国至李煜作此词，为三十八年。此处四十年为概数。
2　凤阙龙楼：指帝王的居所。霄汉：天河。
3　玉树琼枝：喻树木华美。烟萝：形容树枝叶繁茂，如笼罩着烟雾。
4　干戈：武器，此指代战争。
5　沈腰潘鬓：沈指沈约，《南史·沈约传》："言已老病，百日数旬，革带常应移孔。"后用"沈腰"指代人日渐消瘦。潘指潘岳，潘岳曾在《秋兴赋》序中云："余春秋三十二，始见二毛。"后以"潘鬓"指代中年白发。
6　辞庙：辞，离开。庙，宗庙，古代帝王供奉祖先牌位的地方。

浪淘沙

帘外雨潺潺，春意阑珊[1]。

罗衾不耐五更寒。

梦里不知身是客[2]，一晌贪欢。

独自莫凭栏，无限江山。

别时容易见时难。

流水落花春去也，天上人间！

1　阑珊：衰残。
2　身是客：指被拘汴京，形同囚徒。

柳　永

柳永（约984—约1053），原名三变，字耆卿，崇安人，因排行第七，官至屯田员外郎，又称柳七、柳屯田。北宋词人，婉约派代表人物。自称"奉旨填词柳三变"，以毕生精力作词，并以"白衣卿相"自诩。其词多描绘城市风光和歌妓生活，尤长于抒写羁旅行役之情，是第一个大量创制慢词的人，还是两宋词坛创用词调最多的词人。铺叙刻画情景交融，雅俗并陈，音律谐婉，在当时流传极广，人称"凡有井水饮处，即能歌柳词"。为婉约派最具代表性的人物之一，对宋词发展有重大影响。有《乐章集》。

【顾随评论】

本是为人生而艺术，但柳三变把人生一转而为艺术，为艺术而艺术。

八声甘州

对潇潇暮雨洒江天[1]，一番洗清秋[2]。

渐霜风凄紧[3]，关河冷落，残照当楼。

是处红衰翠减[4]，苒苒物华休[5]。

唯有长江水，无语东流。

不忍登高临远，望故乡渺邈[6]，归思难收。

叹年来踪迹，何事苦淹留[7]？

想佳人、妆楼颙望[8]，

误几回、天际识归舟[9]。

争知我[10]，倚阑干处，正恁凝愁[11]！

1　潇潇：雨势急骤。

2　一番洗清秋：一番风雨，洗出一个凄清的秋天。

3　霜风凄紧：秋风凄凉紧迫。霜风，秋风。

4　是处红衰翠减：到处花草凋零。语出李商隐《赠荷花》："翠减红衰愁杀人。"

5　苒苒：同"荏苒"，形容时光消逝。物华休：美好的景物消残。

6　渺邈：同"渺渺"，远貌。

7　淹留：久留。

8　颙（yóng）望：抬头凝望。

9　误几回、天际识归舟：多少次错把远处驶来的船当作心上人回家的船。

10　争：怎。

11　恁（nèn）：如此。凝愁：忧愁凝结不解。

张　先

张先（990—1078），北宋词人。字子野，乌程人，人称张三影。善作慢词，与柳永齐名，才力不及柳永，但较为含蓄，韵味隽永。著有《安陆词》，又名《张子野词》。

木兰花

龙头舴艋吴儿竞¹，笋柱秋千游女并²。

芳洲拾翠暮忘归³，秀野踏青来不定。

行云去后遥山暝⁴，已放笙歌池苑静⁵。

中庭月色正清明，无数杨花过无影。

1　龙头舴艋（zé měng）：指江南水乡常见的一种装饰龙头、体形扁窄的
轻便龙舟。舴艋，小船。吴儿：吴地青少年。古代清明、寒食节有玩龙
舟习俗。
2　笋柱秋千：指竹制的秋千架。游女并：游女双双对对荡秋千。
3　芳洲：水边长有花草的地方。拾翠：原指采拾翠鸟的羽毛，此指采
拾花草。曹植《洛神赋》："或采明珠，或拾翠羽。"后泛指妇女水边野外
游春之事。
4　行云：指天上流动的云彩，亦借指美人，是双关语。
5　放：古代歌舞杂戏，呼唤他们来时，叫"勾队"；遣他们去时，叫
"放对"。笙：管乐器名称。大者十九簧，小者十三簧。

天仙子

时为嘉禾小倅¹，以病眠不赴府会。

《水调》数声持酒听²，午醉醒来愁未醒。
送春春去几时回？
临晚镜，伤流景³，往事后期空记省⁴。

沙上并禽池上暝⁵，云破月来花弄影。
重重帘幕密遮灯。
风不定，人初静，明日落红应满径。

1　嘉禾小倅（cuì）：嘉禾，秀州别称，治所在今浙江省嘉兴市。倅，副职，时张先任秀州通判。
2　《水调》：曲调名。杜牧《扬州》诗之一："谁家唱《水调》，明月满扬州。"自注："炀帝凿汴渠成，自造《水调》。"
3　流景：像水一样逝去的光阴。景，日光。武平一《妾薄命》诗："流景一何速，年华不可追。"
4　后期：以后的约会。记省：思念省识。
5　并禽：成对的鸟儿。这里指鸳鸯。暝：天色昏暗。

晏 殊

晏殊（991—1055），字同叔，临川人。少年时以神童召试，赐同进士出身。宋仁宗时官至同中书门下章事兼枢密使。名臣范仲淹、富弼、欧阳修和词人张先等均出其门。诗属"西昆体"。词风则承袭五代，受冯延巳的影响较深。所作闲雅而有情思，语言婉丽，音韵和谐。内容则多写闲情逸致。有《珠玉词》。

【顾随评论】

《珠玉词》中的蕴藉作品可以说是前无古人，后无来者。

情与思原是相反的，在大晏词中，情、思如水乳交融。

大晏的特色乃明快。此与理智有关。平常人所谓理智不是理智，是利害之计较，或是非之判别。文学上的理智是经过了感情的渗透的，与世法上干燥冷酷的理智不同。

冯正中对人生只是担荷，而大晏则是有办法。

大晏所写是多么有力、上进、有光明前途的人生。

少年游

重阳过后，西风渐紧，庭树叶纷纷。
朱阑向晓[1]，芙蓉妖艳，
特地斗芳新。

霜前月下，斜红淡蕊[2]，
明媚欲回春。
莫将琼蕣等闲分[3]，留赠意中人。

1　向晓：清早。
2　斜红：指倾侧的花和花瓣。
3　莫将琼蕣等闲分：不要随便将好花分给别人。

木兰花

帘旌浪卷金泥凤[1]。宿醉醒来长蓸松[2]。
海棠开后晓寒轻，柳絮飞时春睡重。

美酒一杯谁与共？往事旧欢时节动[3]。
不如怜取眼前人，免更劳魂兼役梦[4]。

1　帘旌（jīng）：帘幕。金泥凤：帘上用金粉画的凤凰图案。
2　蓸松：迷糊，神志不清。
3　欢：古代男女相爱，女子称心上人为欢。
4　劳魂兼役梦：烦劳、役使魂梦。犹魂牵梦萦之意。

相思儿令

昨日探春消息[1]，湖上绿波平。
无奈绕堤芳草，还向旧痕生。

有酒且醉瑶觥[2]。更何妨、檀板新声。
谁教杨柳千丝，就中牵系人情[3]。

1　探春：唐宋风俗，都城仕女在正月十五日收灯后至郊外踏青宴游，叫
探春。
2　瑶觥：玉制的酒器。
3　就中：其中。

相思儿令

春色渐芳菲也，迟日满烟波[1]。
正好艳阳时节，争奈落花何。

醉来拟恣狂歌。断肠中、赢得愁多。
不如归傍纱窗，有人重画双蛾[2]。

浣溪沙

一曲新词酒一杯[1]。去年天气旧亭台。
夕阳西下几时回。

无可奈何花落去，似曾相识燕归来。
小园香径独徘徊[2]。

1　一曲新词酒一杯：此句化用白居易《长安道》诗："花枝缺处青楼开，艳歌一曲酒一杯。"
2　香径：因落花满径，幽香四溢，故云香径。

浣溪沙

玉碗冰寒滴露华[1]。粉融香雪透轻纱[2]。
晚来妆面胜荷花。

鬟鬌欲迎眉际月[3]，酒红初上脸边霞。
一场春梦日西斜。

1　玉碗：古代富贵人家冬时用玉碗贮冰于地窖，夏时取以消暑。
2　粉融：脂粉与汗水融和。香雪：借喻女子肌肤的芳洁。
3　鬟鬌（duǒ）：鬟发下垂的样子，形容仕女梳妆的美丽。眉际月：古时女子的面饰。有以黄粉涂额成圆形为月，因位置在两眉之间，故称"眉际月"。

浣溪沙

湖上西风急暮蝉。夜来清露湿红莲。
少留归骑促歌筵[1]。

为别莫辞金盏酒[2]，入朝须近玉炉烟[3]。
不知重会是何年。

1　歌筵：有歌者唱歌劝酒的宴席。
2　为别：分别。莫辞：不要推辞。
3　入朝：谓进入中央朝廷做官。

浣溪沙

红蓼花香夹岸稠。绿波春水向东流。
小船轻舫好追游。

渔父酒醒重拨棹[1]，鸳鸯飞去却回头。
一杯销尽两眉愁。

---

1 棹：船用撑杆；长的船桨。

浣溪沙

宿酒才醒厌玉卮[1]。水沉香冷懒熏衣[2]。
早梅先绽日边枝。

寒雪寂寥初散后，春风悠飏欲来时[3]。
小屏闲放画帘垂。

---

1 宿酒：酒醉后隔了一夜。
2 水沉香：著名的熏香木料，古代常用以熏衣被，房室中焚其取香。
3 悠飏（yáng）：飘忽不定貌。

浣溪沙

杨柳阴中驻彩旌[1]。芰荷香里劝金觥[2]。
小词流入管弦声。

只有醉吟宽别恨[3]，不须朝暮促归程。
雨条烟叶系人情[4]。

1　驻：停止不前。彩旌：彩旗。
2　芰（jì）：菱角。劝金觥：指劝酒。
3　只有醉吟宽别恨：只有酒醉后吟诗作赋才能减轻离愁。
4　雨条：如雨丝般的柳条。烟叶：如暮霭般的柳叶。

浣溪沙

淡淡梳妆薄薄衣。天仙模样好容仪[1]。
旧欢前事入颦眉[2]。

闲役梦魂孤烛暗，恨无消息画帘垂。
且留双泪说相思。

1　容仪：容貌举止；容貌仪表。
2　颦眉：皱眉。

浣溪沙

小阁重帘有燕过。晚花红片落庭莎[1]。
曲阑干影入凉波。

一霎好风生翠幕，几回疏雨滴圆荷[2]。
酒醒人散得愁多[3]。

1　晚花：迟开的花。红片：落花的花瓣。庭莎（suō）：庭院里野生的莎草。
2　几回疏雨滴圆荷：指一日之间几次下雨，雨点打在圆圆的荷叶上。化用孙光宪《思帝乡》词："看尽满池疏雨打团荷。"
3　愁：在词中是叹息时光易逝、盛筵不再、美景难留的情绪。

浣溪沙

三月和风满上林[1]。牡丹妖艳直千金。
恼人天气又春阴。

为我转回红脸面[2]，向谁分付紫檀心[3]。
有情须殢酒杯深[4]。

1　上林：即上林苑，汉代皇家宫苑。后泛指帝王的园林。
2　红脸面：此指牡丹的红色花瓣。
3　分付：付与。紫檀心：丹心，赤心；此指牡丹深紫色的花蕊。
4　殢（tì）：沉溺，滞留。

浣溪沙

阆苑瑶台风露秋[1]。整鬟凝思捧觥筹[2]。
欲归临别强迟留。

月好谩成孤枕梦[3]，酒阑空得两眉愁。
此时情绪悔风流。

---

1 阆苑瑶台：广大的园林，华美的楼台。本指神仙居住之地，此指丫鬟居地。
2 整鬟：梳妆打扮。 觥筹：酒杯和酒筹。酒筹用来计算饮酒的数量。
3 谩（màn）：枉然，白白地。

浣溪沙

绿叶红花媚晓烟[1]。黄蜂金蕊欲披莲。
水风深处懒回船。

可惜异香珠箔外[2]，不辞清唱玉尊前。
使星归觐九重天[3]。

1　晓烟：晨雾。
2　珠箔：珠帘。
3　使星：朝庭派出的使臣。归觐（jìn）：归来拜见君主。九重天：此指君王。

浣溪沙

一向年光有限身[1]。等闲离别易销魂[2]。
酒筵歌席莫辞频[3]。

满目山河空念远，落花风雨更伤春。
不如怜取眼前人[4]。

---

1 一向：即"一晌"，片刻。有限身：有限的生命。
2 等闲：平常。销魂：形容极度悲伤。
3 莫辞频：不要因为频繁而推辞。
4 怜取眼前人：元稹《会真记》载崔莺莺诗："还将旧来意，怜取眼前
人。"怜：怜爱。取：语助词。

蝶恋花

槛菊愁烟兰泣露[1]。

罗幕轻寒，燕子双飞去。

明月不谙离恨苦，斜光到晓穿朱户[2]。

昨夜西风凋碧树。

独上高楼，望尽天涯路。

欲寄彩笺兼尺素[3]，山长水阔知何处！

---

1 槛：古建筑常于轩斋四面房基之上围以木栏，上承屋角，下临阶砌，谓之槛。至于楼台水榭，亦多是槛栏修建之所。

2 朱户：犹言朱门，指大户人家。

3 彩笺：彩色的信笺。尺素：书信的代称。古人写信用素绢，通常长约一尺，故称尺素，语出《古诗十九首》："客从远方来，遗我双鲤鱼。呼儿烹鲤鱼，中有尺素书。"

破阵子

忆得去年今日，黄花已满东篱[1]。
曾与玉人临小槛[2]，共折香英泛酒卮[3]。
长条插鬓垂。

人貌不应迁换，珍丛又睹芳菲。
重把一尊寻旧径，所惜光阴去似飞。
风飘露冷时。

1　黄花：菊花。 下文"长条"亦代指菊花。
2　玉人：此指昔日的友人。
3　香英：香花。泛酒卮：指把菊花浸在酒中。

破阵子

春景

燕子来时新社[1]，梨花落后清明。

池上碧苔三四点，叶底黄鹂一两声。

日长飞絮轻。

巧笑东邻女伴，采桑径里逢迎[2]。

疑怪昨宵春梦好，元是今朝斗草赢[3]。

笑从双脸生。

1　新社：社日是古代祭土地神的日子，以祈丰收。有春秋两社，新社即
春社，时为立春后、清明前。

2　逢迎：相逢。

3　斗草：古代妇女的一种游戏，也叫"斗百草"。

破阵子

湖上西风斜日，荷花落尽红英[1]。
金菊满丛珠颗细，海燕辞巢翅羽轻[2]。
年年岁岁情。

美酒一杯新熟[3]，高歌数阕堪听。
不向尊前同一醉，可奈光阴似水声。
迢迢去未停。

1　红英：红花。
2　海燕：古时以为燕子是从南方渡海而至的，故有此称。
3　新熟：指酒刚刚酿成。

采桑子

阳和二月芳菲遍，暖景溶溶[1]。
戏蝶游蜂。
深入千花粉艳中。

何人解系天边日，占取春风[2]。
免使繁红。
一片西飞一片东。

1　溶溶：和暖的样子。
2　占取春风：留住春天。

采桑子

时光只解催人老，不信多情。
长恨离亭[1]。
泪滴春衫酒易醒。

梧桐昨夜西风急，淡月胧明。
好梦频惊。
何处高楼雁一声？

1　离亭：古人在长亭短亭间送别，故称这些亭子为离亭。

凤衔杯

青蘋昨夜秋风起。
无限个、露莲相倚[1]。
独凭朱阑、愁望晴天际。
空目断、遥山翠。

彩笺长，锦书细。
谁信道、两情难寄[2]。
可惜良辰好景、欢娱地。
只恁空憔悴。

1　露莲：带露水的莲花。
2　信道：料到。

山亭柳

家住西秦[1]。赌博艺随身。
花柳上[2]、斗尖新[3]。
偶学念奴声调[4]，有时高遏行云[5]。
蜀锦缠头无数，不负辛勤。

数年来往咸京道，残杯冷炙谩消魂。
衷肠事、托何人。
若有知音见采[6]，不辞遍唱阳春[7]。
一曲当筵落泪，重掩罗巾。

1　西秦：指秦地。
2　花柳：指寻欢作乐的游艺。
3　尖新：新奇别致。
4　念奴：唐代天宝年间著名歌女。
5　高遏行云：《列子·汤问》说古有歌者秦青"抚节悲歌，声振林木，响遏行云"。形容歌声响亮动听。
6　采：采纳。
7　阳春：即《阳春曲》，一种高雅音乐。

欧阳修

欧阳修（1007—1072），字永叔，号醉翁，晚号六一居士。吉州永丰人，因吉州原属庐陵郡，以"庐陵欧阳修"自居。谥号文忠，世称欧阳文忠公。为谏官，正直敢言，屡遭贬谪。后累官至翰林学士、枢密副使、参知政事。他是北宋文学革新运动的领导人物，为文以韩愈为宗，反对浮靡的时文，倡导有内容的古文。所作多议论当世事，切中时弊。以文章负一代盛名。文笔纡徐委曲，条达疏畅，语言明白易晓，是其特点。诗如其文，一洗西昆体绮靡、晦涩之习，多平易疏朗。词则更富于情韵。有《欧阳文忠公集》《六一词》。

【顾随评论】

宋代之文、诗、词三种文体，皆奠自六一。文，改骈为散；诗，清新；词，开苏辛。欧文学之不朽，在词，不在诗、文。"晏欧清丽复清狂"，此狂是狂放和进取之意。若说大晏词色彩清丽，则欧词是意兴清狂，奠定宋词之基础。

六一之伤感，是热烈。伤感原是凄凉，而六一是热烈。一本《六一词》不好则已，好就好在此热烈情调，不独伤感词为然。大晏词是秋天，欧词是春、夏，所惜以春而论则是暮春。

采桑子

春深雨过西湖好[1]，百卉争妍，
蝶乱蜂喧。
晴日催花暖欲然。

兰桡画舸悠悠去[2]，疑是神仙，
返照波间。
水阔风高飏管弦[3]。

1　西湖：此指安徽颍州西湖。欧阳修曾任颍州知州，并终老于此。
2　兰桡（ráo）：舟的美称。桡，船桨。画舸：装潢精美饰有彩绘的游船。
3　飏：同"扬"，传播。管弦：泛指音乐。

采桑子

清明上巳西湖好[1]，满目繁华，
争道谁家。
绿柳朱轮走钿车。

游人日暮相将去[2]，醒醉喧哗，
路转堤斜。
直到城头总是花。

---

1 上巳（sì）：是指以干支纪日的夏历三月的第一个巳日，先秦时已成
为民俗节日，人们结伴去水边沐浴，称为"祓禊"，古称上巳节。魏晋以
后，上巳节改为三月三日，故又称重三或三月三。后成为水边饮宴、郊
外游春的节日。
2 相将：犹相与、相共也。

采桑子

画船载酒西湖好，急管繁弦[1]，
玉盏催传[2]。
稳泛平波任醉眠。

行云却在行舟下，空水澄鲜[3]，
俯仰留连。
疑是湖中别有天。

---

1 急管繁弦：状乐曲节拍急促，音色纷杂。
2 玉盏催传：饮酒时一种传杯助兴的游戏。
3 空水：天空与水面。澄鲜：清澄明洁。

采桑子

群芳过后西湖好[1]，狼藉残红[2]。
飞絮濛濛。
垂柳阑干尽日风。

笙歌散尽游人去，始觉春空，
垂下帘栊[3]。
双燕归来细雨中。

1　群芳过后：暮春百花凋零之后。
2　狼藉残红：此处谓落花缤纷貌。
3　帘栊：有帘子的窗。栊，窗棂。

采桑子

何人解赏西湖好¹，佳景无时²。
飞盖相追³。
贪向花间醉玉卮。

谁知闲凭阑干处，芳草斜晖。
水远烟微。
一点沧洲白鹭飞⁴。

1　解赏：懂得欣赏。
2　佳景无时：谓湖景无时不佳。
3　飞盖相追：车马竞相驰骋。用曹植《公讌》诗："清夜游西园，飞盖相追随。"
4　沧洲：水边地。常用以指称隐士居处。

浣溪沙

堤上游人逐画船，拍堤春水四垂天[1]。
绿杨楼外出秋千。

白发戴花君莫笑，六幺催拍盏频传[2]。
人生何处似樽前。

1　四垂天：天幕四垂与水面相接，此处写湖上水天一色的情形。
2　六幺：又名"绿腰"，唐时琵琶曲名。白居易《琵琶行》："轻拢慢捻抹复挑，初为霓裳后六幺。"

玉楼春

樽前拟把归期说[1]，未语春容先惨咽[2]。
人生自是有情痴，此恨不关风与月。

离歌且莫翻新阕[3]，一曲能教肠寸结。
直须看尽洛城花，始共春风容易别。

1　樽前：饯行的酒席前。
2　春容：女子的青春容貌。此指别离的佳人。
3　离歌：指饯别宴前唱的送别曲。翻新阕：按旧曲填新词。白居易
《杨柳枝》："古歌旧曲君莫听，听取新翻杨柳枝。"

玉楼春

别后不知君远近，触目凄凉多少闷！
渐行渐远渐无书，水阔鱼沉何处问[1]？

夜深风竹敲秋韵[2]，万叶千声皆是恨。
故欹单枕梦中寻[3]，梦又不成灯又烬[4]。

---

1 鱼沉：古人有鱼雁传书之说，鱼沉，谓书信不传。
2 秋韵：秋声。秋时西风作，草木零落，多肃杀之声，曰秋声。
3 欹（qī）：斜倚。
4 烬（jìn）：火烧尽后成灰质部分，此指灯花。

定风波六首

其 一

把酒花前欲问他，对花何惜醉颜酡[1]。
春到几人能烂赏[2]。何况，
无情风雨等闲多。

艳树香丛都几许。朝暮，
惜红愁粉奈情何。
好是金船浮玉浪[3]，相向，
十分深送一声歌[4]。

1　醉颜酡（tuó）：《楚辞·招魂》："美人既醉，朱颜酡些。"
2　烂赏：纵情玩赏。
3　金船：一种较大的酒器。玉浪：喻美酒。
4　十分：此指杯中酒满。白居易《和春深》诗："十分杯中物，五色眼前花。"

其 二

把酒花前欲问伊，忍嫌金盏负春时[1]。
红艳不能旬日看。宜算[2]，
须知开谢只相随[3]。

蝶去蝶来犹解恋。难见，
回头还是度年期。
莫候饮阑花已尽[4]。方信，
无人堪与补残枝。

1　金盏：酒杯的美称。此指代酒。
2　算：作罢，不再计较。
3　开谢只相随：谓花开花谢都是接踵而至的事。
4　饮阑：犹饮罢。

其 三

把酒花前欲问公，对花何事诉金钟[1]。
为问去年春甚处。虚度，
莺声撩乱一场空[2]。

今岁春来须爱惜。难得，
须知花面不长红[3]。
待得酒醒君不见，千片，
不随流水即随风。

---

1 诉：辞酒之意。金钟：精美的酒杯。
2 撩乱：顾况《筝》诗："莫遣黄莺花里啭，参差撩乱妬春风。"
3 花面：多用以借喻少女之面庞；此处指花朵。

其　四

把酒花前欲问君，世间何计可留春。
纵使青春留得住。虚语，
无情花对有情人[1]。

任是好花须落去。自古，
红颜能得几时新。
暗想浮生何事好，唯有，
清歌一曲倒金樽。

---

1 "无情"句：欧阳修《嘲少年惜花》诗："春风自是无情物，肯为汝惜无情花。今年花落明年好，但见花开人自老。"

其 五

过尽韶华不可添，小楼红日下层檐。
春睡觉来情绪恶。寂寞，
杨花缭乱拂珠帘。

早是闲愁依旧在。无奈，
那堪更被宿醒兼[1]。
把酒送春惆怅甚，长恁[2]，
年年三月病厌厌。

---

1 醒（chéng）：病酒曰醒。宿醒，犹宿醉。兼：加倍。
2 长恁：长久如此。

其　六

对酒追欢莫负春[1]，春光归去可饶人。
昨日红芳今绿树。已暮，
残花飞絮两纷纷。

粉面丽姝歌窈窕。清妙，
樽前信任醉醺醺[2]。
不是狂心贪燕乐[3]，自觉，
年来白发满头新。

1　追欢：犹寻欢。
2　信任：听凭，任凭。
3　狂心：柳永《昼夜乐》：“无限狂心乘酒兴。”燕乐：宴饮欢乐。

蝶恋花

面旋落花风荡漾[1]。

柳重烟深，雪絮飞来往。

雨后轻寒犹未放，春愁酒病成惆怅。

枕畔屏山围碧浪[2]。

翠被华灯，夜夜空相向。

寂寞起来搴绣幌[3]，月明正在梨花上。

1　面旋：飞舞徘徊貌。

2　枕畔屏山：指枕前的屏风，就寝时用以御风，又称"枕屏"或"枕障"。因重叠似小山，故又称"屏山"。围碧浪：屏风围绕着绿色的绣被。

3　搴：撩起。绣幌：彩绣丝帛制成的帘幔。

蝶恋花

庭院深深深几许。

杨柳堆烟[1]，帘幕无重数。

玉勒雕鞍游冶处[2]，楼高不见章台路[3]。

雨横风狂三月暮。

门掩黄昏，无计留春住。

泪眼问花花不语，乱红飞过秋千去。

1　堆烟：形容杨柳浓密，暖日含烟貌。

2　玉勒雕鞍：玉饰的马衔和雕花的马鞍，指装饰华丽的车马。游冶处：指妓馆歌楼。与下句"章台路"同义相对。

3　章台：汉长安街名。多妓居，后因以章台为妓院之地。

诉衷情

眉意

清晨帘幕卷轻霜[1]。
呵手试梅妆[2]。
都缘自有离恨，
故画作远山长[3]。

思往事，惜流芳[4]。
易成伤。
拟歌先敛，欲笑还颦，
最断人肠。

1　轻霜：薄霜。
2　试梅妆：试着描画梅花妆。梅妆是"梅花妆"的简称，描梅花状于
额上为饰，相传始于南朝宋寿阳公主。
3　远山：指远山眉。形容把眉毛画得又细又长，有如水墨画的远山形状。
4　流芳：流逝的年华。

浪淘沙

把酒祝东风，且共从容[1]。
垂杨紫陌洛城东[2]。
总是当时携手处，游遍芳丛。

聚散苦匆匆，此恨无穷。
今年花胜去年红。
可惜明年花更好，知与谁同？

---

1 从容：留连。
2 紫陌：文人泛称京都郊野之路为紫陌。

渔家傲

花底忽闻敲两桨，逡巡女伴来寻访[1]。

酒盏旋将荷叶当。

莲舟荡，时时盏里生红浪[2]。

花气酒香清厮酿[3]，花腮酒面红相向[4]。

醉倚绿阴眠一饷。

惊起望，船头阁在沙滩上。

---

1 逡巡：宋元俗语，犹顷刻，迅速之意。
2 红浪：指人面莲花映在酒杯中显出的红色波纹。
3 清厮酿：清香之气混成一片。厮酿：相互融合。
4 花腮：指荷花。形容荷花像美人面颊的花容。酒面：指女子饮酒后的面色。梅尧臣《牡丹》诗："时结游朋去寻玩，香吹酒面生红波。"

渔家傲

近日门前溪水涨，郎船几度偷相访。
船小难开红斗帐[1]。
无计向[2]，合欢影里空惆怅[3]。

愿妾身为红菡萏，年年生在秋江上。
重愿郎为花底浪[4]。
无隔障[5]，随风逐雨长来往。

1　斗帐：一种形如覆斗的小帐子。
2　无计向：犹言无可奈何。向：语助词。
3　合欢：合欢莲，又名同心莲，并蒂莲。因莲为"怜"之谐音，故常喻男女恋情。
4　重：一作"更"。
5　隔障：隔阂和障碍。

踏莎行

候馆梅残[1]，溪桥柳细。
草薰风暖摇征辔[2]。
离愁渐远渐无穷，
迢迢不断如春水。

寸寸柔肠，盈盈粉泪。
楼高莫近危阑倚。
平芜尽处是春山[3]，
行人更在春山外[4]。

---

1 候馆：旅舍驿馆。《周礼·地官·遗人》："五十里有市，市有候馆。"
2 薰：香气。此用江淹《别赋》"闺中风暖，陌上草薰"句。征辔（pèi）：
驭马的缰绳，此代指马。
3 平芜：绿草繁茂的原野。
4 行人：此指恋人。

青玉案

一年春事都来几[1]?
早过了、三之二。
绿暗红嫣浑可事[2]。
绿杨庭院，
暖风帘幕，
有个人憔悴。

买花载酒长安市[3]，
又争似、家山见桃李[4]。
不枉东风吹客泪。
相思难表，
梦魂无据，
惟有归来是[5]。

---

1 都来：算来。
2 红嫣：红艳浓丽的花朵。可事：可心的乐事。
3 长安：此指开封汴梁。
4 争似：怎像。家山：指故乡。
5 是：正确。

苏　轼

苏轼（1037—1101），字子瞻，眉山人，号东坡居士，世称苏东坡、苏仙。宋仁宗嘉佑二年进士。神宗熙宁间通判杭州，历知密州、徐州、湖州。御史劾以作诗讪谤朝廷，贬谪黄州团练副使。哲宗元祐间，累迁翰林学士，出知杭州、颍州。后又远谪惠州、儋州。谥文忠。苏东坡为官卓有政绩。在文学、书法等诸多方面都有杰出成就，其散文与欧阳修并称欧苏；诗与黄庭坚并称苏黄，开有宋一代诗歌新风气；词与辛弃疾并称苏辛，为豪放词派创始人。有《苏东坡集》《东坡乐府》。

【顾随评论】

至如长公为词，擒纵杀活，在两宋作者之中，并无大了得。只是出入之际，他深深理会得一个出字诀。者个他亦未必有意，只是天性与学力所到，自然而然有此神通。所以作来不拘长调小令，悲愁欢喜，总还你一个宽绰有馀。

世人动以苏辛并称，而苦水则以苏为圭角尽去，而以辛为锋芒四射。老辛一腔悲愤，故与自然时时有格格不入之叹。饶他极口称赞渊明，半点亦无济于事。老苏豪气雅量化为自在，故随时随地，露出无入而不自得之态。

永遇乐

徐州夜梦觉，登燕子楼作

明月如霜，好风如水，清景无限。

曲港跳鱼，圆荷泻露，寂寞无人见。

纨如三鼓[1]，铿然一叶[2]，黯黯梦云惊断[3]。

夜茫茫、重寻无觅处，觉来小园行遍。

天涯倦客，山中归路，望断故园心眼[4]。

燕子楼空，佳人何在，空锁楼中燕。

古今如梦，何曾梦觉，但有旧欢新怨。

异时对、黄楼夜景[5]，为余浩叹。

【苦水曰】

　　坡仙写景，真是高手，后来几乎无人能及。即如此词之"明月"八字、"曲港"八字、"纨如"十四字，写来如不费力，真乃

1　纨（dǎn）如：击鼓声。

2　铿然：清越的音响；此形容叶落之声。

3　梦云：夜梦神女朝云。此用宋玉《高唐赋》典。云，此喻盼盼。惊断：惊醒。

4　心眼：心愿。

5　黄楼：徐州东门上的大楼，苏轼任徐州知州时建造。

情景兼到，句意两得。但细按下去，亦自有浅深层次，非复随手堆砌。"明月""好风""如霜""如水"，泛泛言之而已；"曲港""圆荷""跳鱼""泻露"，则加细矣。曲港之鱼，人不静不跳；圆荷之露，夜不深不泻。虽是眼前之景，不是慧眼却不能见，不是高手却不能写。更无论钝觉与粗心也。至于"纮如三鼓，铿然一叶"，明明是"纮如"，明明是"铿然"；明明是有声，却又漠漠焉，暧暧焉，如轻云，如微霭，分明于数点声中看出一片色来。要说只此八字，亦还不能至此境地。全亏他下面"黯黯梦云惊断"一句接联得好，"黯黯"字、"梦云"字、"断"字，无一不是与前八字水乳交融，沉瀁一气，岂只是相得益彰而已哉？至于"惊"字阴平，刚中有柔，故虽含动意，而与前八字仍是相反而又相成。读去，听去，甚至手按下去，无处不锋芒俱收，主角尽去。

"夜茫茫、重寻无处"二句，"寻"字承上"梦云"而言。此时人尚未清醒，亦并未起床，只是在半醒半睡中寻绎断梦。所以下句方是"觉来小园行遍"也。说到者里，再回头追溯开端"明月"直至"无人见"六句二十五个字所写之景，不独是觉来行遍之所见，而且是觉了行了见了之后，方才悟得适间睡里梦里，外面小园中月之如霜，风之如水，与夫鱼之跳，露之泻，早已好些时候了也。嗟嗟，人自睡里梦里，月自如霜，风自如水，鱼亦自跳，露亦自泻。人生斯世，无边苦海，无限业识，将幻作真，认贼为子，且不须说高不可攀处、远不可及处，只此眼前身畔，有多少好处，交臂失之，不得享受。真乃志士之大痛也。然则"清景无限""寂寞无人见"两句，写来一何其感喟，而又一何其蕴藉！

洞仙歌

仆七岁时，见眉州老尼，姓朱，忘其名，年九十馀，自言尝随其师入蜀主孟昶宫中[1]。一日大热，蜀主与花蕊夫人夜纳凉摩诃池上[2]，作一词。朱具能记之。今四十年，朱已死久矣，人无知此词者。独记其首两句，暇日寻味，岂《洞仙歌令》乎？乃为足之云。

冰肌玉骨[3]，自清凉无汗。
水殿风来暗香满[4]。
绣帘开、一点明月窥人，
人未寝，欹枕钗横鬓乱。

起来携素手，庭户无声，
时见疏星渡河汉[5]。
试问夜如何？夜已三更，

---

1 孟昶（chǎng）：五代后蜀君主，后国亡降宋，深谙音律，善填词。
2 花蕊夫人：孟昶的妃子，别号花蕊夫人。摩诃池：故址在今成都昭觉寺，建于隋代，到蜀国时曾改成宣华池。
3 冰肌：肌肤洁白如冰雪。
4 水殿：建在摩诃池上的宫殿。
5 河汉：银河。

金波淡、玉绳低转[1]。

但屈指、西风几时来？

又不道[2]、流年暗中偷换。

【苦水曰】

　　论词者每以苏、辛并举，或尚无不可。且不得看作一路。如以写情论，刻意铭心，老坡实大逊稼轩。然辛之写景，往往芒角尽出，神游意得，须还他苏长公始得。固缘天性各别，亦是环境不同。即如此《洞仙歌》一首，真乃坡老自在之作。饶他辛老子盖世英雄，具有拔山扛鼎之力，于此也还是出手不得。"冰肌玉骨，自清凉无汗"，真乃绝世佳人。冰、玉二字，不见怎的，清凉恰好，尤妙在"自"。自来诗家之写佳人，写面貌，写眉宇，写腰肢，写神气，却轻易不敢写肉。写了，一不小心，往往俗得不可收拾。此二语却竟写肉。岂只雅而不俗，简直是清而有韵。

　　过片"起来"至"河汉"三句，写出夏之大，夜之静。写静夜尚易，写大夏却难。家六吉极推《楚辞》之"滔滔孟夏"，与唐人之"熏风自南来，殿阁生微凉"。然《楚辞》是大处见大，唐人是大处见小，惟有老坡处，乃是小处见大，风格固自不同。

　　"试问夜如何"以下直至结尾，一句一转换，有如此手段，方可于韵文中说理用意。不则平板干瘪，纵使词能达意，只是叶韵格言，填词云乎哉？

1　金波：指月光。玉绳：星名，北斗第五星。秋夜半，玉绳渐自西北转，冉冉而降，时为夜深或近晓也。

2　不道：不觉。

木兰花令

次欧公西湖韵[1]

霜馀已失长淮阔[2]，空听潺潺清颍咽[3]。
佳人犹唱醉翁词[4]，四十三年如电抹[5]。

草头秋露流珠滑，三五盈盈还二八[6]。
与予同是识翁人，惟有西湖波底月。

【苦水曰】

  不知可确，据说会泅水底人，想要跳水自尽却非易事，以其浮而不沉故。说也可笑，平时惯浮，及其自杀有意求沉，却仍旧是浮。后天底习或可变易先天底性，而一时之意却难左右后天底习也。者个且置。至如长公为词，擒纵杀活，在两宋作者之中，并无大了得。只是出入之际，他深深理会得一个出字诀。者

---

1 欧公：指欧阳修。
2 长淮：淮河。刘长卿《送沈少府之任淮南》："一鸟飞长淮，百花满云梦。"
3 清颍：指颍河。苏辙《鲜于子骏谏议哀辞》："登嵩高兮扪天，涉清颍兮波澜。"
4 佳人：颍州地区的歌女。
5 四十三年：指欧阳修作《木兰令》咏颍州西湖，至苏轼作此词相和，其间已历四十三年。如电抹：形容光阴迅速。
6 三五：指十五日。盈盈：丰满。二八：指十六日。

个他亦未必有意，只是天性与学力所到，自然而然有此神通。所以作来不拘长调小令，悲愁欢喜，总还你一个宽绰有馀。此一章为和六一翁之作，此词虽是和作，莫只看他技巧，且复理会几个入声韵是何等凄咽。开端"霜馀"两句，分明是凛凛深秋。当此之际，追念昔者，心中又是何等感喟。前片四句，一口气读下去，不知怎的，沉着之中，总溢出飘逸，而凄凉之中，却又暗含着雄壮。若说"长淮"之阔虽然已失，毕竟点出"阔"来，何况"清颍"正在"溹溹"，而"霜馀"二字又暗示天宇之高，眼界之宽乎？若如此说，未必便辜负作者文心。但"佳人犹唱醉翁词，四十三年如电抹"两句之中，并无与前二语中类似字样，何以仍旧如彼其飘逸而雄壮耶？"犹唱"者何？前人不见也；"如电"者何？去日难追也。字法如此，固宜伤感到柔肠寸断、壮志全消矣，而仍旧如彼其飘逸与雄壮者何耶？读者于此，非于字底形、音、义三者求之不可。看他"佳"字，"翁"字，何等阔大。"人"字，"电"字，何等鲜明。"三年"两字，何等结实。"抹"字是借得欧公底，且不必说他真形容得日月如石火驹隙也。

西江月

顷在黄州，春夜行蕲水山中[1]，过酒家，饮酒，醉。乘月至一溪桥上，解鞍，曲肱，醉卧少休。及觉已晓，乱山攒拥，流水铿然，疑非尘世也，书此语于桥柱上。

照野渺渺浅浪[2]，横空隐隐层霄[3]。
障泥未解玉骢骄[4]。我欲醉眠芳草。

可惜一溪明月，莫教踏破琼瑶[5]。
解鞍欹枕绿杨桥。杜宇一声春晓。

【苦水曰】

笔记载：长公与黄门既各南谪，相遇于途。同在村店食汤饼。黄门微尝，置箸而叹，长公食之尽一器，谓黄门曰："子尚欲咀嚼耶？"大笑而起。千载而下，读此一节，长公风姿尚可想见。

1　蕲水：水名，流经湖北蕲春县境，在黄州附近。
2　渺渺（mǐ mǐ）：水波翻动之状。
3　层霄：弥漫的云气。
4　障泥：马鞯，垫在马鞍之下，垂于马背两旁以挡泥土。《晋书·王济传》："济善解马性，常乘一马，着连干障泥，前有水，终不肯渡。济曰：'此必是惜障泥。'使人解去，便渡。"玉骢：良马。
5　琼瑶：本指美玉，此借喻月色。

学人于此一重公案，且道坡老此等处为是豪气？为是雅量？学人如欲加以分疏，首先须对豪气、雅量加以理会。要知豪气最是误事，一不小心，便成颠顸，再若左性，即成痛痒不知，一味叫嚣。雅量亦非可强求，须是从胸襟中流出，遮天盖地始得。倘若误会，便成悠悠忽忽，飘飘荡荡，无主底幽灵。要说坡公天性中，原自兼有此二者。早期少年，逞才使气，有些脚跟不曾点地，亦不必为之掩饰。待到屡经坎坷，固有之美德，加以后天之磨砻，虽不能如陆士衡所谓"石蕴玉而山辉，水怀珠而川媚"，亦颇浑融圆润，清光大来。

此《西江月》一章，小序已佳，大约前人为词，不曾注意及此。先河滥觞，厥维坡老，后来白石略能继响。然一任自然，一尚粉饰，天人之际，区以别矣。

一首《西江月》字句之美，有目共赏。不过须要注意者，坡老此词，乃酒醒人静，旷野水边，题在桥柱上面底。即此，便与彼伸纸呫毫与人争胜之作不同。更与彼点头晃脑、人前卖弄者异趣。如说此词虽写小我，而此小我与大自然融成一片，更无半点牴触枝梧，所以音节谐和，更无罅隙。这也不在话下。但所以致此之因，却在坡老此时确具此感。维其感得深，是以写得出，遂能一挥而就，毫无勉强。如问：苦水见个什么，便敢担保东坡确实如此，更无做作？苦水则曰：诗为心声，惟其音节谐和圆妙，故能证知其心与物之毫无矛盾也。

临江仙

送王缄

忘却成都来十载[1]，因君未免思量[2]。

凭将清泪洒江阳[3]。

故山知好在，孤客自悲凉。

坐上别愁君未见，归来欲断无肠。

殷勤且更尽离觞[4]。

此身如传舍[5]，何处是吾乡？

【苦水曰】

诗之为用，抒情写景，其素也。渐而深之为说理，抑扬爽朗，而情与景于是乎为宾。扩而充之为纪事，纵横捭阖，情辅景佐，包抱义理，蔚为大观。词出于诗，而其为体，纪事为劣，说理或可，亦难当行，苟非大匠，辄伤浅露。惟于抒情、写景二者

1　成都：代指王弗。十载：从王弗归葬眉山至妻弟王缄到钱塘看望苏轼，其间相隔正好"十载"。

2　思量：思念。

3　江阳：此指杭州。山南、水北为阳，杭州在钱塘江北岸，故曰江阳。

4　离觞：送行之酒，即离别的酒宴。

5　传（zhuàn）舍：官吏旅途中食宿之处。

曲折详尽，乃能言诗所不能言。然大家之作，多为寓情于景，或因景见情。若其徒作景语而能佳胜，亦不数觏。西国于诗，抒情一体，区分独立。华夏之"词"，总核名实，谓之相副，无不可者。顾情之为辞，乃是总名。疆分界划，累楮难尽。若其写之于词，普遍通常，伤感而已。此词与《江城子》"十年生死两茫茫"一章，为长公极度伤感之代表作。老坡平日见解既超，把握亦牢，苟非骨肉亲戚之间，生离死别之际，所言必不如此。且两章俱用阳韵，几如失声痛哭。如非情不自禁，当不至是。于此可知人类无始以来，八识田中有此一种本惑种子，复加熏习，遂乃滋生，有如乱草，雨露所濡，蔓延无际，吾人堕落日以益深。《遗教经》言："譬如老象溺泥不能自出，真可痛也。"夫以坡老如彼才识，尚复如此，况在中下，宁有既乎？或问：子为是言，类出世法，与词何有？苦水则曰：此无二致。伤感虽为抒情诗歌创作之源，而诗家巨人，每能芟除，或以担荷，或以透出。前者如曹公，如工部，后者如彭泽。故其壮美也，有似海立而云垂；其优美也，一如云烟之卷舒。

定风波

　　三月七日，沙湖道中遇雨[1]。雨具先去。同行皆狼狈，余独不觉。已而遂晴，故作此词。

　　　　莫听穿林打叶声，何妨吟啸且徐行[2]。
　　　　竹杖芒鞋轻胜马[3]。谁怕？
　　　　一蓑烟雨任平生。

　　　　料峭春风吹酒醒，微冷。
　　　　山头斜照却相迎。
　　　　回首向来萧瑟处[4]，归去，
　　　　也无风雨也无晴[5]。

【苦水曰】
　　吾观大家之作，殆无不工于发端。不独曹孟德之"对酒当歌"，子建之"明月照高楼"也。此在作者未必有意，推其命篇

1　沙湖：在黄州东南三十里。
2　吟啸：放声吟咏；表示意态潇洒。
3　芒鞋：草鞋。
4　向来：方才。萧瑟：风雨吹打树叶声。
5　也无风雨也无晴：意谓既不惧雨，也不喜晴。

之意，尤不必在此发端，而竟工至如是者，殆以不甚经意之故。盖当其开端之时，神完气足，愈不经意，愈臻自然。至于中幅，学富才优者，或不免于作势，下焉者竟至于力疲。所以者何？有意也。迨及终篇，大家或竟罗掘，下者直落败阙。所以者何？意尽也。元乔梦符之论制曲，有凤头、猪肚、豹尾之说，盖亦叹其难于兼备。吾谓此岂独然于曲，凡为夫文，莫不肩然矣。夫坡公之为是《定风波》也，其意在"一蓑烟雨任平生"与"也无风雨也无晴"乎？世人之赏此词也，其亦或在二语乎？苦水则以为妙处全在发端之"莫听穿林打叶声，何妨吟啸且徐行"，而尤妙在首句。即以此为潘大临之"满城风雨近重阳"，亦殆无不可，或竟过之，亦未可知。何以故？潘老未免凄苦，坡仙直是自在也。且也曰"穿"，曰"打"，而风之穿林与雨之打叶，不徒使读者能闻之，且使如竟见之也。而冠之以"莫听"，继之以"何妨"，写景与用意至是乃打成一片。千载而下，吾人遂直似见风雨中髯翁之豪兴与雅量也。

若"也无风雨也无晴"，虽是一篇大旨，然一口道出，大嚼乃无馀味矣。然苦水所最不取者，厥维"竹杖芒鞋轻胜马""谁怕"二韵。如以意论，尚无不合。惟"马""怕"两个韵字，于此词中，正如丝竹悠扬之中，突然铜钲大鸣；又如低语诉情，正自绵密，而忽然呵呵大笑。

南乡子

梅花词和杨元素

寒雀满疏篱。争抱寒柯看玉蕤[1]。

忽见客来花下坐，惊飞。

踏散芳英落酒卮。

痛饮又能诗，坐客无毡醉不知[2]。

花尽酒阑春到也[3]，离离[4]。

一点微酸已著枝[5]。

【苦水曰】

　　杨诚斋绝句曰："百千寒雀下空庭，小集梅梢话晚晴。特地作团喧杀我，忽然惊散寂无声。"苦水早年极喜之，以为写寒雀至此，真不辜负他寒雀也。"特地作团"四字，令人便直头听见啁啾即足之声，说"喧杀我"，遂真喧杀我。"忽然惊散"四字，

1　柯：草木的枝茎。玉蕤（ruí）：喻白梅。蕤，下垂的装饰物。
2　坐客无毡：《晋书·吴隐之传》载吴隐之为官清廉，勤苦同于贫庶，以竹篷为屏风，坐无毡席。毡：同"毡"，古人席地而坐的垫子。
3　酒阑：饮酒结束时。阑：残尽。
4　离离：分披繁盛的样子。
5　微酸：指梅子初熟。著枝：生于枝上。

又令人直头觉得群雀哄然一阵，展翅而去。说"寂无声"，遂真个耳根清净，更没音响也。而持以与此《南乡子》开端二语相比，苦水不嫌他杨诗无神，却只嫌他杨诗无品。"寒雀满疏篱，争抱寒柯看玉蕤"，"满"字、"看"字，颊上三毫，一何其清幽高寒，一何其湛妙圆寂耶？便觉诚斋绝句二十八个字，纵然逼真煞，纵然生动煞，与苏词直有雅俗之分，又岂特上下床之别而已？便是"忽见客来花下坐，惊飞。踏散芳英落酒卮"，亦高似他"忽然惊散寂无声"。苦水并非压良为贱，更非胸有成见，一双势利眼直下看他杨万里，高觑他苏胡子。何以故？杨诗"惊散"之下，而继之以"寂无声"，是即是，只是死却了也，不然，也是澹杀了也。苏词"惊飞"之下却继之以"踏散芳英落酒卮"，虽不能比他"高馆落疏桐"，亦自馀韵悠然。烂不济，亦比杨诗为宽绰有徐。

辛稼轩《瑞鹤仙·赋梅》曰："倚东风、一笑嫣然，转盼万花羞落。"苦水向日亦极喜之，以为从来写梅者不曾如此写，辛老子如此写了，真乃又使梅花既不失品格，而又活生生地与世人相见也。然持以与此《南乡子》开端二语相比，又觉稼轩写来吃力，着色太浓，不如坡老笔下自在，情韵澹雅。

南乡子

送述古

回首乱山横。不见居人只见城[1]。
谁似临平山上塔[2]，亭亭。
迎客西来送客行。

归路晚风清。一枕初寒梦不成。
今夜残灯斜照处，荧荧[3]。
秋雨晴时泪不晴。

【苦水曰】

　　坡公伤感之词，吾所选录，前此已有《木兰花令》及《临江仙》，并此一章，鼎足而三。然生离死别，其迹近似，出入变化，内容实殊。《临江仙》之送王缄，情溢乎辞，纯乎其为伤感者也。《木兰花令》笔力沉雄，气象阔大，盖于伤感有似超出，且加变化。至于斯篇，前片既叹人不如塔，亭亭无觉，迎送来去；后片复写残灯初寒，秋雨或歇，泪雨难晴。夫如是，则其伤感当至深

1　不见居人只见城：取自欧阳詹《初发太原途中寄太原所思》中的"驱马觉渐远，回头长路尘。高城已不见，况复城中人"，稍作变化。
2　临平山：在杭州东北。临平塔时为送别的标志。
3　荧荧：指残灯之微光，亦指泪光之闪烁。

矣。而试一观其命辞构语，工巧清丽，盖已不纯置身伤感之中，一任包围，但听支配；而已能冷眼情感之旁，细心观察，加意抒写。推究根源，一则任情，一则有想。夫情之与想，势难两大。此仆彼起，彼弱此强。当情盛时，想不易起。及想炽时，情必渐杀。古今中外，法尔如然。

夫创作之源，厥本乎情，遣词之工，实基于想。顾今所谓情、想二名，借自释氏，善巧方便，即何敢言。能近取譬，或助参悟。而哲人之想，一本理智，排斥感情。有如恶木遮山，伐木而山方出；乱草侵花，刈草而花始繁。其旨务在以想杀情。是其为想力求真实，排除虚妄，总归一有。若文士之想，间或不无藉助理性。要其本旨，乃在显情。有如画月者，月无可画，画云而月就。绘风者，风本难绘，绘水而风生。是其为想，今世所谓幻想、联想。固亦求真，而与彼哲人，标的不同，取径亦异。

情为作因，而想以佐情，伪以显真。此正坡老之文心，而说谎之妙用也。

蝶恋花

暮春别李公择[1]

簌簌无风花自堕。

寂寞园林，柳老樱桃过[2]。

落日多情还照坐，山青一点横云破。

路尽河回人转柂[3]。

系缆渔村，月暗孤灯火。

凭仗飞魂招楚些[4]，我思君处君思我。

【苦水曰】

　　试参他第一句"簌簌无风花自堕"，"簌簌"字，"自"字，真将落花情理写出，再不为后人留些儿地步。尤妙在无风，便觉落花之落，乃是舒徐悠扬，不同于风雨中之飘零狼藉。及至"堕"字，落花乃遂安闲自在地脚跟点地了也。"簌簌无风花自堕"之下，而继之曰"寂寞园林，柳老樱桃过"。淡沲之春光已

1　李公择：名常，苏轼的挚友。
2　柳老：柳絮快要落尽，即"春老"。樱桃过：樱桃花期已过。
3　柂（duò）：同"舵"。
4　凭杖飞魂招楚些：语出《楚辞·招魂》之"魂兮归来，反故居些"，意谓像《楚辞·招魂》那样召唤离去的友人。

去，清和之初夏将临。一何其神完气足？"落花相与恨，到地一无声"，妙句也。硬扭他落花，相与客情作么？"一片花飞减却春，风飘万点正愁人"，健句也。减春愁人，将何以堪？更有进者，"簌簌无风花自堕。寂寞园林，柳老樱桃过"，直透出天地之妙用，自然之神机，自然而然，行乎其所不得不行。人力既无可施，造化亦只任运。更不须说瓜熟蒂落，水到渠成也。到这里，虚空纵尚未成齑粉，而悲戚欢喜早已一齐百杂碎了也。不说品之高，即只此韵之远，坡公以前以后，词家有几个到得？学人莫只道他写景好。苦水当日读简斋诗，极喜他"归鸦落日天机熟"一句。今日持较苏词，嫌他简斋老子一口道破，反成狼藉耳。如论蕴藉风流，仍须是髯公始得也。

但两韵之后，"落日多情"十四字，读来总觉得硬骨碌的，不似坡公平日笔致之圆融。过片"路尽"两韵，吾观宋人之词，送别之作，往往写送客一程，居人独归之情景，坡词于此，想亦是也。"月暗孤灯火"，"火"字须是"明"字，修辞格律始合。今以为韵所牵，易明为火，不得，不得。如谓灯火二字合成一明，原无不可。但只着一孤字形容，未免凑合。结尾之"我思君处君思我"，虽乏远韵，亦自去得。但上句之"凭仗飞魂招楚些"，又何耶？

减字木兰花

钱塘西湖有诗僧清顺，所居藏春坞，门前有二古松，各有凌霄花络其上，顺常昼卧其下。时余为郡[1]，一日屏骑从过之[2]，松风骚然[3]，顺指落花求韵，余为赋此。

双龙对起，白甲苍髯烟雨里[4]。
疏影微香，下有幽人昼梦长[5]。

湖风清软，双鹊飞来争噪晚。
翠飐红轻[6]，时下凌霄百尺英。

【苦水曰】

苦水之于此词，半肯半不肯，选而说之，何为也？只为他"翠飐红轻，时下凌霄百尺英"二韵，割舍不得而已。学人莫只

1　为郡：担任杭州知府。
2　屏骑从：屏退随从人员。过：拜访。
3　骚然：拟声词，谓风吹松树之声。
4　"双龙"二句：写门前二古松之形与神。白甲：谓松皮如鳞甲。苍髯：谓深绿的松针。
5　幽人：幽隐之人，此指清顺。
6　飐（zhǎn）：颤动；摇动。

看翠之飐，红之轻。若只如是，又是错认驴鞍桥作阿爷下颏。近代修辞论文，有所谓"形容"与"描写"之二名也者。苦水不怨此二名误尽天下苍生，却只惜有许多学人错认却定盘星，以致自误。处处寻枝摘叶，时时掂斤播两。自夸形容之工，描写之细，其实十足地心为物转，将境杀心，沉沦陷溺，永无觉醒。至于"时下凌霄百尺英"，又是前说所谓坡老底赌运亨通。王静安先生说宋景文之"红杏枝头春意闹"曰："着一'闹'字，而境界全出。"难道苦水于此不好说：着一"下"字而境界全出耶？一个"下"字，抉出神髓，表出韵致，无意气时添意气，不风流处也风流。尚何有乎形容与描写，何处更着得工与细耶？

吾辈今日难道不能赏其"下"字之妙耶？夫凡花之落，皆可曰下，此有甚奇特？然而须理会得此是凌霄花百尺之英，自古松白甲苍髯里，徐徐坠落，所以是下也。且凌霄之花朵较大，花色金红，而其落也，不似他花碎瓣离萼，而为全朵辞枝，试思昼卧百尺之树下，仰见苍髯之枝间，忽然一点金红，悠悠焉，渐降渐低，愈落愈近，安然而及地焉。盖良久，良久，而又一点焉。良久，良久，而又一点焉。不说"下"，而将奚说耶？

卜算子

黄州定慧院寓居作

缺月挂疏桐，漏断人初静[1]。
谁见幽人独往来[2]，缥缈孤鸿影。

惊起却回头，有恨无人省。
拣尽寒枝不肯栖[3]，寂寞沙洲冷。

【苦水曰】

　　"缺月"二语，境况幽寂，幽人之幽，坡公自道。鸿影缥缈，既实指鸿，又以自况。"惊起"者何？人为惊鸿也。"回头"者谁？东坡老人也。"有恨"者，人与鸿同此恨也。"无人省"者，坡公有触，他人不省也。结尾二语，谓鸿不栖树，自宿沙洲，无枝叶之托庇，有霜露之侵陵也。所谓"恨"者，其指此也。于是人之与鸿，一而二，二而一，不复可辨也。

1　漏断：此指深夜。
2　幽人：幽居之人。此是作者自谓。
3　寒枝：意广泛，又说"不肯栖"，本属无碍。此句亦有良禽择木而栖之意。

李之仪

　　李之仪（不详—1117），字端叔，自号姑溪居士、姑溪老农，沧州无棣人。做过编修官，是苏门重要成员。有《姑溪词》。

卜算子

我住长江头，君住长江尾。
日日思君不见君，共饮长江水。

此水几时休，此恨何时已。
只愿君心似我心，定不负相思意[1]。

1　定：词中的衬字。在词规定的字数外适当地增添一二不太关键的字词，以更好地表情达意，谓之衬字，亦称"添声"。

鹧鸪天

避暑佳人不著妆。水晶冠子薄罗裳。
摩绵扑粉飞琼屑，滤蜜调冰结绛霜。

随定我，小兰堂，金盆盛水绕牙床[1]。
时时浸手心头熨[2]，受尽无人知处凉。

1　牙床：有象牙雕刻装饰的床，泛指制作精美的床。
2　熨（yù）：熨帖，心中平静而舒服之意。

秦　观

秦观（1049—1100），字少游，一字太虚，号淮海居士，扬州高邮人。宋神宗元丰八年进士。哲宗时历任太学博士、秘书省正字、国史院编修官。坐党籍历贬郴州、雷州等地。他以文学受知于苏轼，为"苏门四学士"之一。能诗文。词为北宋一大家，与黄庭坚齐名，为黄所不及。内容多写柔情，亦有感伤身世之作。风调婉约清丽，辞情兼胜，但以气格不高为病。有《淮海词》。

满庭芳

山抹微云，天连衰草[1]，画角声断谯门[2]。
暂停征棹，聊共引离尊[3]。
多少蓬莱旧事[4]，空回首、烟霭纷纷。
斜阳外，寒鸦万点，流水绕孤村。

销魂。当此际，香囊暗解，罗带轻分。
谩赢得、青楼薄幸名存[5]。
此去何时见也，襟袖上、空惹啼痕。
伤情处，高城望断，灯火已黄昏。

---

1 连：一作"黏"。
2 谯门：城门。
3 引：举。
4 蓬莱旧事：男女欢爱之往事。
5 薄幸：薄情。

减字木兰花

天涯旧恨，独自凄凉人不问。
欲见回肠[1]，断尽金炉小篆香[2]。

黛蛾长敛[3]，任是春风吹不展。
困倚危楼，过尽飞鸿字字愁。

---

1 回肠：形容心中忧愁不安。
2 小篆香：盘香，因其形状回环如篆，故称。
3 黛蛾：蛾眉。

周邦彦

周邦彦（1057—1121），字美成，号清真居士，钱塘人。北宋词人。精通音律，曾创作不少新词调。作品多写闺情、羁旅，也有咏物之作。格律谨严，语言典丽精雅，长调尤善铺叙，为后来格律词派词人所宗。旧时词论称他为"词家之冠""词中老杜"。有《清真居士集》。

【顾随评论】

宋末词路自北宋清真（周邦彦）一直便至南宋白石（姜夔），其后则梅溪（史达祖）、梦窗（吴文英）、碧山（王沂孙）、草窗（周密）、玉田（张炎），此为一条路子。南宋除此六家外，无大作者。

南宋词一祖（周邦彦）、六宗（白石、梅溪、梦窗、碧山、草窗、玉田）。如果算上竹山（蒋捷），则是一祖七宗。

周清真在北宋词中地位甚重要，北宋词结束于周，南宋词发源于周。

辛词是男性的，以力代替美；周词是女性的，以美胜于力。

满庭芳

夏日溧水无想山作

风老莺雏[1]，雨肥梅子，午阴嘉树清圆[2]。
地卑山近，衣润费炉烟。
人静乌鸢自乐[3]，小桥外、新绿溅溅[4]。
凭栏久。黄芦苦竹，疑泛九江船。

年年。如社燕[5]，飘流瀚海[6]，来寄修椽[7]。
且莫思身外，长近尊前。
憔悴江南倦客，不堪听、急管繁弦。
歌筵畔，先安枕簟，容我醉时眠。

1　风老莺雏：幼莺在暖风里长大了。
2　午阴嘉树清圆：正午的时候，太阳光下的树影，又清晰，又圆正。
3　乌鸢：乌鸦和老鹰。
4　新绿：河水。溅溅：流水声。
5　社燕：燕子当春社时节往北飞，秋社时节往南飞，故称社燕。
6　瀚海：沙漠。
7　修椽：长的椽子。此指屋檐。

苏幕遮

燎沉香[1]，消溽暑。

鸟雀呼晴[2]，侵晓窥檐语。

叶上初阳干宿雨，

水面清圆，一一风荷举。

故乡遥，何日去？

家住吴门，久作长安旅。

五月渔郎相忆否？

小楫轻舟，梦入芙蓉浦[3]。

1　燎：烧。沉香：一种名贵香料，置水中则下沉，故又名沉水香，其
香味可辟恶气。
2　呼晴：唤晴。旧有鸟鸣可占晴雨之说。
3　芙蓉浦：有溪涧可通的荷花塘。词中指杭州西湖。

庆宫春

云接平冈，山围寒野，路回渐转孤城。
衰柳啼鸦，惊风驱雁，动人一片秋声。
倦途休驾，澹烟里、微茫见星。
尘埃憔悴[1]，生怕黄昏，离思牵萦。

华堂旧日逢迎。花艳参差[2]，香雾飘零。
弦管当头，偏怜娇凤[3]，夜深簧暖笙清[4]。
眼波传意，恨密约、匆匆未成。
许多烦恼，只为当时，一晌留情。

1　尘埃憔悴：因旅途辛苦，风尘仆仆显得疲惫消瘦。
2　花艳：指美女。
3　偏怜：最爱，只爱。娇凤：指作者所中意的那个女子。
4　簧暖笙清：笙中有簧片，以火烘焙，吹起来声音才清脆悦耳。亦称"暖笙"。

少年游

并刀如水[1]，吴盐胜雪[2]，纤指破新橙。
锦幄初温[3]，兽香不断，相对坐吹笙。

低声问：向谁行宿[4]？城上已三更。
马滑霜浓，不如休去，直是少人行。

1　并刀：并州出产的剪刀。如水：形容剪刀锋利。
2　吴盐：吴地所出产的洁白细盐，亦指美女肌肤白皙。
3　锦幄：锦帐。
4　谁行：谁那里。

朱敦儒

朱敦儒（约1080—约1175），字希真，洛阳人。有"词俊"之名，与"诗俊"陈与义等并称为"洛中八俊"。南渡之初，他站在主战派一边，所写多忧时愤乱之作，沉痛凄怆；晚年生活闲适，词中多浮生若梦的思想与诗酒自放的情调。有《樵歌》。

【顾随评论】

朱希真是小我，总想自己安闲。

《樵歌》所写是小我，你们尽管受罪，我还要活着，而且要很舒服地活着。不过，像《樵歌》那样活法很聪明。对外界的黑暗，我们没有积极挽回的本领，亦应有消极忍耐的态度，但不是只管自己，麻木不仁。

临江仙

堪笑一场颠倒梦，元来恰似浮云[1]。

尘劳何事最相亲[2]。

今朝忙到夜，过腊又逢春。

流水滔滔无住处，飞光匆匆西沉。

世间谁是百年人。

个中须着眼[3]，认取自家身[4]。

1　"堪笑"二句：白居易《安稳眠》诗："既得安稳眠，亦无颠倒梦。"
杜甫《哭长孙侍御》诗："流水生涯尽，浮云世事空。"
2　尘劳：《义疏》："散诸尘劳，为破欲境，五欲境界，皆能尘坌，劳乱
众生，名曰尘劳。"
3　"飞光"句：沈约《宿东园》诗："飞光忽我遒，岂止岁云暮。"飞
光，即太阳。
4　个中：犹此中。认取自家身：犹言认取自己本来面目。

清平乐

春寒雨妥，花萼红难破[1]。
绣线金针慵不作，要见秋千无那[2]。

西邻姊妹丁宁[3]，寻芳更约清明。
画个丙丁帖子[4]，前阶后院求晴。

1　妥：西北方言，以堕为妥，雨妥即雨堕也。破：绽开。
2　无那：即无奈，奈何。王维《酬郭给事》诗："强欲从君无那老"。
3　丁宁：叮嘱告诫。寻芳更约清明：清明有踏青之俗。
4　丙丁：火日也，后指晴天。贾岛《赠牛山人》诗："古来隐者多能卜，欲就先生问丙丁。"

李清照

李清照（1084—约1155），号易安居士，济南人，婉约词派代表，有"千古第一才女"之称。其词前期多写悠闲生活，韵调优美，后期多悲叹身世，情调感伤。善用白描手法，自辟途径，语言清丽。论词强调协律，崇尚典雅，提出词"别是一家"之说。能诗，留存不多，部分篇章感时咏史，情辞慷慨，与其词风不同。有《易安词》，已散佚。后人辑有《漱玉词》。

【顾随评论】

易安词不甚佳，但有时她所写的，男人绝写不出来。

浣溪沙

淡荡春光寒食天[1]，玉炉沉水袅残烟[2]。
梦回山枕隐花钿[3]。

海燕未来人斗草，江梅已过柳生绵[4]。
黄昏疏雨湿秋千。

---

1 淡荡：和舒貌，多用以形容春天的景物。
2 玉炉：香炉。沉水：沉香。
3 花钿（diàn）：用金片镶嵌成花形的首饰。
4 柳绵：即柳絮。

如梦令

昨夜雨疏风骤，浓睡不消残酒[1]。
试问卷帘人[2]，却道"海棠依旧"。
"知否，知否？应是绿肥红瘦[3]。"

---

1 浓睡：酣睡。残酒：尚未消散的醉意。
2 卷帘人：此指侍女。
3 绿肥红瘦：绿叶繁茂，红花凋零。

辛弃疾

辛弃疾（1140—1207），南宋词人，将领。字幼安，别号稼轩，谥号忠敏，山东历城人。有"词中之龙"之称，与苏轼合称苏辛，与李清照并称济南二安。所作题材广阔，气势纵横，不为格律所拘束。善于陶铸经史诗文，一如己出，亦长于白描。词风以豪放为主，但亦不拘一格，沉郁、明快，激厉、妩媚，兼而有之。其词从内容到意境，都有卓异的拓展。词集有《稼轩长短句》与《稼轩词》两种刊本。

【顾随评论】

一个天才是一颗彗星，不知何所自来，不知何往而去。西洋称天才为彗星，在中国，屈原是一颗彗星。此外，诗中李白，词中稼轩。

稼轩长调前无古人，后无来者。辛稼轩写词有特殊作风，其字法、句法便为他词人所无。辛词如生铁铸成，此盖稼轩一绝。

稼轩是极热心、极有责任心的一个人，是中国旧文学之革命者。

稼轩最是多情，什么都是真格的。

念奴娇

重九席上

龙山何处[1]？记当年高会，重阳佳节。

谁与老兵供一笑？落帽参军华发[2]。

莫倚忘怀，西风也解点检尊前客[3]。

凄凉今古，眼中三两飞蝶[4]。

须信采菊东篱，高情千载，只有陶彭泽[5]。

爱说琴中如得趣，弦上何劳声切[6]？

试把空杯，翁还肯道：何必杯中物？

临风一笑，请翁同醉今夕。

---

1 龙山：在今湖北江陵县西北。

2 落帽参军：指晋人桓温、孟嘉在龙山高会的风雅趣事。

3 "莫倚"二句：莫忘沧海桑田，人事变迁。点检尊前：苏轼有"世上功名何日是，尊前点检几人非"之诗。

4 "凄凉"二句：谓千载以下，知音稀少。

5 陶彭泽：陶渊明，渊明曾为彭泽令。下文"翁"，亦指渊明。

6 "爱说"二句：用陶语。《晋书·陶潜传》载，"性不解音，而蓄素琴一张，弦徽不具。每朋酒之会，则抚而和之，曰：'但识琴中趣，何劳弦上声。'"

【苦水曰】

　　稼轩性情、见解、手段，皆过人一等。苦水如此说，并非要高抬稼轩声价，乃是要指出稼轩悲哀与痛苦底根苗。凡过人之人，不独无人可以共事，且无人可以共语。以此心头寂寞愈蕴愈深，即成为悲哀与痛苦。发为篇章，或涉愤慨。千万不要认作名士行径，才子习气。彼世之所谓名士才子者，皆是绣花枕，麒麟楦，装腔作势，自抬身份，大言不惭，陆士衡所谓"词浮漂而不归者"也。即如明远（鲍照）、太白，有时亦未能免此，况其下焉者乎？稼轩即不然，实实有此性情、见解与手段，实实感此寂寞，且又实实抱此痛苦与悲哀，实实怪不得他也。

　　此词起得不见有甚好，为是是重九席上，所以又只好如此起。迤逦写来，到得"谁与老兵供一笑，落帽参军华发"两句，便已透得些子消息。老兵者谁？昔之桓温，今之稼轩也。桓温当年面前尚有一个孟嘉，可供一笑。稼轩此时眼中却并一个孟嘉也无。往者古，来者今，上是天，下是地，当此秋高气爽、草木摇落之际，登高独立，眇眇馀怀，何以为情？所以又有"莫倚忘怀，西风也解点检尊前客"三句，是嘲是骂，是哭是笑，兼而有之。却又嫌他忒杀锋芒逼人，所以今日被苦水一眼觑破，一口道出。直到"凄凉今古，眼中三两飞蝶"，写得如此其感喟，而又如彼其含蓄；纳芥子于须弥，而又纳须弥于芥子。直使苦水通身是眼，也觑不破；遍体排牙，也道不出。英雄心事，诗人手眼，悲天悯人，动心忍性，而出之以蕴藉清淡，若向此等处会得，始不辜负稼轩这老汉。

念奴娇

洞庭春晚，□旧传，恐是人间尤物[1]。
收拾瑶池倾国艳，来向朱栏一壁。
透户龙香[2]，隔帘莺语，料得肌如雪。
月妖真态[3]，是谁教避人杰[4]？

酒罢归对寒窗，相留昨夜，应是梅花发。
赋了高唐犹想像[5]，不管孤灯明灭。
半面难期[6]，多情易感，愁点星星发[7]。
绕梁声在[8]，为伊忘味三月[9]。

1　尤物：旧称绝色女子；亦指物之绝美者。
2　龙香：指龙涎香。
3　月妖：指专为花前月下风情韵事的妖异精灵。后亦用为咏美人妖姿之典。
4　人杰：当指唐代政治家狄仁杰。
5　高唐：宋玉有《高唐赋》。苏轼《满庭芳》词："报道金钗坠也，十指露春笋纤长。亲曾见，全胜宋玉，想像赋《高唐》。"意犹未尽之意。
6　难期：难以实现。
7　星星发：斑白之发。
8　绕梁声：即馀音绕梁。《列子·汤问》："韩娥东之齐，匮粮，过雍门，鬻歌假食。既去，而馀音绕梁柯，三日不绝。"
9　忘味三月：《论语·述而》："子在齐闻《韶》，三月不知肉味。"

念奴娇

用韵答傅先之

君诗好处，似邹鲁儒家，还有奇节。
下笔如神强押韵，遗恨都无毫发。
炙手炎来，掉头冷去，无限长安客。
丁宁黄菊，未消勾引蜂蝶。

天上绛阙清都，听君归去，我自癯山泽[1]。
人道君才刚百炼[2]，美玉都成泥切。
我爱风流，醉中倾倒，丘壑胸中物。
一杯相属，莫孤风月今夕[3]。

1　癯（qú）：瘦。
2　刚百炼：刘琨《重赠卢谌》诗："何意百炼刚，化为绕指柔。"
3　风月今夕：《南史·徐勉传》："勉居选官，尝与门人夜集，客有虞
暠，求詹事五官，勉正色答曰：'今夕止可谈风月，不宜及公事。'时人
服其无私。"

沁园春

灵山齐庵赋，时筑偃湖未成。

叠嶂西驰，万马回旋，众山欲东。
正惊湍直下[1]，跳珠倒溅；
小桥横截，缺月初弓[2]。
老合投闲[3]，天教多事，检校长身十万松[4]。
吾庐小，在龙蛇影外[5]，风雨声中。

争先见面重重。看爽气朝来三数峰。
似谢家子弟，衣冠磊落；
相如庭户，车骑雍容。
我觉其间，雄深雅健[6]，如对文章太史公。
新堤路，问偃湖何日，烟水蒙蒙。

1　惊湍：此指飞泉瀑布。
2　缺月初弓：形容横截水面的小桥像一弯弓形的新月。
3　合：应该。投闲：离开官场，过闲散的生活。
4　检校：巡查。长身：高大。
5　龙蛇影：此指松树影。
6　雄深雅健：指雄放深邃、高雅刚健的文章风格。

【苦水曰】

　　读辛词，一味于豪放求之，固不是；若看作沉着痛快，似矣，仍未是也。要须看他飞针走线，一丝不苟，始为得耳。即如此词，一开端便即气象峥嵘，局势开拓，细按下去，何尝有一笔轶出法度之外？工稳谨严处，便与清真有异曲同工之妙。笑他分豪放、婉约为两途者之多事也。

　　看他先从山说起，次及泉，及桥，及松树，然后才是吾庐，自远而近，秩秩然，井井然。换头以下，又是从庐中望出去底山容山态。然后说到将来的偃湖。脚下几曾乱却一步？

　　自来作家写山，皆是写它淡远幽静，再则写它突兀峻厉。稼轩此词，开端便以万马喻群山，而且是此万马也者，西驰东旋，跬足郁怒，气势固已不凡，更喜作者羁勒在手，故能驱使如意。真乃倒流三峡，力挽万牛手段。不必说是超绝千古，要且只此一家。待到交代过十万松后，换头以下，便写出"磊落""雍容""雄深雅健"，有见解，有修养，有胸襟，有学问，真乃掷地有声。后来学者，上焉者硬语盘空，只成乖戾；下焉者使酒骂座，一味叫嚣。相去岂止千里万里，简直天地悬隔。而且此处说是写山固得，说是这老汉夫子自道，又何尝不得。

沁园春

戊申岁,奏邸忽腾报谓余以病挂冠,因赋此。

老子平生,笑尽人间,儿女怨恩。
况白头能几,定应独往;
青云得意,见说长存。
抖擞衣冠,怜渠无恙,合挂当年神武门[1]。
都如梦,算能争几许,鸡晓钟昏。

此心无有亲冤,况抱瓮年来自灌园[2]。
但凄凉顾影,频悲往事;
殷勤对佛,欲问前因。
却怕青山,也妨贤路,休斗尊前见在身[3]。
山中友,试高吟楚些[4],重与招魂。

---

1 神武门:古宫门名,即南朝时建康皇宫西首之神虎门。相传南朝梁陶弘景曾在此门挂衣冠而上书辞禄。
2 "况抱瓮"句:《庄子·天地》篇:"子贡南游于楚,反于晋,过汉阴,见一丈人方将为圃畦,凿隧而入井,抱瓮而出灌。搰搰然用力甚多而见功寡。"
3 "休斗"句:牛僧孺《席上赠刘梦得》:"休论世上升沉事,且斗尊前见在身。"斗,受用。
4 楚些:指《楚辞·招魂》,句尾皆用"些"字。

沁园春

期思旧呼奇狮，或云碁师，皆非也。余考之荀卿书云：孙叔敖，期思之鄙人也。期思属弋阳郡。此地旧属弋阳县。虽古之弋阳、期思，见之图记者不同，然有弋阳则有期思也。桥坏复成，父老请余赋，作《沁园春》以证之。

有美人兮，玉佩琼琚[1]，吾梦见之。
问斜阳犹照，渔樵故里；
长桥谁记，今古期思？
物化苍茫[2]，神游仿佛，春与猿吟秋鹤飞。
还惊笑：向晴波忽见，千丈虹霓。

觉来西望崔嵬，更上有青枫下有溪。
待空山自荐，寒泉秋菊[3]；
中流却送，桂棹兰旗[4]。

---

1 "有美人"二句：《诗·郑风·有女同车》："有女同车，颜如舜华。将翱将翔，佩玉琼琚。彼美孟姜，洵美且都。"
2 物化：即用"庄周梦蝶"之典。
3 "待空山"二句：苏轼《书林逋诗后》："我笑吴人不好事，好作祠堂傍修竹。不然配食水仙王，一盏寒泉荐秋菊。"
4 桂棹兰旗：《楚辞·九歌》："桂棹兮兰枻。"又，"荃桡兮兰旌"。

万事长嗟，百年双鬓[1]，吾非斯人谁与归[2]。

凭阑久，正清愁未了，醉墨休题。

1　百年双鬓：杜甫《戏题上汉中王》诗："百年双白鬓，一别五秋萤。"

2　"吾非"句：化用范仲淹《岳阳楼记》句："微斯人，吾谁与归？"

沁园春

答余叔良

我试评君，君定何如，玉川似之[1]。

记李花初发，乘云共语；

梅花开后，对月相思。

白发重来，画桥一望，秋水长天孤鹜飞。

同吟处，看珮摇明月，衣卷青霓。

相君高节崔嵬，是此处耕岩与钓溪[2]。

被西风吹尽，村箫社鼓；

青山留得，松盖云旗。

吊古愁浓，怀人日暮，一片心从天外归[3]。

新词好，似凄凉楚些，字字堪题。

1　玉川：《新唐书·卢仝传》："卢仝居东都，（韩）愈为河南令，爱其诗，
厚礼之。仝自号玉川子。尝为《月蚀》诗，讥切元和逆党，愈称其工。"

2　耕岩、钓溪：耕岩谓傅说于相殷之前隐于傅岩之下；钓溪谓吕尚于
相周之前，年已老而隐居垂钓渭南之磻溪。

3　"一片心"句：《郡阁雅谈》："刘禹昭字休明，婺州人。少师林宽，
为诗刻苦，不惮风雪。有句云：'句向夜深得，心从天外归。'"刘斧
《青锁高议》前集卷九"诗渊清格"条："欧阳永叔尝言，苦吟句云：
'一句坐中得，片心天外来。'兹所谓苦吟破的之句也。"

沁园春

再到期思卜筑[1]

一水西来，千丈晴虹，十里翠屏。

喜草堂经岁，重来杜老；

斜川好景[2]，不负渊明。

老鹤高飞，一枝投宿，长笑蜗牛戴屋行[3]。

平章了，待十分佳处，著个茅亭[4]。

青山意气峥嵘，似为我归来妩媚生。

解频教花鸟，前歌后舞；

更催云水，暮送朝迎。

酒圣诗豪，可能无势，我乃而今驾驭卿[5]。

清溪上，被山灵却笑：白发归耕。

1　卜筑：选地盖房。

2　斜川：在今江西省都昌县，为风景优美之地。陶渊明居浔阳柴桑时，曾作《斜川诗》。诗前有小序略记其与邻居同游斜川的情景。辛词以斜川比期思。

3　蜗牛戴屋行：蜗牛爬动时如戴屋而行。

4　平章：筹划，品评。著：此作建造讲。

5　"可能"二句：语出陶渊明《晋故征西大将军长史孟府君传》。东晋孟嘉为桓温都下长史，好游山水，至暮方归。桓温谓其曰："人不可无势，我乃能驾驭卿！"辛借其语。

八声甘州

夜读《李广传》不能寐，因念晁楚老、杨民瞻约同居山间[1]，戏用李广事，赋以寄之。

故将军饮罢夜归来，长亭解雕鞍[2]。

恨灞陵醉尉，匆匆未识，桃李无言[3]。

射虎山横一骑，裂石响惊弦[4]。

落魄封侯事，岁晚田园。

谁向桑麻杜曲[5]，要短衣匹马，移住南山。

看风流慷慨，谈笑过残年。

汉开边功名万里，甚当时健者也曾闲。

纱窗外、斜风细雨，一阵轻寒。

1　晁楚老、杨民瞻：辛弃疾的友人，生平不详。
2　解雕鞍：卸下精美的马鞍，指下马。
3　桃李无言：谚语"桃李不言，下自成蹊。"司马迁在《史记》中曾用此谚语来赞美李广虽然不善辞令，却深得天下人敬爱。此代指李广。
4　裂石响惊弦：此用"李广射虎"的典故。
5　桑麻杜曲：杜甫《曲江三章》其三："自断此生休问天，杜曲幸有桑麻田，故将移住南山边。短衣匹马随李广，看射猛虎终残年。"杜曲：长安地名，是杜甫祖籍，有祖上传下的桑麻田。

【苦水曰】

　　《白雨斋词话》曰："辛稼轩，词中之龙也。"因忽忆及小说一则：一龙堕入塘中，极力腾踔，数尺辄坠，泥涂满身，蝇集鳞甲。凡三日。忽风雨晦冥，霹雳一声，龙便掣空而去云云。看他开端二语，天骄而来，真与一条活龙相似。但逐句读去，便觉此龙渐渐堕落下去。"匆匆"者何也？或是草草之意耶？"匆匆未识"，以词论之，殊未见佳。"桃李无言"，虽出《史记·李广传》后之"太史公曰"，用之此处，不独隔，亦近凑。"落魄"两句便是因地一声堕入泥中。《传》中明说，李广不言家产事；"田园"二字作何着落？换头云"谁向桑麻杜曲"，是又不事田园也。"短衣匹马"出杜诗，是说看李将军射虎，非说李将军射虎也。"匹马"字与前片"雕鞍"字、"一骑"字重复，是龙在塘中，泥涂满身，蝇集鳞甲时也。"风流慷慨，谈笑过残年"，纵然极力腾踔，仍是不数尺而坠。直至"汉开边"十五个字，方是风雨晦冥，霹雳一声，掣空而去。龙终究是龙，不是泥鳅耳。待到末一句，则是漫天云雾，神龙见首不见尾矣。昔者奉先深禅师与明和尚同行脚，到淮河，见人牵网，有鱼从网透出。师曰："明兄，俊哉，一似个衲僧。"明曰："虽然如此，争如当初不撞入罗网好？"师曰："明兄，你欠悟在！"苦水今日，断章取义，采此一节，说此一词，得么？虽然，似即似，是则非是。

汉宫春

立春

春已归来，看美人头上，袅袅春幡[1]。
无端风雨，未肯收尽馀寒。
年时燕子，料今宵、梦到西园。
浑未辨、黄柑荐酒[2]，更传青韭堆盘[3]。

却笑东风从此，便薰梅染柳[4]，更没些闲。
闲时又来镜里，转变朱颜。
清愁不断，问何人、会解连环[5]。
生怕见、花开花落，朝来塞雁先还。

---

1 春幡：古时风俗，立春之日，士大夫之家，剪彩为小幡，谓之春幡。
或悬于家人之头，或缀于花枝之下。
2 黄柑荐酒：黄柑酪制的腊酒。
3 青韭堆盘：《四时宝鉴》谓"立春日，唐人作春饼生菜，号春盘"。
又一说，称五辛盘。苏轼《立春日小集呈李端叔》诗云："辛盘得青韭，
腊酒是黄柑。"辛词本此，但反用其意。
4 薰梅染柳：吹得梅花飘香、柳丝泛绿。
5 解连环：据《战国策·齐策》载，秦昭王遣使齐国，送上玉连环一
串，请齐人解环。群臣莫解。齐后以椎击破之，曰：环解矣。辛词用此
喻忧愁难解。

【苦水曰】

苦水于二十年前读此词时，于换头"却笑"直至"连环"六句，悟得健字诀。今不妨葛藤一番，举似天下看官。看他三十六个字，曲曲折折写来，逐句换意，不叫嚣，不散漫，生处有熟，熟中见生。说他劲气内敛，潜气内转，庶几当之无愧。尤妙在说"不断"，说"连环"，此三十六个字，便真有不断与连环之妙。若论"春已归来"，实实不见有甚奇特。但"美人头上，袅袅春幡"八字上，加之以"看"，却何等风韵，何等情致。夫美人头上，金步摇，玉搔头，尚矣。又若簪花贴翠，亦其常也。今日何日？忽然于金玉花翠之外，袅袅然而见此春幡焉。春归来乎？诚哉其归来也。况且虽曰立春，而馀寒尚烈，花未见其开也，柳未见其青也，又何从得见春之归来乎？今不先不后，近在目前，突然于美人头上，见此春幡之袅袅然，则一任馀寒之尚烈，花之未开，柳之未青，而春固已归来矣。亦何须乎寒之转暖，而梅之熏与柳之染也耶？近代人论文，动曰经济，即此便是经济。动曰象征，即此便是象征。动曰立体描写，即此便是立体描写。古人曰："状难写之景，如在目前，含不尽之意，见于言外。"亦复即此便是。《四库书目提要》说辛老子词"于剪翠刻红之外，别立一宗"。别立一宗且置，即此岂非剪翠刻红底真本领？一般又道辛词非本色，即此又岂不是稼轩底惟大英雄能本色也？葛藤半日，只说得"美人头上袅袅春幡"，尚漏去"看"字未说。要会这个"看"字么？但看去即得。

祝英台近

晚春

宝钗分[1]，桃叶渡[2]，烟柳暗南浦。

怕上层楼，十日九风雨。

断肠片片飞红，都无人管，

更谁劝、啼莺声住。

鬓边觑[3]，试把花卜归期，才簪又重数[4]。

罗帐灯昏，哽咽梦中语。

是他春带愁来，春归何处？

却不解、带将愁去。

【苦水曰】

　　稼轩虽是老粗，但真能写女性，了解女性，而且最尊重对方女性人格。此一点两宋无人能及。辛写女性总将对方人格放在自己平等地位，周清真、柳耆卿都把女性看成玩物，而稼轩写得严肃。

1　宝钗分：钗为古代妇女簪发首饰。分为两股，情人分别时各执一股为纪念。宝钗分，即夫妇离别之意。

2　桃叶渡：在南京秦淮河与青溪合流之处。因东晋王献之曾于此处送别其爱妾桃叶而得名。

3　觑：窥视，细看。

4　才簪又重数：数花瓣卜行人归期，怕不准确又数一次。

此是稼轩代表作，至少是代表作之一。

余初读时喜欢后三句，"是他春带愁来，春归何处？却不解、带将愁去"，此少年人伤感；其后略经世故，知道世事艰难，喜欢"怕上层楼，十日九风雨"二句；四十多岁以后才懂得"鬓边觑。试把花卜归期，才簪又重数"三句是最美的。

有人于此词，特举他结尾三句，说是出自赵德庄《鹊桥仙》，而赵又体之李汉老咏杨花之《洞仙歌》云云。又解之曰："大抵后辈作词，无非前人已道底句，特善能转换耳。"苦水谓此论他人词或者也得，然非所论于稼轩。因为这老汉处处要独出手眼，别开蹊径也。偶而不检，落在古人窠臼里，却是他二时粥饭，杂用心处。一首《祝英台近》，只说得没奈何三字。说起没奈何来，自韦端己、冯正中，多少词人跳这个圈子不出。稼轩这位山东老兵拈笔填词，表现手段，有时原也推倒智勇。但一腔心绪，有时也便与古人一鼻孔出气，也还是没奈何三字。不过前片"怕上"九字，后片结尾三句，没奈何尚是是物而非心；尚是贫无立锥，不是连锥也无。既是怕上，不上即得；春既不曾带得愁去，也只索由它。所以者何？权非己操，即责不必自负也。今日看来，倒是"试把花卜归期，才簪又重数"十一个字，是心非物，是连锥也无，真是没奈何到苦瓠连根苦。夫花本所以簪之也，词却曰"才簪又重数"，则其簪之前，固已曾数过矣，已曾卜过归期矣。若使数过卜过而后簪，如今又复摘下重数，则其于花，意固不专在于簪也。意不在于簪，故数过方簪，簪过重数。则其重簪之后，谁能必其不三数三簪，四数四簪，且至于若干簪若干数，若干数若干簪耶？内心如此拈摄不下，如此摆布不开，较之风与雨，春与愁，其没奈何固宜有深浅之别矣。六祖曰："非风动，非幡动，仁者心动。"其斯之谓欤？

江神子

和陈仁和韵

宝钗飞凤鬓惊鸾。望重欢，水云宽。
肠断新来，翠被粉香残[1]。
待得来时春尽也，梅结子，笋成竿。

湘筠帘卷泪痕斑[2]。珮声闲，玉垂环。
个里温柔，容我老其间[3]。
却笑平生三羽箭，何日去，定天山[4]。

【苦水曰】

　　此章是稼轩和韵之作。步线行针，左右逢源，直似原唱，技术之高，固已绝伦，而性情之真，尤见本色。只如"待得来时"十三个字，又是值得读者身死气绝底句子也。夫所思者而不来，

1　"翠被"句：何逊《嘲刘孝绰》诗："稍闻玉钏远，犹怜翠被香。"
2　湘筠：即湘竹。《博物志》："尧之二女，舜之二妃，曰湘夫人，舜崩苍梧，二妃追至，哭帝极哀，泪染于竹，故斑斑如泪痕。"
3　"个里"二句：《飞燕外传》："后听嬺计，是夜进合德，帝大悦，以辅属体，无所不靡，谓为温柔乡。谓嬺曰：'吾老是乡矣，不能效武皇帝求白云乡也。'"
4　"却笑"三句：出典于"三箭定天山"。《新唐书·薛仁贵传》：薛仁贵发三矢，辄杀三人，于是虏气慑，皆降。

真乃无地可容，此生何为。若所思者而既来，则不只是哑子掘得黄金，而且天上掉下活龙，固宜一切圆满，无不如意矣。稼轩却曰"春尽也，梅结子，笋成竿"焉。是则一错既铸，百身莫赎，直合天地，可世界，成一个没量大底没奈何也，如何而使读者不身为之死气为之绝乎哉？

稼轩此首《江神子》以辞论，前片佳；而以意论，其用意盖在后片。"凤钗""鸾鬓"在词中用得非常多，但都是死的，而稼轩一写，"宝钗飞凤鬓惊鸾"，真动，活了，真好！中国词传统是静，而辛词是动。这是以《水浒传》笔法写《红楼梦》，以画李逵的笔调画林黛玉。这很险，很容易失败，但他成功了，而且是最大成功。

他有极健康的体魄，而同时又有极纤细的感觉。一个"飞"字，一个"惊"字，所写是一个活泼泼健康的女性，绝非《红楼梦》上病态女子可比。此句"言中之物"甚好，而又有"物外之言"，真美。

"水云宽"是二人空间距离的远，"粉香残"是二人分离时间的久，以前还可闻见粉香，现在连粉香也闻不到了，非"肠断"不可——写柔情而用健笔。

后片之"湘筲卷帘泪痕斑，珮声闲，玉垂环"，尽显出四周环境之调和，二人相见之美满。个个字不但铁板钉钉，而且个个字扔砖落地。

破阵子

为陈同甫赋壮词以寄[1]

醉里挑灯看剑，梦回吹角连营[2]。
八百里分麾下炙[3]，五十弦翻塞外声[4]，
沙场秋点兵[5]。

马作的卢飞快[6]，弓如霹雳弦惊。
了却君王天下事[7]，赢得生前身后名。
可怜白发生！

---

1 陈同甫：陈亮，字同甫，为辛弃疾挚友。
2 吹角连营：各个军营里接连不断地响起号角声。角：军中乐器，长五尺，形如竹筒，用竹、木、皮、铜制成，外加彩绘，名目画角。其声哀厉高亢，闻之使人振奋。
3 八百里：牛名。晋王恺有牛，名八百里驳。麾（huī）下：部下。麾，军中大旗。炙：切碎的熟肉。
4 五十弦：原指瑟，此处泛指各种乐器。翻：演奏。塞外声：指悲壮粗犷的战歌。
5 沙场：战场。秋：古代点兵用武，多在秋天。点兵：检阅军队。
6 "马作"句：战马像的卢马那样跑得飞快。的卢：良马名，一种烈性快马。
7 了却：了结。君王天下事：统一国家的大业，此特指恢复中原事。

【苦水曰】

此词各家词选太半收录。有人读此词，嫌他直率，有人却又爱他豪放。是非未判，爱憎分明。苦水于此词，既是一手抬，一手搧，于上二说亦是半肯半不肯。看他自开首"醉里"一句起，一路大刀阔斧，直至后片"赢得"一句止，稼轩以前作家，几见有此。若以传统底词法绳之，似乎不谓之率不可得也。苦水则谓一首词前后片共是十句，前九句真如海上蜃楼突起，若者为城郭，若者为楼阁，若者为塔寺，为庐屋，使见者目不暇给。待到"可怜白发生"，又如大风陡起，巨浪掀天，向之所谓城郭、楼阁、塔寺、庐屋也者，遂俱归幻灭，无影无踪，此又是何等腕力，谓之为率，又不可也。复次，稼轩自题曰"壮词"，而词中亦是金戈铁马，大戟长枪，像煞是豪放。但结尾一句，却曰"可怜白发生"。夫此白发生，是在事之了却、名之赢得之前乎？抑在其后乎？苦水至今尚不能明了老辛意旨所在。如在其前，则所谓金戈铁马大戟长枪者，仅是贫子梦中所掘得之黄金，既醒之后，四壁仍然空空，其凄凉怅惘更不可堪。如在其后，则虽是二十年太平宰相，勋业烂然，但看看钟鸣漏尽，大限将临，回忆前尘，都成虚幻，饶他踢天弄井本领，无奈他腊月三十日到来，于此施展手脚不得。此又是千古人生悲剧，其哀苦愁凄，亦当不得。谓之豪放，亦是皮相之论也。夫如是，则白发之生于事之了却名之赢得之前之后，暂可勿论。总而言之，统而言之，稼轩这老汉作此词时，其八识田中总有一段悲哀种子在那里作祟，亦复忒煞可怜人也。其实又岂止此一首？一部《稼轩长短句》，无论是看花饮酒，或临水登山；无论是慷慨悲歌，或委婉细腻，也总是笼罩于此悲哀的阴影之中。

感皇恩

读《庄子》，闻朱晦庵即世[1]。

案上数编书，非《庄》即《老》。
会说忘言始知道[2]。
万言千句，不自能忘，堪笑。
今朝梅雨霁[3]，青天好。

一壑一丘，轻衫短帽[4]。
白发多时故人少。
子云何在？应有《玄经》遗草[5]。
江河流日夜[6]，何时了。

1　朱晦庵：即南宋大儒朱熹，晦庵是他的号。即世：去世。
2　忘言：出《庄子·外物》，"言者所以在意，得意而忘言，吾安得夫忘言之人而与之言哉？"稼轩说朱熹就是会说"忘言而知大道"的思想家。按庄子原意，前说"得鱼忘筌（捕鱼的竹器），得兔忘蹄（兔置）"；后说"得意忘言"。大概指抛弃事物的形式和功利世俗的机心。因之辛词才有"不自能忘，堪笑"之句，要能自忘方可望对"大道"有所了解。
3　霁：雨后或雪后天气转晴。
4　一壑一丘，轻衫短帽：写朱熹的幽居形象。
5　玄经：指《太玄》，扬雄的哲学著作。
6　江河流日夜：谓朱熹的思想将如江河行地万古不废。

【苦水曰】

老辛之词，绝不傍人门户，变古则有之，学古则不肯。令人真觉有"不恨古人吾不见，恨古人不见吾狂"之概，全仗一意字。但有时率直生硬，为世诟病，亦还是被此意字所累。才富情真，一触即发，尽吐为快，其流弊必至于此。此《感皇恩》一章，明明是个截搭题，若就文论文，此二事原本不必缠夹。故将两件并不调和之事扭在一起，则其有意可知。则其有意要作非复寻常追悼伤感的文字，亦复可知。再看他开端五句，一把抓住庄子（老子是宾，庄子是主，看题可知），轻轻开一玩笑，遂使这位大师几乎从宝座上倒头撞下，也只是一个意字底作用。难道稼轩不肯庄子？决不然，决不然。须知正是极肯他处。试看"今朝梅雨霁，青天好"，真正达到得意忘言境界，真正抉出蒙叟神髓，难道不是极肯他？而且辛老子于此收起平日虎帐谈兵声口。忽然挥起麈尾，善谈名理，令人想起韩蕲王当年骑驴湖上，寻僧山寺风度，果然大英雄非常人也。

待到过片，"一壑一丘，轻衫短帽"，徐徐而来；"白发多时故人少"，渐渐提起；"子云何在，应有《玄经》遗草"，轻轻落题；"江河流日夜，何时了"，微微叹息。辛老子于此，真做到想多情少地步。吾人难道还好说他有性情，没学问？

若说此词好虽是好，只是有欠沉痛在。苦水曰：不然，不然。不见当年邓隐峰到沩山后，见沩山来，即作卧势。沩归方丈，师乃发去。少间，沩山问侍者："师叔在否？"曰："已去。"沩曰："去时有什么语？"曰："无语。"沩曰："莫道无语，其声如雷。"苦水于此，曾下一转语曰：何必如雷？总之，不是无语。如今要会取稼轩此词沉痛处么？向这一段公案细参去好。

青玉案

元夕[1]

东风夜放花千树，更吹落、星如雨[2]。

宝马雕车香满路。

凤箫声动[3]，玉壶光转[4]，一夜鱼龙舞[5]。

蛾儿雪柳黄金缕[6]，笑语盈盈暗香去。

众里寻他千百度，

蓦然回首，那人却在、灯火阑珊处。

【苦水曰】

　　静安先生《人间词话》曰："古今之成大事业大学问者，必经过三种之境界。'昨夜西风凋碧树。独上高楼，望尽天涯路'：此第一境也。'衣带渐宽终不悔，为伊消得人憔悴'：此第二境

1　元夕：正月十五日为元宵节，亦称上元节，是夜称元夕或元夜。
2　星如雨：指焰火纷纷，乱落如雨。星，形容满天的烟花。
3　凤箫：箫的美称。
4　玉壶：喻明月。
5　鱼龙舞：指舞动鱼形、龙形的彩灯。舞鱼、舞龙，是元宵节的表演节目。
6　蛾儿、雪柳、黄金缕：皆古代妇女元宵节时头上佩戴的各种装饰品。此指着盛装的妇女。

也。'众里寻他千百度。蓦然回首，那人却在、灯火阑珊处'：此第三境也。"此三种境界，若依衲僧参禅功夫论之，则一是发心，二是行脚，三是顿悟。一首《青玉案》，题目注明是《元夕》，写烟火，写鳌山，写游人，写歌舞，写月光，写闹蛾儿与雪柳，若是别一个如此写，苦水便直截以热闹许之。但以稼轩之才情之功力论之，苦水却嫌他热闹不起来。莫道老辛于此江郎才尽好。须知他当此之际，有不能热闹起来底根芽在。要会这根芽，只看他结尾四句便知。夫曰"众里寻他千百度"，则其此夕之出，只为此事，只为此人，彼烟火、鳌山、游人、歌舞、月光、闹蛾儿与雪柳也者，于其眼中心中也何有？此人而在，此事而成，烟火等，有也得，无也得。此事而不成，此人而不在，烟火等，只见其刺目伤心而已。热闹云乎哉？烟火等，今也亦姑置之，而那人固已明明在灯火阑珊处矣，又将若之何而可？稼轩平时，倾心吐胆与读者相见，此处却戛然而止，留与读者自家会去。吾辈且不可辜负他。夫那人而在灯火阑珊处，是固不入宝马雕车之队，不逐盈盈笑语之群，为复是闹中取静？为复是别有怀抱？为复是孤芳自赏？要之，不同乎流俗，高出乎侪辈，可断断言。此亦姑置之。若夫"蓦然回首"，眼光霍地一亮，而于灯火阑珊之处而见那人焉，此时此际，为复是欣慰？为复是酸辛？为复是此心怦跳，几欲冲口而出？不是，不是，再还他一个不是。读者细细体会去好。莫怪苦水不说。倘若体会不出，苍天，苍天！

临江仙

手捻黄花无意绪，等闲行尽回廊。
卷帘芳桂散馀香。
枯荷难睡鸭，疏雨暗池塘。

忆得旧时携手处，如今水远山长。
罗巾浥泪别残妆。
旧欢新梦里，闲处却思量。

【苦水曰】

　　"枯荷难睡鸭，疏雨暗池塘"，纯是晚唐人诗法。出句写得憔悴，对句写得凄凉，"难"字"暗"字，俱是静中一段寂寞心情底体验。学辛者一死向粗处疏处印定去，合将去，何不向这细处密处，一着眼一用心耶？然而苦水如是说，只是借此十字，因病下药，一部稼轩长短句，要且不可只在一联两联佳句上会去。佳句只是表现情景一点小小文字技术，若于此陷溺下去，饶你练到宜僚弄丸、郢人运斤手段，也还是小家子气。若夫警句，则含有静安先生所谓意境者在。警句二字，亦是假名，又不可认定警字，一味向险处怪处会去。与其取此"枯荷"一联，何如细参开端"手捻黄花无意绪，等闲行尽回廊"两句？不独俨然是范经"爱而不见，搔首踟蹰"气象，而且孤独寂寞之下，绵密蕴藉之中，又俨然是灵均思美人、哀众芳底心事。

143

鹊桥仙

己酉山行书所见[1]

松冈避暑，茅檐避雨，闲去闲来几度。
醉扶怪石看飞泉，
又却是前回醒处。

东家娶妇，西家归女，灯火门前笑语。
酿成千顷稻花香，
夜夜费一天风露[2]。

【苦水曰】

　　周止庵曰："苏辛并称，苏之自在处，辛偶能到；辛之当行
处，苏必不能到。"知言哉，知言哉。稼轩性情、思致、才力，
俱过人一等，故其发之于词也，或透穿七札，或光芒四照，而浑
融圆润，或隔一尘，故宜其多当行而少自在。即如此章，岂非可
谓为作之自在者，然而细按下去，便觉得仍是当行有馀，自在不
足。夫"松冈""茅檐""避暑""避雨"，旧时数曾"闲去闲来"，
岂非自在？然而"醉扶怪石看飞泉"，只缘"怪"字"飞"字，芒

1　己酉：淳熙十六年（1189年），当时词人正闲居于带湖之滨。
2　"酿成"二句：谓每夜的清风白露，酿成一片稻米花香。

角炯炯，遂使"扶"字"看"字，亦不免着迹露象。至"又却是前回醒处"，草草看去，亦只是寻常回忆，但"又却是"三个极平常字，使人读之，又觉得有如少陵所谓"万牛回首丘山重"。如此小景，如此琐事，如此写去，狮子搏象用全力，搏兔亦用全力，如是，如是。至于过片"东家娶妇，西家归女"，本是山村中极热闹场面，"灯火门前笑语"，短短一句，轻轻托出，而情景宛然，岂非自在？但"酿成千顷稻花香，夜夜费一天风露"两句，虽极力藏锋，譬之颜平原书小字《麻姑仙坛记》，浑厚之中，依然露出作大字时握拳透爪意度。所以稼轩此处用"酿成"，用"费"，用"千顷"，用"一天"，仍是当行而非自在。要其功力情致，能以自举其坚，世之人遂有只以自在目之者耳。若以恬适视之，则去之益远。所以者何？稼轩这老汉有时虽能利用闲，却一生不会闲。但如要说他不会，不如说他不肯会。

鹊桥仙

赠鹭鸶

溪边白鹭，来吾告汝：溪里鱼儿堪数。
主人怜汝汝怜鱼，要物我欣然一处。

白沙远浦，青泥别渚，剩有虾跳鳅舞。
听君飞去饱时来，看头上风吹一缕。

【苦水曰】

　　开端二语，莫单单认作近代修辞学中之拟人格，情真意挚，此正是静安先生所谓之"与花鸟共忧乐"，而亦即稼轩词中所谓之"山鸟山花好弟兄"也。"溪里鱼儿堪数"，写得可怜，便有向白鹭告饶之意。至"主人怜汝汝怜鱼，要物我欣然一处"，辛老子胸襟见解，一齐倾倒而出。然白鹭生性，以鱼为养，如今靳其食鱼，岂非绝其生路？主人怜鱼，固已。若使鹭也怜鱼，则怜鹭之谓何也？是以过片又听其飞去沙浦泥渚，尽饱虾鳅，且嘱其饱食重来，何以故？怜之也。此等俳体，是何等学问，民胞物与，较之谈风月，说仁义，是同是别？

　　若此词之所以为词，其第一义，其画龙点睛处，则结尾之"听君飞去饱时来，看头上风吹一缕"是已。

清平乐

书王德由主簿扇

溪回沙浅，红杏都开遍。

鸂鶒不知春水暖[1]，犹傍垂杨春岸。

片帆千里轻船，行人想见敧眠。

谁似先生高举，一行白鹭青天。

【苦水曰】

　　渔洋论诗，力主神韵。静安先生独标境界，且以为较神韵为探其本。苦水则谓境界可以包神韵，而神韵者，不过境界之一种，但不可曰境界即神韵，譬之马为畜，而畜非马也。盖神者何？不灭是。韵者何？无尽是。中国之诗，实实有此境界，如渊明之"采菊东篱下，悠然见南山"，韦苏州之"落叶满空山，何处寻行迹"，孟襄阳之"微云淡河汉，疏雨滴梧桐"，谓之玄妙、谓之神秘、谓之禅寂，举不如神韵二字之得体。此说甚长，姑俟他日有机缘时另细详之。

　　苦水平日为学人说词，常谓词富于情致，而乏于神韵。神韵长，情致短，是以每论词未尝不引以为憾。今得辛老子此小令

1　鸂鶒（xī chì）：水鸟名，俗称紫鸳鸯。形大于普通鸳鸯而多紫色，好并游。

一章，吾憾或可稍释乎？题中注明是书王主簿扇，恐是席上匆匆送王罢官归去之作。前片写景，皆泛语浅语，然过片"片帆千里轻船，行人想见欹眠"，情致已自可念；至"谁似先生高举，一行白鹭青天"，高情远致，不厉不佻，脱俗尘，透世网，说高举便真是高举。笑他山谷老人"江南春水碧于天，中有白鸥闲似我"之未免拖泥带水行也。夫"一行白鹭"之用杜诗，其孰不知之？但若以气象论，那一首七言四句，排万古而吞六合，须还他少陵老子始得。若说化板为活，者位山东老兵，虽不能谓为点铁成金，要是胸具锤炉，当仁不让。"一行白鹭青天"，删去"上"字，莫道是削足适履好。着一"上"字，多少着迹吃力。今删一"上"字，便觉万里青天，有此一行白鹭，不支拄，不牴牾，浑然而灵，寂然而动，是一非一，是二非二。莫更寻行数墨，说他词中上句"高举"两字，便替却"上"字也。盖辛词中情致之高妙，无加于此词者。如是而词中之情致，可以敌诗中之神韵，而苦水之夙憾，亦可以稍释矣。

南歌子

山中夜坐

世事从头减，秋怀彻底清[1]。
夜深犹送枕边声。
试问清溪，底事未能平[2]。

月到愁边白，鸡先远处鸣[3]。
是中无有利和名。
因甚山前，未晓有人行[4]。

【苦水曰】

　　苦水平日披读诗文，辄复致疑：如是云云者，果生于其心，而绝非抄袭与模拟耶？果为由衷之言，而无少粉饰与夸张耶？读"三百篇"、《离骚》、《古诗十九首》与《陶渊明集》，无此疑矣。最后则读稼轩之长短句亦然。苦水非谓辛词即等于"三百篇"、

---

1 "世事"二句：言忘却世事，胸无尘埃，如溪水一般清澈。从头减：言彻底消失。
2 "夜深"三句：枕边传来溪水声响，试问清溪何以不平常鸣。底事：为什么。
3 "月到"二句：言月色苍白，斜照愁人，远处响起第一声鸡鸣。
4 "是中"三句：言山村本无名利之争，何以天色未晓，山前已有人行？是中：这其中，指山村生活。

《离骚》、十九首与陶集也。要之，无疑则同然耳。

即如此词，稼轩曰"世事从头减"，苦水即谓其"从头减"。曰"秋怀彻底清"，苦水即信其"彻底清"。此不几于武断盲从乎哉？曰：不然，苟稼轩而非"世事从头减，秋怀彻底清"也，则过片"月到愁边白，鸡先远处鸣"，何为其然而奔赴于辛老子之笔下耶？世之人填胸满腹，万斛俗尘，妄念狂想，前灭后生，即置身于玉阙蟾宫，亦不觉月之为白。今稼轩则曰"月到愁边白"。此所谓愁，岂梦如乱丝之苦心焦虑哉？静极生愁，静之极也。曹子桓曰："乐往哀来，怆然伤怀。"所谓哀，亦即所谓愁。岂李陵所云"晨坐听之不觉泪下"之哀哉？鲁迅先生曰："静到听出静底声音来。"当此之际，"世事从头减"之诗人，未有不愁者也。于是乃益感于白月之白也。六一词曰："寂寞起来搴绣幌，月明正在梨花上。"寂寞者何？愁也。月上梨花者何？白也。若夫"鸡先远处鸣"者，抑又何也？老杜诗曰："遮莫邻鸡下五更。"曰"邻"，则近也。世之人而有耳，而不聋，而五更头不眈睡如死汉者，固莫不闻近处之鸡鸣矣。至于远处鸡声之先鸣，则固非"世事从头减，秋怀彻底清"之大诗人不能闻之也。且山中静夜，独坐无眠，而远处鸡声，忽首先破空穿月而至，已复沉寂于灏气清露之中，一何其杳冥也？一何其寥廓也？而且愈益增加世事之减、秋怀之清也。夫如是，将不独苦水无疑于辛老子之"世事从头减，秋怀彻底清"，盖举天下之人，殆无一而不信之者也。

生查子

题京口郡治尘表亭[1]

悠悠万世功，矻矻当年苦[2]。
鱼自入深渊，人自居平土。

红日又西沉，白浪长东去。
不是望金山[3]，我自思量禹[4]。

【苦水曰】

悠悠之功，矻矻之苦，何也？鱼之入渊，人之居陆，是已。盖水之行地中，民之不昏垫者，于兹三千有馀岁矣。翳何人，何人，何人？则禹是矣。稼轩有用世之才之心，故登京口郡治之尘表亭，见西沉红日之冉冉，东去白浪之滔滔，遂不禁发思古之幽情，叹禹乎？自伤也。

具眼学人，且道一首小词，苦水如此拈举，为是会不会？为是辜负不辜负这作者？不须学人肯苦水，苦水早已先自肯了也。

---

1 京口郡治尘表亭：宋代镇江府的官署设在京口，故称京口郡治。尘表亭：镇江亭名，今不存。
2 矻矻（kū kū）：劳极貌。
3 金山：在镇江西北的长江中。据《舆地纪胜·镇江府景物》："旧名浮玉，唐李碕镇润州，表名金山。因裴头陀开山得金，故名。"
4 我自思量禹：大禹治水，为民造福，留下了千秋功业。

所以者何？词意自明，稍一沉吟，便已分晓，自无错会。虽然错即不错，虽然辜负即不辜负，而苦水拈举此首之旨，却不在乎此。苟审如吾前此之所言，此词固又以意胜，即使力透纸背，不几于有韵之散文乎？词之所以为词者安在？苟审如吾前此之所言，则前片四句与后片结尾二句之间，楔入"红日又西沉，白浪长东去"十个大字，又奚为也？如曰：登高望远，对此茫茫，百感交集，而举头又见依依之落日，滚滚之江涛，吊古悲今，益觉无以为怀，有此二语，便觉阮嗣宗之登广武原尚逊其雄浑，陈伯玉之登幽州台尚逊其悍鸷也。如是说，最为近之。然则脚跟仍未点地在。具眼学人又何不于"又"字"长"字会去？"又"者何？一日一回也。"长"者何？不舍昼夜也。传神阿堵，颊上三毫，尚不足以喻之。稼轩真词家大手笔也。夫必如是说，此词乃可成为词，而不同乎有韵之散文。

西江月

夜行黄沙道中

明月别枝惊鹊，清风半夜鸣蝉。
稻花香里说丰年，听取蛙声一片。

七八个星天外，两三点雨山前。
旧时茅店社林边[1]，路转溪桥忽见。

【苦水曰】

　　作诗词而说明月，滥矣。明月惊鹊，用曹公"月明星稀，乌鹊南飞"句，亦是尽人皆知之事，不见有甚奇特。但曰"明月别枝惊鹊"，则簇簇新底稼轩词法也。作诗词而曰清风，滥矣。清风鸣蝉，则王辋川诗固已云"倚杖柴门外，临风听暮蝉"矣，亦不见有甚生色，但曰"清风半夜鸣蝉"，则亦簇簇新底稼轩词法也。而此尚非稼轩之绝致也。至"稻花香里说丰年，听取蛙声一片"，则苦水虽曰古今词人惟有稼轩能道，亦不为过。鼻之于香也，耳之于声也，哪个诗人笔下不写？今也稼轩则曰"稻花香"，曰"蛙声"。稻花亦花，而与诗词中常见之花异矣。至于蛙声，则固已有人当作一部鼓吹，或曰"青草池塘处处蛙"矣。而

1　社林：土地庙边的树林。

皆非所论于稼轩也。所以者何？彼数少，此数多；彼声寡，此声众故。即曰不尔，而彼虽曰一部，曰处处，其意旨固在于清幽寂静。今也稼轩于漫漫无际静夜之下，漠漠无垠稻田之中，而曰"听取蛙声一片"，其意旨则在于热闹喧嚣，而不在于清幽寂静也。若是则此所谓蛙声与他人所谓蛙声也者，又异已。夫稼轩于此，其意果只在于写阵阵稻花香之扑鼻，阵阵鸣蛙声之聒耳乎哉？果只如是，不碍词之为佳词；果只如是，则稼轩之所以为稼轩者何在？稼轩之词，固以意胜。以意胜，则不能无所谓。此稻花香中蛙声一片，固与《鹊桥仙》中之"千顷稻花""一天风露"，同其旨趣。然彼曰"酿成"，此曰"丰年"，彼为因，为辛苦；此为果，为享受。"稻花香里说丰年，听取蛙声一片"，真乃鼓腹讴歌，且忘帝力于何有，千秋之盛事，而众生之大乐也。过片"七八个星天外，两三点雨山前"一联，粗枝大叶，别具风流。元遗山《论诗绝句》盛称退之《山石》句之有异于女郎诗。持以较此，觉韩吏部虽然硬语盘空，而饰容作态，尚逊其本色与自然。此种意境，此种句法，入之小词，一似太古遗民，深山老农，布袄毡笠，索带芒屩（读音 juē，一种草编鞋履），闯入措大堂上、歌舞场中，举止生硬，格格不入，而真挚之气，古朴之容，有使若辈不敢哂笑者在。又如闭关老僧，千峰结茅，破衲遮身，嘴与瓶钵，一齐挂壁，使口里水漉漉地谈心说性之堂头大和尚见之，亦似蚊子上铁牛，全无下嘴处。末尾之句，试思旅途深夜，人困马乏，突然溪桥路转，林边店在，则今宵之茶香饭饱，洗脚上床便有着落，此是何等乐事？盖一首小词，五十个字，无不是写一乐字。这老汉先天下忧，后天下乐，词中写没奈何处，比比皆是。若夫乐则固未有乐于是篇者矣。

西江月

和赵晋臣敷文赋秋水瀑泉

八万四千偈后，更谁妙语披襟¹？
纫兰结佩有同心，唤取诗翁来饮。

镂玉裁冰著句，高山流水知音。
胸中不受一尘侵²，却怕灵均独醒。

---

1 "八万"二句：《冷斋夜话》卷七《东坡庐山偈》："东坡游庐山，至东林寺，作二偈，其一云：'溪声便是广长舌，山色岂非清静身。夜来八万四千偈，他日如何举似人。'山谷云：'此老人于般若横说竖说，了无剩语，非其笔端有口，亦安能吐此不传之妙！'"
2 "胸中"句：黄庭坚《次韵盖郎中率郭郎中休官》有"世态已更千变尽，心源不受一尘侵"之句。

菩萨蛮

金陵赏心亭为叶丞相赋

青山欲共高人语[1]，联翩万马来无数[2]。
烟雨却低回[3]，望来终不来。

人言头上发，总向愁中白。
拍手笑沙鸥，一身都是愁。

1　青山欲共高人语：苏轼《越州张中舍寿乐堂》："青山偃蹇如高人，常时不肯入官府。高人自与山有素，不待招邀满庭户。"高人：高雅的人，此指叶丞相。
2　联翩：接连不断的样子。
3　低回：徘徊不进的样子。

贺新郎

赋琵琶

凤尾龙香拨[1]。

自开元、霓裳曲罢[2]，几番风月？

最苦浔阳江头客[3]，画舸亭亭待发。

记出塞、黄云堆雪[4]。

马上离愁三万里，望昭阳宫殿孤鸿没。

弦解语，恨难说。

辽阳驿使音尘绝[5]。

琐窗寒[6]、轻拢慢捻[7]，泪珠盈睫。

推手含情还却手[8]，一抹凉州哀彻[9]。

千古事、云飞烟灭。

---

1 凤尾龙香拨：谓此琵琶尾刻双凤，以龙香柏木制成弹拨。
2 霓裳曲罢：借杨贵妃弹琵琶、大唐自此国运衰微典故，喻北宋灭亡。
3 浔阳江头客：借白居易《琵琶行》典故，喻指南迁遗民。
4 出塞：借昭君出塞典故喻"二圣"北狩。
5 辽阳：此泛指北方。
6 琐窗：雕花或花格的窗户。
7 轻拢慢捻：演奏琵琶的指法与运用。
8 推手、却手：本为琵琶术语，此暗说朝廷主战、主和犹疑未定。
9 凉州：即《凉州》，曲名，为唐代凉州一带的乐曲。

贺老定场无消息[1]，想沉香亭北繁华歇[2]。

弹到此，为呜咽。

【苦水曰】

　　狮子滚绣球，那球满地一个团团转，狮子方好使出通身解数。然而又要能发能收，能擒能纵，方不致不可收拾。稼轩此作，用了许多故实，恰如狮子滚绣球相似，上下，前后，左右，狮不离球，球不离狮。狮子全副精神，注在球子身上。球子通个命脉，却在狮子脚下。古今词人一到用典咏物，有多少人不是弄泥团汉？龙跳虎卧，凤翥鸾翔，几个及得稼轩这老汉来？试看换头以下，曲曲折折，写到"轻拢慢捻"，"推手""却手"，已是回肠荡气；及至"一抹凉州哀彻"，真是四弦一声如裂帛，又如高渐离易水击筑，字字俱作变徵之声。若是别人，从开端至此，费尽气力，好容易挣得一片家缘，不知要如何爱惜维护，兢兢业业惟恐失去。然而稼轩却紧叮一句："千古事、云飞烟灭。"这自然不是"曲终人不见，江上数峰青"。但是七宝楼台，一拳粉碎，此是何等手段？真使读者如分开八片顶阳骨，倾下一瓢冰雪水。要会稼轩最后一着么？只这便是。然若认为是武松景阳冈上打虎的末后一拳，老虎便即气绝身死，动弹不得，却又不可。何以故？武行者虽是一片神威，千斤膂力，却只能打得活虎死去，不会救得死虎活来。辛老子则既有杀人刀，亦有活人剑，不但活虎可以打死，亦且死虎可以救活。不信么？不信，试看他"贺老定场无消息，想沉香亭北繁华歇"十五个字，一口气便呵得死虎活转来了也。

1　贺老：指贺怀智，唐开元天宝年间善弹琵琶者。定场：即压场。
2　沉香亭：用沉香木做的亭子。唐玄宗与杨贵妃曾于沉香亭赏牡丹。

贺新郎

邑中园亭[1]，仆皆为赋此词。一日，独坐停云[2]，水声山色，竞来相娱。意溪山欲援例者，遂作数语，庶几仿佛渊明思亲友之意云。

甚矣吾衰矣[3]。

怅平生、交游零落，只今馀几。

白发空垂三千丈，一笑人间万事。

问何物、能令公喜[4]？

我见青山多妩媚，料青山见我应如是。

情与貌，略相似。

一尊搔首东窗里[5]。

1　邑：指铅山县。辛弃疾在江西铅山建有瓢泉别墅，带湖居所失火后举家迁之。
2　停云：停云堂，在瓢泉别墅。
3　甚矣吾衰矣：源于《论语》："甚矣吾衰也！久矣吾不复梦见周公。"此是孔丘慨叹自己"道不行"的语（梦见周公，欲行其道），作者借此感叹自己壮志难酬。
4　问何物、能令公喜：源于《世说新语·宠礼》之典："王恂、郄超并有奇才，为大司马所眷拔。恂为主簿，超为记室参军。超为人多须，恂状短小。于是荆州为之语曰：'髯参军，短主簿，能令公喜，能令公怒。'"此句意为："还有什么东西能让我感到快乐？"
5　搔首东窗：借指陶潜《停云》诗就，自得之意。

159

想渊明、停云诗就，此时风味。

江左沉酣求名者[1]，岂识浊醪妙理[2]。

回首叫、云飞风起[3]。

不恨古人吾不见，恨古人、不见吾狂耳。

知我者，二三子[4]。

1　江左：此指东晋。

2　浊醪（láo）：浊酒。

3　云飞风起：化用刘邦《大风歌》之句"大风起兮云飞扬"。

4　知我者，二三子：引《论语》"子曰：'二三子以我为隐乎？吾无隐乎尔'"之典故。

贺新郎

赋水仙

云卧衣裳冷。

看萧然、风前月下，水边幽影。

罗袜尘生凌波去，汤沐烟江万顷[1]。

爱一点、娇黄成晕。

不记相逢曾解佩[2]，甚多情为我香成阵。

待和泪，收残粉。

灵均千古怀沙恨。

记当时、匆匆忘把，此仙题品。

烟雨凄迷偋偢损[3]，翠袂摇摇谁整?

谩写入、瑶琴幽愤[4]。

弦断招魂无人赋，但金杯的皪银台润[5]。

愁殢酒，又独醒[6]。

1　烟江：烟雾弥漫的江面。

2　解佩：《神仙传》载，江妃二女，游于江滨，逢郑交甫，交甫不知何人也，目而挑之，女遂解佩与之。行数步，空怀无佩，女亦不见。

3　偋偢（chán zhòu）：烦恼、忧愁；又有纾解、排遣之意。

4　瑶琴幽愤：琴调有《水仙操》；嵇康有《幽愤诗》。

5　的皪（dè lì）：光亮，鲜明貌。

6　殢酒：沉湎于酒，醉酒。

贺新郎

题赵兼善龙图东山园小鲁亭[1]

下马东山路。

恍临风、周情孔思[2]，悠然千古。

寂寞东家丘何在？缥缈危亭小鲁。

试重上、岩岩高处。

更忆公归西悲日，正濛濛陌上多零雨。

嗟费却，几章句。

谢公雅志还成趣[3]。

记风流、中年怀抱，长携歌舞。

政尔良难君臣事[4]，晚听秦筝声苦。

快满眼、松篁千亩。

把似渠垂功名泪，算何如且作溪山主。

双白鸟，又飞去。

1　东山园：在铅山县。小鲁亭：取名于《孟子·尽心下》："孔子登东山而小鲁，登泰山而小天下。"

2　周情孔思：按，周公东征，三年而归，士大夫美之，为赋"我徂东山"诗。孔子"登东山而小鲁"。

3　谢公：此指谢安，谢安曾隐居于会稽之东山。

4　政尔：正尔；正当。

满江红

稼轩居士花下与郑使君惜别，醉赋。侍者飞卿奉命书。

莫折荼蘼[1]，且留取、一分春色。

还记得、青梅如豆，共伊同摘。

少日对花浑醉梦[2]，而今醒眼看风月。

恨牡丹、笑我倚东风，头如雪。

榆荚阵[3]，菖蒲叶[4]。

时节换，繁华歇。

算怎禁风雨，怎禁鹈鴂[5]。

老冉冉兮花共柳，是栖栖者蜂和蝶[6]。

也不因、春去有闲愁，因离别。

1　荼蘼（tú mí）：又名酴醿，暮春开花，花冠为重瓣，带黄白色，香气
不足，但甚美丽。
2　少日：当时。
3　榆荚：榆钱。
4　菖蒲（chāng pú）：水生植物，有香气。相传菖蒲不易开花，开则以
为吉祥。
5　鹈鴂（tí jué）：指杜鹃。据说这种鸟鸣时，正是百花凋零时节。
6　栖栖：忙碌貌。

【苦水曰】

花下伤离，醉中得句，侍儿代书，此是何等情致。换头自"榆荚阵"直至"怎禁鹈鴂"，虽非金声玉振，要是斩钉截铁，一步一个脚印，正是辛老子寻常茶饭，随缘生活。及至"老冉冉兮花共柳，是栖栖者蜂和蝶"，多少人赞他前用《离骚》，后用《论语》，真乃运斤成风手段。苦水却不如是说。若谓冉冉出屈子，栖栖出圣经，所以好，试问花共柳、蜂和蝶，又有何出处？上面恁么冠冕经堂皇，底下恁么质俚草率，岂非上身纱帽圆领，脚下却着得一双草鞋？须看他"老冉再分花共柳"是怎的般风姿？"是栖栖者蜂和蝶"是怎的般情绪？要在者里，体会出一个韵字来，方晓得稼轩何以不求与古人异，而自与古人不同；何以虽与古人不同，却仍然与古人神合。

满江红

点火樱桃，照一架、荼蘼如雪。
春正好，见龙孙穿破[1]，紫苔苍壁。
乳燕引雏飞力弱，流莺唤友娇声怯。
问春归、不肯带愁归，肠千结。

层楼望，春山叠。
家何在？烟波隔。
把古今遗恨，向他谁说？
蝴蝶不传千里梦，子规叫断三更月。
听声声、枕上劝人归，归难得。

1　龙孙：竹笋的别名。

满江红

暮春

家住江南，又过了、清明寒食。

花径里、一番风雨，一番狼藉。

红粉暗随流水去[1]，园林渐觉清阴密[2]。

算年年、落尽刺桐花[3]，寒无力。

庭院静，空相忆。

无说处，闲愁极。

怕流莺乳燕[4]，得知消息。

尺素如今何处也，彩云依旧无踪迹。

谩教人、羞去上层楼，平芜碧。

---

1 红粉：形容红花飘落。
2 清阴：茂密碧绿的树叶。
3 刺桐花：一名海桐，落叶乔木。
4 流莺乳燕：此代指权奸佞臣。

满江红

风卷庭梧，黄叶坠、新凉如洗。
一笑折、秋英同赏，弄香挼蕊[1]。
天远难穷休久望，楼高欲下还重倚。
拼一襟、寂寞泪弹秋，无人会。

今古恨、沉荒垒。
悲欢事，随流水。
想登楼青鬓，未堪憔悴。
极目烟横山数点，孤舟月淡人千里。
对婵娟、从此话离愁，金尊里。

---

1 挼（ruó）：揉搓。

满江红

山居即事

几个轻鸥，来点破、一泓澄绿。

更何处、一双鸂鶒，故来争浴。

细读离骚还痛饮，饱看修竹何妨肉[1]。

有飞泉、日日供明珠，三千斛。

春雨满，秧新谷[2]。

闲日永[3]，眠黄犊。

看云连麦垄，雪堆蚕簇[4]。

若要足时今足矣，以为未足何时足[5]。

被野老、相扶入东园，枇杷熟。

1　"细读"二句：谓边读《离骚》边饮酒，赏竹又何碍于食肉。《世说
新语·任诞篇》："王孝伯言：名士不必须奇才，但使常得无事，痛饮酒，
熟读《离骚》，便可称名士。"苏轼《绿筠轩》诗："可使食无肉，不可居
无竹；无肉令人瘦，无竹使人俗。"辛词则谓赏竹和食肉两不相碍。
2　秧新谷：稻子长出新的秧苗。
3　闲日永：因为没事做而觉日子长。
4　云连麦垄：田野成熟的麦子，像连天的黄云。雪堆蚕簇：白花花的
新茧簇拥着，恰似堆堆白雪。
5　"若要"二句：谓如果知足，眼前的一切足以使人满足；如不知足，
则究竟何时方得满足。

踏莎行

庚戌中秋后二夕，带湖篆冈小酌[1]。

夜月楼台，秋香院宇，笑吟吟地人来去。
是谁秋到便凄凉？当年宋玉悲如许[2]。

随分杯盘[3]，等闲歌舞，问他有甚堪悲处？
思量却也有悲时：重阳节近多风雨[4]。

1　篆冈：地名，在带湖旁。
2　宋玉：战国时楚国诗人，其代表作为《九辩》。
3　随分：随意，任意。
4　"重阳"句：释惠洪《冷斋夜话》卷四《满城风雨近重阳》条：黄
州潘大临工诗，多佳句，然甚贫。东坡、山谷尤喜之。临川谢无逸以书
问："有新作否？"潘答书曰："秋来景物，件件是佳句，恨为俗氛所
蔽翳。昨日闲卧，闻搅林风雨声，欣然起，题其壁曰：'满城风雨近重
阳。'忽催租人至，遂败意。止此一句奉寄。"闻者笑其迂阔。

踏莎行

赋木樨[1]

弄影阑干[2]，吹香嵓谷[3]。枝枝点点黄金粟。
未堪收拾付薰炉，窗前且把《离骚》读。

奴仆葵花[4]，儿曹金菊。一秋风露清凉足。
傍边只欠个姮娥[5]，分明身在蟾宫宿[6]。

---

1 木樨：同"木犀"，即桂花。
2 弄影：张先《天仙子·时为嘉禾小倅以病眠不赴府会》："沙上并禽池上暝，云破月来花弄影。"
3 嵓（yán）：古同"岩"。
4 奴仆：杜牧《李贺集序》："贺诗远去笔墨畦径，惜年二十七死矣。使贺少加以理，虽奴仆命《骚》可也。"
5 姮娥：即嫦娥。
6 蟾宫：传说月中有蟾蜍，故以蟾宫为月亮的代称。

鹧鸪天

鹅湖归病起作[1]

枕簟溪堂冷欲秋，断云依水晚来收。
红莲相倚浑如醉，白鸟无言定自愁。

书咄咄[2]，且休休[3]，一丘一壑也风流[4]。
不知筋力衰多少[5]，但觉新来懒上楼。

【苦水曰】

　　曹公诗曰："老骥伏枥，志在千里；烈士暮年，壮心不已。"
真是名句，必如是，乃可谓之为慷慨悲歌耳。然而虽曰"志在千
里"，无奈仍是"伏枥"。虽曰"壮心不已"，其奈已到"暮年"。
千古英雄，成败尚在其次。惟有冉冉老至，便是廉颇能饭，马援
据鞍，一总是可怜可悲。倒是稼轩此《鹧鸪天》一章，有些像个

1　鹅湖：江西铅山县东有鹅湖山，山上有湖多生荷，名荷湖。后晋人
龚氏居山，养鹅湖中，遂更名鹅湖。
2　咄咄：用殷浩事。《世说新语·黜免》篇："殷中军被废，在信安，
终日恒书空作字。扬州吏民寻义逐之，窃视，唯作'咄咄怪事'四字而
已。"表示失意的感叹。
3　休休：用司空图事。司空图字表圣，自号为"耐辱居士"，隐于中条
山王官谷，建"休休亭"。
4　风流：优美，有风韵。
5　筋力：精力。

171

老实头，既本分，又本色，遂令人觉得"志在千里""壮心不已"之为多事也。

大凡为文要有高致，而且此所谓高致，乃自胸襟见解中流出，不假做作，不尚粉饰，亦且无丝毫勉强，有如伯夷柳下惠风度始得。不然，便又是世之才子名士行径，尽是随风飘泊底游魂，依草附木底精灵，其于高致乎何有？

夫稼轩之人为英雄，志在用世，尽人而知。今也谢事归来，老病侵寻，其为此词，微有叹惋，无大感慨，已自难能。且不学仙，不学佛，是以既不觅长生不死之药，亦不求解脱生死的禅，只将老年情味，酿作一杯清酒，结成一个橄榄，细细品嚼吞咽下去。亦常人，非仙佛故；亦英雄，能担荷故。总之，老实到家而已。所以开头二语，尽去渣滓，大露清光。"红莲"一联，更为婉妙。夫"红莲相倚"之"如醉"固已；至若"白鸟"之"无言"，何以知其是愁，且又加之以"定"耶？然而说"定"便决是定也。换头以下三句，不见得好，承上启下，只得如此。待到结尾两句，却实在好。但细按之，此有何好？亦只是不谎，不诈，据实报销，又是道道地地老实头也。况蕙风曰："'不知'二句入词佳，入诗便稍觉未合，词与诗体格不同处，其消息即此可参。"苦水曰：如此没要紧语，说他则甚？假使真个向者里参去，即使会了，又有甚干涉？倒是《白雨斋词话》说他"信笔写去，格调自苍劲，意味自深厚，不必剑拔弩张，洞穿已过七札"：有些儿道着也。

鹧鸪天

送欧阳国瑞入吴中

莫避春阴上马迟，春来未有不阴时[1]。
人情展转闲中看，客路崎岖倦后知。

梅似雪，柳如丝，试听别语慰相思。
短篷炊饭鲈鱼熟[2]，除却松江枉费诗[3]。

---

1 "春来"句：用杜甫《人日》诗："元日到人日，未有不阴时。"
2 "短篷"句：用张翰《思吴江歌》："秋风起兮木叶飞，吴江水兮鲈正肥。三千里兮家未归，恨难禁兮仰天悲。"
3 松江：即古笠泽。源出苏州之太湖。

鹧鸪天

有客慨然谈功名，因追念少年时事，戏作。

壮岁旌旗拥万夫[1]，锦襜突骑渡江初[2]。
燕兵夜娖银胡䩮[3]，汉箭朝飞金仆姑[4]。

追往事，叹今吾，春风不染白髭须。
却将万字平戎策[5]，换得东家种树书[6]。

---

1 "壮岁"句：指作者领导起义军抗金事，当时他正值壮年。
2 锦襜（chān）突骑：精锐的锦衣骑兵。襜：战袍，衣蔽前曰"襜"。
3 娖（chuò）：整理。银胡䩮（lù）：银色或镶银的箭袋。
4 金仆姑：箭名。
5 平戎策：平定当时入侵者的策略，如《美芹十论》《九议》等。
6 种树书：见《史记·秦始皇本纪》："所不去者，医药卜筮种树之书。"此喻暮年不得志。

六州歌头

属得疾¹，暴甚，医者莫晓其状。小愈，困卧无聊，戏作以自释。

晨来问疾²，有鹤止庭隅。

吾语汝：只三事，太愁余：病难扶，手种青松树，碍梅坞，妨花迳，才数尺，如人立，却须锄³。（其一）。

秋水堂前，曲沼羽于镜，可烛眉须。被山头急雨，耕垄灌泥涂。谁使吾庐，映污渠⁴？（其二）。

叹青山好，檐外竹，遮欲尽，有还无。删竹去？吾乍可，食无鱼。爱扶疏，又欲为山计，千百虑，累吾躯⁵。（其三）。

1　属（zhǔ）：恰适，正当。
2　此词作法，假设主宾问答，叠层铺叙而韵散结合。全篇由问疾、告疾、治疾组成。
3　却须锄：必须立即铲除。
4　污渠：污水池。
5　累吾躯：累坏了我的身子。

凡病此，吾过矣，子奚如[1]？口不能言臆对[2]：虽卢扁、药石难除[3]。有要言妙道（事见七发），往问北山愚。庶有瘳乎[4]。

1 "凡病此"三句：向鹤请教治病之法。吾过矣：我错了。语出《礼记·檀弓》："子夏投其杖而拜曰：'吾过矣，吾过矣，吾离群而索居，亦已久矣。'"子奚如：你（鹤）以为该怎么办？
2 "口不"句：鹤口不能言，猜度它心里回答说。语出贾谊《鵩鸟赋》："鵩乃叹息，举首奋翼，口不能言，请对以臆。"臆对：心里回答。臆同"意"。
3 "虽卢扁"句：纵然卢扁再生，也难以治好你的病。卢扁：即古代名医扁鹊，因家居卢地，亦称卢扁。
4 "有要言"三句：要言妙道：中肯之言和精妙之理。语出西汉枚乘《七发》，吴客对楚太子说：你的病无须药物治疗，"可以要言妙道说而去也"。北山愚："北山愚公"事，见《列子·汤问》。瘳（chōu）：病愈。

兰陵王

己未八月二十日夜，梦有人以石研屏见饷者¹。其色如玉，光润可爱。中有一牛，磨角作斗状。云："湘潭里中有张其姓者，多力善斗，号张难敌。一日，与人搏，偶败，忿赴河而死。居三日，其家人来视之，浮水上，则牛耳。自后并水之山往往有此石，或得之，里中辄不利。"梦中异之，为作诗数百言，大抵皆取古之怨愤变化异物等事，觉而忘其言。后三日，赋词以识其异。

恨之极，恨极销磨不得²。苌弘事、人道后来，其血三年化为碧³。

郑人缓也泣：吾父，攻儒助墨。十年梦沉痛化余，秋柏之间既为实⁴。

相思重相忆，被怨结中肠，潜动精魄，望夫江上岩

1　石研屏：石磨屏。饷（xiǎng）：同"飨"。
2　"恨之极"二句：千古以来，恨极之事难以销磨。
3　苌弘：周之大夫，化碧系传说，极言其怨愤而忠贞精诚。
4　"郑人"五句：《庄子·列御寇篇》："郑人有名缓者，于裘氏之地读书三年，成为一名儒家学者，乡里和家族均受益匪浅，又教育其弟成为墨家学者。然儒家和墨家辩论时，其父却攻儒助墨。十年后，缓自杀。缓父梦见缓对他说：'使你儿成为墨家学者的是我，你何不看看我的坟，我已化作松柏并结出果实了。'"

岩立[1]。

嗟一念中变，后期长绝。

君看启母愤所激，又俄顷为石[2]。

难敌。

最多力。

甚一忿沉渊，精气为物，依然困斗牛磨角。

便影入山骨，至今雕琢[3]。

寻思人世，只合化，梦中蝶。

---

1 "被怨"三句：《初学记》引《幽明录》："武昌北山上有望夫石，状若人立。古传云：昔有贞妇，其夫从役，远赴国难，携弱子饯送北山，立望夫而化为石。"
2 "君看"二句：相传夏禹娶涂山氏之女，生子夏启，而其母化为石。
3 "难敌"七句：即赋词序中张难敌化石事。

木兰花慢

中秋饮酒将旦，客谓前人诗词有赋待月，无送月者，因用《天问》体赋[1]。

可怜今夕月，向何处，去悠悠？

是别有人间，那边才见，光影东头？

是天外空汗漫[2]，但长风浩浩送中秋？

飞镜无根谁系[3]？姮娥不嫁谁留？

谓经海底问无由，恍惚使人愁[4]。

怕万里长鲸，纵横触破，玉殿琼楼[5]。

虾蟆故堪浴水[6]，问云何玉兔解沉浮？

若道都齐无恙，云何渐渐如钩？

---

1 《天问》体：《天问》是《楚辞》篇名，屈原作。
2 汗漫：广阔无边。
3 飞镜：喻明月。
4 "谓经"二句：据人说月亮运行经过海底，又无法探明其究竟，真让人不可捉摸而发愁。
5 玉殿琼楼：传说月亮中有华丽的广寒宫。
6 虾蟆：传说月中有蟾蜍。

木兰花慢

寄题吴克明广文菊隐[1]

路傍人怪问[2]：此隐者，姓陶不？
甚黄菊如云，朝吟暮醉，唤不回头。
纵无酒成怅望，只东篱搔首亦风流。
与客朝餐一笑，落英饱便归休。

古来尧舜有巢由[3]，江海去悠悠。
待说与佳人：种成香草，莫怨灵修[4]。
我无可无不可[5]，意先生出处有如丘。
闻道问津人过，杀鸡为黍相留。

1　吴克明：其人不详。
2　"路傍"句：陈师道《寄邓州杜侍郎诗》有"路傍过者怪相问"之句。
3　巢由：巢父、许由，尧舜时隐者。
4　灵修：《离骚》有"怨灵修之浩荡兮，终不察夫民心"之句。
5　"我无可无不可"句：《论语·微子》有"我则异于是，无可无不可"
之句。

水龙吟

登建康赏心亭

楚天千里清秋，水随天去秋无际。

遥岑远目¹，献愁供恨，玉簪螺髻²。

落日楼头，断鸿声里，江南游子。

把吴钩看了³，阑干拍遍，

无人会，登临意。

休说鲈鱼堪脍。尽西风、季鹰归未⁴？

求田问舍⁵，怕应羞见，刘郎才气⁶。

可惜流年，忧愁风雨，树犹如此⁷！

倩何人、唤取红巾翠袖⁸，揾英雄泪！

1　遥岑：远山。
2　玉簪螺髻：玉簪，碧玉簪；螺髻，螺旋盘结的发髻。此喻山之秀美。
3　吴钩：吴地特产的弯形宝刀，此指利剑。
4　"休说"二句：用"莼鲈之思"典。晋人张翰（字季鹰）在洛，见秋风起，因思吴中莼菜羹、鲈鱼脍，遂命驾便归。
5　求田问舍：买地置屋。
6　刘郎：即刘备。此泛指有大志之人。
7　树犹如此：典出《世说新语·言语》："桓温北征，见昔日所种树，皆已十围，慨然曰：'木犹如此，人何以堪？'攀枝执条，泫然流泪。"
8　倩：请托。红巾翠袖：指美人。

【苦水曰】

千古骚人志士，定是登高远望不得。登了望了，总不免泄露消息，光芒四射。不见阮嗣宗口不臧否人物，一登广武原，便说"时无英雄，遂使竖子成名"。陈伯玉不乐居职，壮年乞归，亦像煞恬退。一登幽州台，便写出"念天地之悠悠，独怆然而涕下"。况此眼界极高、心肠极热之山东老兵乎哉？

此《水龙吟》一章，各家词选录稼轩词者，都不曾漏去。读者太半喜他"落日楼头"以下七个短句，二十七个字，一气转折，沉郁顿挫，长人意气。但试问此"登临意"，究是何意？此意又从何而来？倘若于此含糊下去，则此七句二十七字便成无根之木，无源之水，与彼大言欺世之流，又有何区别？何不向开端两句会去？此正与阮嗣宗登广武原、陈伯玉登幽州台一样气概，一样心胸也。而且"千里清秋""水随天去"，浩浩落落，苍苍茫茫，一时小我，混合自然，却又抵拄枝梧，格格不入，莫只作开心胸看去。李义山诗曰："花明柳暗绕天愁，上尽重城更上楼。欲问孤鸿向何处？不知身世自悠悠。"与稼轩此词，虽然花开两朵，正是水出一源。

前片中"遥岑"三句，大是败阙。后片中用张翰事，用刘先主事，用桓温语，意只是说，欲归又归不得，不归亦是空度流年。但总不能浑融无迹。到结尾"红巾翠袖，揾英雄泪"，更是忒煞作态。

182

水龙吟

用"些语"再题瓢泉，歌以饮客，声韵甚谐，客皆为之釂[1]。

听兮清珮琼瑶些[2]。明兮镜秋毫些[3]。
君无去此，流昏涨腻[4]，生蓬蒿些。
虎豹甘人，渴而饮汝，宁猿狖些[5]。
大而流江海，覆舟如芥，
君无助、狂涛些[6]。

路险兮山高些。块予独处无聊些。
冬槽春盎，归来为我，制松醪些[7]。
其外芳芬，团龙片凤，煮云膏些[8]。
古人兮既往，嗟予之乐，乐箪瓢些。

1　釂（jiào）：饮尽杯中酒。
2　清珮琼瑶：以玉珮声形容泉水的优美声响。
3　明兮镜秋毫：形容泉水的明净。
4　流昏涨腻：取意于杜牧《阿房宫赋》"渭流涨腻，弃脂水也"。
5　"虎豹"三句：意谓虎豹以人为美食，渴了要饮泉水，它岂同于猿狖！
6　"大而流江海"三句：反用《庄子·逍遥游》"水之积也不厚，则其负大舟也无力，覆杯水于坳堂之上，则芥为之舟"的语意。
7　松醪：松膏所酿之酒。
8　团龙片凤、云膏：皆指茶。

水龙吟

过南剑双溪楼¹

举头西北浮云，倚天万里须长剑。

人言此地，夜深长见，斗牛光焰²。

我觉山高，潭空水冷，月明星淡。

待燃犀下看³，凭栏却怕，

风雷怒，鱼龙惨。

峡束苍江对起⁴，过危楼欲飞还敛。

元龙老矣⁵，不妨高卧，冰壶凉簟。

千古兴亡，百年悲笑，一时登览。

问何人又卸，片帆沙岸，系斜阳缆。

1　南剑州：即延平，属福建。双溪楼正当剑溪樵川二水交汇的险绝处。
2　"人言"三句：《晋书·张华传》："张华见斗、牛二星间有紫气，问雷焕，焕曰：'是宝剑之精，上彻于天。'后焕掘地得双剑，一曰龙泉，一曰太阿。其夕，斗、牛间气不复见焉。"
3　燃犀：《晋书·温峤传》："温峤至牛渚矶，闻水底有音乐之声。水深不可测，传言下多怪物，乃燃犀角而照之。须臾见水族覆火，奇形异状，或乘车马、著赤衣者。其夜梦人谓曰：'与君幽明道隔，何意相照耶？'峤甚恶之，未几卒。"
4　"峡束"句：杜甫《秋日夔府咏怀》有"峡束苍江起，岩排古树圆"句。
5　元龙：指陈元龙，《三国志·陈登传》写不肯求田问舍的陈元龙慨叹自己年事已高，空有扶世济民的抱负，只有无奈高卧，不理尘世。

水龙吟

别傅倅先之。时傅有召命。

只愁风雨重阳，思君不见令人老。
行期定否？征车几两，去程多少？
有客书来，长安却早，传闻追诏。
问归来何日？君家旧事，
直须待，为霖了[1]。

从此兰生蕙长，吾谁与玩兹芳草[2]？
自怜拙者[3]，功名相避，去如飞鸟。
只有良朋，东阡西陌，安排似巧。
到如今巧处，依前又拙，把平生笑。

1　霖：《尚书·说命》有"若岁大旱，用汝作霖雨"句。
2　"吾谁"句：《楚辞·九章·思美人》有"惜吾不及古之人兮，吾谁
与玩此芳草"句。
3　拙者：潘岳《闲居赋序》有"虽通塞有遇，抑亦拙者之效也"句。

摸鱼儿

观潮上叶丞相

望飞来半空鸥鹭，须臾动地鼙鼓。
截江组练驱山去[1]，鏖战未收貔虎[2]。
朝又暮。悄惯得、吴儿不怕蛟龙怒[3]。
风波平步。看红旆惊飞，跳鱼直上，蹙踏浪花舞。

凭谁问，万里长鲸吞吐，人间儿戏千弩[4]。
滔天力倦知何事，白马素车东去[5]。
堪恨处，人道是、属镂怨愤终千古[6]。
功名自误。谩教得陶朱，五湖西子，一舸弄烟雨[7]。

---

1 组练：组甲被练，皆战备也。
2 鏖战：此借黄帝与炎帝之阪泉之战来形容潮水之势。
3 悄惯得：犹言"习以为常"。吴儿，泛指钱塘江畔的青年渔民。
4 "人间"句：后梁钱武肃王曾命强弩数百以箭射潮头，阻止潮水前进，情同玩笑，故云"儿戏"。
5 白马素车：典出枚乘《七发》："其少进也，浩浩澄澄，如素车白马帷盖之张。"谓白浪滔天之状。
6 "堪恨处"二句：《太平广记》载，"子胥累谏，吴王赐属镂剑而死。"亡后乘素车白马在潮头中。辛弃疾此是以子胥自喻。
7 谩教得：空教得。陶朱：指范蠡，功成携西施浮海而出，以陶朱公遁隐。五湖：太湖。

山鬼谣

雨岩有石，状怪甚，取《离骚》《九歌》，名曰"山鬼"，因赋《摸鱼儿》改今名。

问何年此山来此？西风落日无语。
看君似是羲皇上[1]，直作太初名汝[2]。
溪上路，算只有、红尘不到今犹古。
一杯谁举？笑我醉呼君，崔嵬未起，山鸟覆杯去。

须记取：昨夜龙湫风雨，门前石浪掀舞[3]。
四更山鬼吹灯啸，惊倒世间儿女。
依约处，还问我：清游杖屦公良苦。
神交心许。待万里携君，鞭笞鸾凤，诵我《远游》赋[4]。

1　伏羲：即太昊。《白虎通·号》："三皇者，何谓也？谓伏羲、神农、燧人也。"传说伏羲始画八卦，造书契。
2　太初：《列子·天瑞》："太初者，气之始也"；《易》"易有太极"疏云："天地未分之前，元气混而为一，即是太初。"
3　石浪：庵外巨石也，长三十馀丈。
4　《远游》：是《楚辞》中的篇名。

南乡子

登京口北固亭有怀[1]

何处望神州[2]？满眼风光北固楼。

千古兴亡多少事？悠悠。

不尽长江滚滚流。

年少万兜鍪[3]，坐断东南战未休[4]。

天下英雄谁敌手？曹刘[5]。

生子当如孙仲谋[6]。

1　北固亭：在今镇江北固山上，下临长江，三面环水。

2　神州：此指中原地区。

3　兜鍪（dōu móu）：指千军万马。兜鍪，头盔，此代指士兵。

4　坐断：占据，割据。

5　曹刘：指曹操与刘备。

6　生子当如孙仲谋：引《三国志·吴主传》，曹操尝与孙权对垒，见舟船、器仗、队伍整肃，叹曰："生子当如孙仲谋，刘景升儿子若豚犬耳。"

永遇乐

京口北固亭怀古

千古江山，英雄无觅，孙仲谋处。

舞榭歌台，风流总被，雨打风吹去。

斜阳草树，寻常巷陌，人道寄奴曾住[1]。

想当年，金戈铁马，气吞万里如虎。

元嘉草草[2]，封狼居胥，赢得仓皇北顾[3]。

四十三年，望中犹记，烽火扬州路。

可堪回首，佛狸祠下[4]，一片神鸦社鼓[5]。

凭谁问：廉颇老矣，尚能饭否[6]？

---

1 寄奴：南朝宋武帝刘裕小名。刘裕曾两次领兵北伐，收复洛阳、长安等地，故有"想当年"三句。

2 元嘉草草：元嘉是刘裕子刘义隆年号。草草：轻率。刘义隆好大喜功，仓促北伐，反让北魏主拓跋焘抓住机会，遭对手重创。

3 封狼居胥：武帝元狩四年，霍去病远征匈奴，歼敌七万馀，封狼居胥山而还。狼居胥山，在今蒙古境内。词中用"元嘉北伐失利"事，以影射南宋"隆兴北伐"。赢得：剩得，落得。

4 佛（bì）狸祠：北魏太武帝拓跋焘小名佛狸，曾反击刘宋，在长江北建立行宫，即后来的佛狸祠。

5 神鸦：指在庙里吃祭品的乌鸦。社鼓：祭祀时的鼓声。

6 廉颇：战国时赵国名将。廉颇被免职后远走魏国，赵王想再用他，派人去看他的身体情况，廉颇仇人贿赂使者作假，赵使回来报告说："廉颇将军虽老，尚善饭，然与臣坐，顷之三遗矢矣。"赵王遂不用。

水调歌头

题吴子似县尉瑱山经德堂。堂，陆象山所名也[1]。

唤起子陆子，经德问何如。
万钟于我何有，不负古人书。
闻道千章松桂，剩有四时柯叶，霜雪岁寒馀。
此是瑱山境，还似象山无？

耕也馁，学也禄[2]，孔之徒。
青衫毕竟升斗，此意政关渠。
天地清宁高下[3]，日月东西寒暑，何用着工夫。
两字君勿惜，借我榜吾庐。

1　陆象山：《宋史·儒林传》："陆九渊字子静，自号象山翁，学者称之象山先生。"
2　"耕也馁"二句：《论语·卫灵公》："子曰：'君子谋道不谋食。耕也馁在其中矣，学也禄在其中矣。君子忧道不忧贫。'"
3　天地清宁：《老子》："天得一以清，地得一以宁，王侯得一以为天下贞。"

水调歌头

送郑厚卿赴衡州

寒食不小住，千骑拥春衫。

衡阳石鼓城下，记我旧停骖。

襟以潇湘桂岭，带以洞庭青草[1]，紫盖屹西南[2]。

文字起骚雅，刀剑化耕蚕。

看使君，于此事，定不凡。

奋髯抵几堂上[3]，尊俎自高谈。

莫信君门万里，但使民歌五袴[4]，归诏凤凰衔。

君去我谁饮，明月影成三[5]。

---

1 洞庭、青草：均为湖名。

2 紫盖：衡山七十二峰之最高峰。

3 奋髯：抖动胡须，激愤或激昂貌。

4 民歌五袴：《后汉书·廉范传》载，"百姓乃歌之曰：'廉叔度，来何暮。不禁火，民安作。平生无襦今五袴。'"后以此典称誉地方官关心民间疾苦，治理有方。

5 "君去"二句：化用李白《月下独酌》诗："花间一壶酒，独酌无相亲。举杯邀明月，对影成三人。"

水调歌头

汤朝美司谏见和，用韵为谢。

白日射金阙，虎豹九关开[1]。
见君谏疏频上，谈笑挽天回。
千古忠肝义胆，万里蛮烟瘴雨，往事莫惊猜[2]。
政恐不免耳，消息日边来[3]。

笑吾庐，门掩草，径封苔。
未应两手无用，要把蟹螯杯[4]。
说剑论诗馀事，醉舞狂歌欲倒，老子颇堪哀。
白发宁有种，一一醒时栽[5]。

1　金阙、九关：均喻指宫廷。虎豹九关：语出《楚辞·招魂》："魂兮归来，君无上天些。虎豹九关，啄害下人些。"
2　"千古"三句：谓友人忠心耿耿，不想贬谪蛮荒，但又劝他休提往事。"万里蛮烟瘴雨"，指汤朝美贬新州事。
3　"政恐"二句：政同"正"，此借用东晋谢安语。《世说新语·排调》："初，谢安在东山居布衣时，兄弟已有富贵者，翕集家门，倾动人物。刘夫人戏谓安曰：'大丈夫不当如此乎？'谢乃捉鼻曰：'但恐不免耳。'"日边：此喻帝王左右。
4　蟹螯（áo）杯：喻指饮酒吃蟹。《世说新语·任诞》载，毕茂世云："一手持蟹螯，一手持酒杯……"
5　栽：喻指将白发一根根拔掉。

水调歌头

壬子三山被召，陈端仁给事饮饯席上作。

长恨复长恨，裁作《短歌行》。
何人为我楚舞，听我楚狂声[1]？
余既滋兰九畹，又树蕙之百亩，秋菊更餐英[2]。
门外沧浪水，可以濯吾缨。

一杯酒，问何似，身后名。
人间万事，毫发常重泰山轻[3]。
悲莫悲生离别，乐莫乐新相识[4]，儿女古今情。
富贵非吾事，归与白鸥盟[5]。

---

1 "何人"句：《史记·留侯世家》："戚夫人泣，上曰'为我楚舞，吾为若楚歌。'……歌数阕，戚夫人嘘唏流涕，上起去，罢酒。"楚狂：楚国隐士接舆曾唱歌当面讽刺孔子迷于从政，疲于奔走，《论语》因称接舆为"楚狂"。
2 "余既"三句：为《离骚》中之句。
3 "人间"二句：《庄子·齐物论》："天下莫大于秋毫之末，而泰山为小。"
4 "悲莫悲"二句：《九歌·少司命》中之句。
5 富贵非吾事：陶渊明《归去来兮辞》："富贵非吾愿，帝乡不可期。"

水调歌头

赋松菊堂

渊明最爱菊，三径也栽松[1]。

何人收拾，千载风味此山中。

手把《离骚》读遍，自扫落英餐罢，杖屦晓霜浓。

皎皎太独立，更插万芙蓉。

水潺湲，云濒洞，石巃嵸[2]。

素琴浊酒唤客，端有古人风。

却怪青山能巧[3]，政尔横看成岭，转面已成峰。

诗句得活法[4]，日月有新工[5]。

1　"渊明"二句：化用《归去来兮辞》："三径就荒，松菊犹存。"

2　濒（hòng）洞：绵延；弥漫。巃嵸（lóng zōng）：聚积貌。

3　能巧：能同"恁"，犹言"如许"或"这样"。

4　诗句得活法：吕本中《江西宗派诗序》："自得之，忽然有入，然后惟意所出，万变不穷，是名活法。"又，吕氏作《夏均父集序》云："学诗当识活法。所谓活法者：规矩备具而能出于规矩之外，变化不测而亦不背于规矩也。是道也，盖有定法而无定法，无定法而有定法。知是者则可以与语活法矣。"

5　新工：黄庭坚《寄杜家父》诗："径欲题诗嫌浪许，杜郎觅句有新工。"

水调歌头

将迁新居不成，有感，戏作。时以病止酒，且遣去歌者，末章及之。

我亦卜居者，岁晚望三闾[1]。
昂昂千里，泛泛不作水中凫[2]。
好在书携一束，莫问家徒四壁，往日置锥无。
借车载家具，家具少于车[3]。

舞乌有，歌亡是，饮子虚[4]。
二三子者爱我，此外故人疏。
幽事欲论谁共，白鹤飞来似可，忽去复何如？
众鸟欣有托，吾亦爱吾庐[5]。

1　卜居：《卜居》者，屈原之所作也。三闾：屈原为三闾大夫。
2　"昂昂"二句：《楚辞·卜居》："宁昂昂若千里之驹乎？将泛泛若水中之凫，与波上下，偷以全吾躯乎？"
3　"借车"二句：孟郊《迁居》诗句。按：稼轩由带湖移居瓢泉，正在其旧居雪楼遭火灾之后，故兴"家徒四壁"及"家具少于车"之叹。
4　"舞乌有"三句：司马相如《子虚赋》："楚使子虚使于齐，王悉发车骑与使者出畋，畋罢，子虚过姹乌有先生，亡是公在焉。"
5　"众鸟"二句：为陶渊明《读山海经》诗句。

水调歌头

舟次扬州，和杨济翁、周显先韵[1]。

落日塞尘起，胡骑猎清秋[2]。
汉家组练十万，列舰耸层楼。
谁道投鞭飞渡[3]，忆昔鸣髇血污，风雨佛狸愁[4]。
季子正年少，匹马黑貂裘[5]。

今老矣，搔白首，过扬州。
倦游欲去江上，手种橘千头。
二客东南名胜，万卷诗书事业，尝试与君谋。
莫射南山虎，直觅富民侯[6]。

1　杨济翁、周显先：皆是东南一带名士。下文"二客"即指此二人。
2　胡骑猎清秋：古代北方的敌人常于秋高马肥之时南犯。猎，战争。
3　投鞭：化用符坚"投鞭断流"之典。飞渡：用杜预"飞渡江"之事。
4　"忆昔"二句：鸣髇（xiāo）：即鸣镝。髇为古响箭，射时发声。
5　"季子"二句：苏秦字季子，战国时策士，以合纵策游说诸侯，佩六国相印。《战国策·赵策》：李兑送苏秦明月之珠，和氏之璧，黑貂之裘，黄金百镒。苏秦得以为用，西入于秦。此指自己如季子年少时一样有锐气，寻求建立功业，到处奔波使貂裘积满灰尘，颜色变黑。
6　"莫射南山虎"二句：《史记·李将军列传》载：汉李广居蓝田南山中，闻郡有虎，尝自射之。又据《汉书·食货志》载："武帝末年悔征战之事，乃封丞相为富民侯。"

归朝欢

题赵晋臣敷文积翠岩[1]

我笑共工缘底怒，触断峨峨天一柱[2]。
补天又笑女娲忙，却将此石投闲处[3]。
野烟荒草路。先生柱杖来看汝。
倚苍苔，摩挲试问：千古几风雨？

长被儿童敲火苦，时有牛羊磨角去[4]。
霍然千丈翠岩屏，锵然一滴甘泉乳[5]。
结亭三四五。会相暖热携歌舞[6]。
细思量：古来寒士，不遇有时遇[7]。

---

1 赵晋臣敷文：赵不遇，字晋臣，江西铅山人。罢职家居，与稼轩过
从甚密，彼此多有唱和。赵曾为敷文阁学士，故称以"敷文"。"题"字
或是"和"字之误。
2 "我笑"二句：笑共工无端发怒，触断巍巍天柱。缘底：为什么。
3 "补天"二句：笑女娲补天奔忙，却将一块补天的五彩石投在闲处。
4 "长被"二句：韩愈《石鼓歌》："牧儿敲火牛砺角，谁复着手为摩
挲。"辛词借用其意，谓牧童击石取火，牛羊磨角，积翠岩不胜侵扰之苦。
5 锵然：形容金属撞击声，此状甘泉滴水时清脆悦耳的响声。
6 "结亭"二句：建几个小亭，待到春暖花开，此间自有歌舞盛会。
7 不遇：指怀才不遇。

最高楼

用韵答赵晋臣敷文

花好处，不趁绿衣郎[1]，缟袂立斜阳[2]。
面皮儿上因谁白，骨头儿里几多香？
尽饶他，心似铁，也须忙。

甚唤得、雪来白倒雪[3]。
更唤得、月来香杀月[4]。
谁立马，更窥墙[5]？
将军止渴山南畔[6]，相公调鼎殿东厢[7]。
忒高才，经济地，战争场。

---

1 绿衣郎：当指绿叶。此句言花好无须绿叶相衬。
2 缟袂：白色绢衣。常用以喻白海棠。
3 "甚唤得"句：言花之白。
4 "更唤得"句：言花之香。杀，同"煞"。
5 "谁立马"二句：白居易乐府诗《井底引银瓶》有"墙头马上遥相顾"句。
6 "将军"句：《世说新语》载："魏武行役，失汲道，军皆渴，乃令曰：'前有大梅林，饶子，甘酸可以解渴。'士卒闻之，口皆出水，乘此得及前源。"
7 相公：旧称成年男子。调鼎：调鼎持衡，喻治理国家。

千年调

开山径得石壁，因名曰苍壁。事出望外，意天之所赐邪，喜
而赋。

左手把青霓，右手挟明月。
吾使丰隆前导[1]，叫开阊阖[2]。
周游上下，径入寥天一[3]。
览玄圃[4]，万斛泉，千丈石。

钧天广乐[5]，燕我瑶之席[6]。
帝饮予觞甚乐，赐汝苍壁。
嶙峋突兀，正在一丘壑。
余马怀，仆夫悲[7]，下怳惚。

---

1 丰隆：云神，见《离骚》注。
2 阊阖：天门，见《离骚》注。
3 "径入"句：《庄子·大宗师》篇："安排而去化，乃入于寥天一。"
按：寥天一谓天之空虚至一也。
4 玄圃：即"县圃"，神山，在昆仑之上。见《离骚》注。
5 钧天：古代神话传说指天之中央；广乐：优美而雄壮的音乐。钧天
广乐指天上的仙乐。
6 瑶之席：用《九歌·东皇太一》"瑶席兮玉瑱，盍将把兮琼芳"句。
7 "余马"二句：用《离骚》"仆夫悲余马怀兮，蜷局顾而不行"句。

柳梢青

辛酉生日前两日，梦一道士话长年之术，梦中痛以理折之，觉而赋八难之辞。

莫炼丹难[1]。黄河可塞，金可成难。
休辟谷难[2]。
吸风饮露[3]，长忍饥难。

劝君莫远游难。何处有、西王母难。
休采药难。
人沉下土，我上天难。

---

1 炼丹：道家均修炼丹药，食之以谋长生。
2 辟谷：道家谓神仙以辟谷为下，然却粒则无滓浊，无滓浊则不漏，由此亦可入道。
3 吸风饮露：《庄子·逍遥游》："藐姑射之山，有神人居焉，肌肤若冰雪，绰约如处子，不食五谷，吸风饮露；乘云气，御飞龙，而游乎四海之外。"

喜迁莺

赵晋臣敷文赋芙蓉词见寿，用韵为谢。

暑风凉月，爱亭亭无数，绿衣持节[1]。
掩冉如羞[2]，参差似妒[3]，拥出芙蕖花发[4]。
步衬潘娘堪恨[5]，貌比六郎谁洁[6]？
添白鹭，晚晴时，公子佳人并列。

休说，搴木末；当日灵均，恨与君王别。
心阻媒劳，交疏怨极[7]，恩不甚兮轻绝。
千古《离骚》文字，芳至今犹未歇。
都休问；但千杯快饮，露荷翻叶[8]。

1　节：符节，古代使臣用以证明身份的信物。
2　掩冉如羞：言荷花如少女含羞。掩冉：亦作"奄冉"，和柔貌。
3　参差似妒：言荷花参差错落，似怀妒意而争美赛艳。
4　芙蕖：荷花之别称。
5　步衬潘娘：《南史·齐东昏侯记》："凿金为莲花，以帖地，令潘妃行其上，曰：'此步步生莲花也。'"
6　貌比六郎：张昌宗、张易之以姿容见幸于武后，时人呼张易之"五郎"，呼张昌宗为"六郎"。
7　媒劳：心有阻隔，徒劳媒使。交疏：交谊疏远，疏同"疏"。
8　露荷翻叶：此以荷叶喻酒杯，叶上露珠喻酒，写倾杯豪饮。

醉翁操

　　顷予从廓之求观家谱，见其冠冕蝉联，世载勋德。廓之甚文而好修，意其昌未艾也。今天子即位，覃庆中外，命国朝勋臣子孙之无见任者官之；先是，朝廷屡诏甄录元祐党籍家[1]：合是二者，廓之应仕矣。将告诸朝，行有日，请予作诗以赠。属予避谤，持此戒甚力，不得如廓之请。又念廓之与予游八年，日从事诗酒间，意相得欢甚，于其别也，何独能恝然。顾廓之长于楚词而妙于琴，辄拟《醉翁操》，为之词以叙别。异时廓之绂组东归[2]，仆当买羊沽酒[3]，廓之为鼓一再行[4]，以为山中盛事云。

　　　　长松，之风。如公，肯余从，山中。
　　　　人心与吾兮谁同？
　　　　湛湛千里之江，上有枫。
　　　　噫，送子东，望君之门兮九重。

1　元祐党籍：徽宗崇宁元年九月，籍元祐及元符末司马光、文彦博以下宰执、侍从、馀官、内侍、武臣一百二十人为邪党，立党人碑于端礼门。崇宁三年六月再籍元祐奸党三百九人，由徽宗书而刊之石，置于文德殿门之东壁，高宗即位，诏还元祐党人及上书人恩数，后又屡诏追复。
2　绂组：系结组绶，谓佩挂官印。
3　买羊沽酒：韩愈《寄卢仝》诗："买羊沽酒谢不敏，偶逢明月曜桃李。"沽酒：买酒。
4　为鼓一再行：指鼓琴。

女无悦己，谁适为容¹？

不龟手药²，或一朝兮取封。
昔与游兮皆童，我独穷兮今翁。
一鱼兮一龙³，劳心兮忡忡。
噫，命与时逢。子取之食兮万锺⁴。

1　女无悦己：司马迁《报任少卿书》："士为知己者用，女为说己者容。"谁适为容：《诗·卫风·伯兮》："自伯之东，首如飞蓬。岂无膏沐？谁适为容！"
2　不龟手药：《庄子·逍遥游》："宋人有善为不龟手之药者，世世以洴澼絖为事。客闻之，请买其方百金。聚族而谋曰：'我世世为洴澼絖，不过数金。今一朝而鬻技百金，请与之。'客得之，以说吴王。越有难，吴王使之将。冬与越人水战，大败越人，裂地而封之。能不龟手一也，或以封，或不免于洴澼絖，则所用之异也。"
3　"一鱼"句：龙可飞腾于天，鱼则只能浮沉水中，亦犹云泥异路之意。
4　万锺：指优厚的俸禄。锺：古代容量单位，可装受六斛四斗，通常是"十釜为一锺"。

史达祖

　　史达祖（1163—1220?），字邦卿，号梅溪，汴京人。屡试不第，后为韩侂胄堂吏，备受赏识。韩败，史达祖亦受牵连，被处黥刑，穷困而死。他善于咏物，以描写细腻见长，辞藻工丽。但用笔多涉纤巧，风格不高，有《梅溪词》。

绮罗香

春雨

作冷欺花，将烟困柳，千里偷催春暮。

尽日冥迷[1]，愁里欲飞还住。

惊粉重、蝶宿西园[2]，

喜泥润、燕归南浦[3]。

最妨它、佳约风流，钿车不到杜陵路[4]。

沉沉江上望极，还被春潮晚急，难寻官渡[5]。

隐约遥峰，和泪谢娘眉妩[6]。

临断岸、新绿生时，

是落红、带愁流处。

记当日、门掩梨花，剪灯深夜语。

1　冥迷：阴暗朦胧。

2　西园：三国时曹操所建。此处借指杭州西湖园林。

3　浦：小河与大河交界处。古时常在此送别，故喻指分别处。

4　钿车：用螺钿镶嵌的车，喻装饰华丽的车。

5　官渡：官方设置的渡口。与"野渡"相对。

6　谢娘：本指唐李德裕之歌妓谢秋娘，后泛指歌女。眉妩：画得妩媚的眉毛。

杏花天

清明

软波拖碧蒲芽短。

画桥外、花晴柳暖。

今年自是清明晚。

便觉芳情较懒。

春衫瘦、东风翦翦[1]。

过花坞、香吹醉面。

归来立马斜阳岸。

隔岸歌声一片。

---

1 翦翦：风轻微而带寒意。

临江仙

草脚青回细腻，柳梢绿转条苗。
旧游重到合魂销。
棹横春水渡，人凭赤阑桥[1]。

归梦有时曾见，新愁未肯相饶。
酒香红被夜迢迢。
莫交无用月，来照可怜宵。

1　赤阑桥：又称赤栏桥，在今合肥城南。因南宋词人姜夔在此有一段
缠绵悱恻之情缘，故为时人所歌咏。

临江仙

闺思

愁与西风应有约，年年同赴清秋。

旧游帘幕记扬州[1]。

一灯人著梦[2]，双燕月当楼。

罗带鸳鸯尘暗淡[3]，更须整顿风流[4]。

天涯万一见温柔。

瘦应缘此瘦，羞亦为郎羞。

---

1 帘幕记扬州：此借指风月之地。杜牧《赠别》："春风十里扬州路，
卷上珠帘总不如。"

2 著梦：入梦。

3 罗带鸳鸯：绣有鸳鸯图案的丝织衣带。

4 整顿：整理，收拾。风流：风度、仪态等。

燕归梁

独卧秋窗桂未香。
怕雨点飘凉。
玉人只在楚云傍。
也著泪、过昏黄。

西风今夜梧桐冷，
断无梦、到鸳鸯。
秋钲二十五声长[1]。
请各自，奈思量。

---

1 钲（zhēng）：古代一种铜制乐器，形似钟而狭长，有长柄可执，口向
上以物击之而鸣，于行军时敲打。

蒋　捷

蒋捷（生卒年不详），字胜欲，号竹山，阳羡人。宋度宗成淳年间进士。宋亡，隐居不仕。在词史上与王沂孙、周密、张炎齐名，为"宋末四大家"之一，被刘熙载誉为"长短句之长城"。其词语言通俗，音节谐畅，运用自由，风格多变化，接近辛派。有《竹山词》。

【顾随评论】

余之喜竹山词，因他有几首很有伤感气。

除掉伤感气，在文学表现上，各家各有其表现法。在此点上，竹山与南宋六家不同。白石等六人总觉不肯以真面目示人，总不肯把心坦白赤裸给人看，总是绕弯子，遮掩。蒋词之好，诚如胡适所言"明白爽快"。如"月有微黄篱无影"数句，南宋六家根本就无此等句，根本就写不出来。脑里没有，手下也写不出来。蒋氏真有眼，如"月有微黄篱无影，挂牵牛、数朵青花小"；真有血，如"二十年来，无家种竹，犹借竹为名"。

贺新郎

秋晓

渺渺啼鸦了[1]。亘鱼天[2]、寒生峭屿[3]，五湖秋晓。

竹几一灯人做梦，嘶马谁行古道。

起搔首、窥星多少。

月有微黄篱无影，挂牵牛、数朵青花小。

秋太淡，添红枣。

愁痕依赖西风扫。被西风、翻催鬓鬇[4]，与秋俱老。

旧院隔霜帘不卷，金粉屏边醉倒[5]。

计无此、中年怀抱。

万里江南吹箫恨[6]，恨参差、白雁横天杪[7]。

烟未敛，楚山杳。

1　了：消失，止息；指啼鸦声寂。
2　亘：上弦月，一说辽阔、绵亘。鱼天：鱼肚白色的拂晓天。
3　峭屿：陡峭的岛屿。
4　鬓鬇：鬓发。
5　金粉屏：以金色粉末涂饰的屏风。
6　吹箫恨：据《史记·范睢传》载，春秋时楚国伍员父兄被楚平王杀害，伍员含恨逃奔吴国，曾鼓腹吹箫，乞食于吴市。
7　天杪：天之高远处。

少年游

枫林红透晚烟青。

客思满鸥汀[1]。

二十年来，无家种竹[2]，

犹借竹为名。

春风未了秋风到，

老去万缘轻[3]。

只把平生，闲吟闲咏，

谱作櫂歌声[4]。

1　客思：怀念家乡的心情。鸥汀：鸥鸟栖息的汀州。
2　无家种竹：言词人身遭国变，流落他乡，有家难归。
3　万缘：佛家指一切因缘，即事物的因果关系。
4　櫂歌：船工、渔父所唱之歌。櫂：同"棹"。

少年游

梨边风紧雪难晴[1]。
千点照溪明。
吹絮窗低[2]，唾茸窗小[3]，
人隔翠阴行[4]。

而今白鸟横飞处，
烟树渺乡城。
两袖春寒，一襟春恨[5]，
斜日澹无情。

---

1 梨边风：谓二十四番花信风中春分节之梨花风。雪：喻梨花。
2 吹絮窗：用吹纶絮做纱的窗子。吹纶絮：一种极薄的丝织品。
3 唾茸窗：用刺绣织物作帘的窗子。
4 翠阴：树荫。
5 一襟：满襟，满怀。

一剪梅

舟过吴江

一片春愁待酒浇。
江上舟摇，楼上帘招[1]。
秋娘度与泰娘娇[2]。
风又飘飘，雨又潇潇。

何日归家洗客袍[3]。
银字笙调[4]，心字香烧。
流光容易把人抛[5]。
红了樱桃，绿了芭蕉。

---

1 帘招：酒旗。此作动词，即酒楼上的旗子在招引着。
2 秋娘度：即秋娘渡；泰娘娇：即泰娘桥；皆地名。
3 客袍：外出穿的衣服。
4 银字笙：乐器名。调：调弄，弹奏。
5 流光：光阴。

虞美人

听 雨

少年听雨歌楼上，红烛昏罗帐。

壮年听雨客舟中，

江阔云低、断雁叫西风[1]。

而今听雨僧庐下[2]，鬓已星星也[3]。

悲欢离合总无情，

一任阶前、点滴到天明。

1　断雁：失群孤雁。

2　僧庐：僧舍。

3　星星：形容头发斑白。

燕归梁

风莲

我梦唐宫春昼迟。正舞到、曳裾时¹。
翠云队仗绛霞衣²。
慢腾腾、手双垂³。

忽然急鼓催将起，似彩凤、乱惊飞⁴。
梦回不见万琼妃⁵。
见荷花、被风吹。

1　曳裾：拖引衣襟。裾，衣之前后襟皆可称裾。
2　翠云、绛霞：指舞衣，又分别关涉荷叶、荷花。
3　手双垂：指《霓裳羽衣舞》中的"大垂手""小垂手"等名目。
4　急鼓催将起：此指《霓裳》舞至入破以后，节拍转急。似彩凤、乱惊飞：形容此时已大有"渔阳鞞鼓动地来，惊破霓裳羽衣曲"的气象。
5　万琼妃：指无数风莲般的舞者。

程 垓

程垓，生卒年不详，南宋词人。字正伯，号书舟，眉山人。其词多写羁旅行役、离愁别绪，情意凄婉。长调工丽潇洒，语浅情深。词风深受柳永影响，冯煦《蒿庵论词》称其词"凄婉绵丽，与草窗（周密）所录《绝妙好词》家法相近"。

小桃红

不恨残花亸[1]。不恨残春破。

只恨流光，一年一度，又催新火。

纵青天白日系长绳[2]，也留春得么。

花院重教锁。春事从教过。

烧笋园林，尝梅台榭，有何不可。

已安排珍簟小胡床[3]，待日长闲坐。

1　亸（duǒ）：下垂。

2　白日系长绳：即成语"长绳系日"，用长绳把太阳拴住，欲留住时光。

3　胡床：又称"交椅""绳床"，古时一种可折叠的轻便坐具。

张　炎

　　张炎（1248—约1320），南宋词人。字叔夏，号玉田，又号乐笑翁，先世凤翔，寓居临安。宋亡后，流落以终。所撰《词源》是一部论述词律与作法较有系统的专书。其词属周邦彦、姜夔一派，重格律，以婉丽为宗，声韵和谐，语句清畅。部分作品反映出身世盛衰之感。但作者过于喜爱刻画文字，意境往往显得单薄。有《山中白云》词集（一名《玉田词》）。

【顾随评论】
　　张炎词细。如中晚唐人诗，只有"俊扮"，没有"丑扮"。写沉痛写不出来。

南浦

春水

波暖绿粼粼，燕飞来，好是苏堤才晓。

鱼没浪痕圆，流红去，翻笑东风难扫。

荒桥断浦，柳阴撑出扁舟小。

回首池塘青欲遍，绝似梦中芳草¹。

和云流出空山，甚年年净洗，花香不了？

新绿乍生时²，孤村路，犹忆那回曾到。

馀情渺渺，茂林觞咏如今悄³。

前度刘郎归去后⁴，溪上碧桃多少。

1　梦中芳草：钟嵘《诗品》引《谢氏家录》说，谢灵运梦见弟弟谢惠连，从而写出了"池塘生春草"的句子。

2　绿（lù）：清澈的水。这里指暮春新流出的溪水。

3　茂林觞咏：王羲之《兰亭集序》记述上巳节在溪边会集、饮酒赋诗的故事。

4　前度刘郎：化用刘禹锡《再游玄都观》诗"种桃道士今何处，前度刘郎今又来"及刘晨、阮肇入天台山遇仙女事，此指往日欢愉。

清平乐

候蛩凄断[1]，人语西风岸。
月落沙平江似练[2]，望尽芦花无雁。

暗教愁损兰成[3]，可怜夜夜关情[4]。
只有一枝梧叶，不知多少秋声！

---

1 蛩（qióng）：蟋蟀。
2 练：素白未染之熟绢。
3 愁损：愁杀。兰成：北周庾信的小字。
4 关情：动心，牵动情怀。

朝中措

清明时节雨声哗。潮拥渡头沙。
翻被梨花冷看，人生苦恋天涯。

燕帘莺户，云窗雾阁¹，酒醒啼鸦。
折得一枝杨柳²，归来插向谁家？

---

1 燕帘莺户，云窗雾阁：均指歌妓舞女之所。
2 折杨柳：古时清明节家家户户门上插柳以祛邪。

朱彝尊

朱彝尊（1629—1709），字锡鬯，号竹垞、驱芳，晚号小长芦钓鱼师，又号金风亭长。秀水人。清代诗人、词人、经学家。诗与王士祯并称南北两大诗人；词作风格清丽，为浙西词派的创始者，与陈维崧并称朱陈。有《曝书亭诗文集》。

桂殿秋

思往事，渡江干[1]，青蛾低映越山看[2]。
共眠一舸听秋雨，小簟轻衾各自寒。

1　江干：江边。
2　青蛾：古代女子用青黛画眉，眉形细长弯曲如蚕蛾的触须，故称青
蛾。越山：浙江之山。古人往往以远山比女子之眉。

文廷式

　　文廷式（1856—1904），　近代词人。字道希，号云阁，别号纯常子、罗霄山人、芗德。江西萍乡人。志在救世，遇事敢言，与黄绍箕、盛昱等列名"清流"，与汪鸣銮、张謇等被称为"翁（同龢）门六子"。词存一百五十馀首，大部分是中年以后的作品，感时忧世，沉痛悲哀。有门人徐乃昌刊本《云起轩词钞》和江宁王氏娱生轩影印家藏手稿本。所著杂记《纯常子枝语》四十卷，是其平生精力所萃。

鹧鸪天

即事

劫火何曾燎一尘[1]，侧身人海又翻新。
闲凭寸砚磨砻世[2]，醉折繁花点勘春[3]。

闻柝夜[4]，警鸡晨，重重宿雾锁重阍[5]。
堆盘买得迎年菜，但喜红椒一味辛。

---

1 劫火：佛教语。谓坏劫之末所起的大火。
2 磨砻（lóng）：亦作"磨垄"，磨练，切磋。
3 点勘：检点查看。
4 柝（tuò）：古代打更用的梆子。
5 宿雾：夜雾。重阍：泛指重重门禁。

王国维

王国维（1877—1927），字静安，又字伯隅，晚号观堂，谥忠悫。浙江嘉兴海宁人，国学大师。是中国近现代一位享有国际声誉的学者，中国新学术的开拓者，在文学、戏曲、美学、史学、哲学、金石学、甲骨文、考古学等领域成就卓著。有《王国维文集》。

【顾随评论】

静安先生词不敢说首首，至少有一两首、至少有一两句是前无古人、后无来者。此非超越众人，每个人都是前无古人、后无来者，因任何人都是不可无一、不可有二。静安先生词的长处说前无古人、后无来者，有二意义：一说其词与古今皆不同，一说其词之长处为古今词人所无。

静安先生词之所以超越古今，便因词本较接近平民，王先生虽生于清末民初，为晚出词人，但他反把词之地位抬高到诗那样古典贵族，非平民，不但像近体诗，甚至像古体诗那样贵族古典。

静安先生词五、七言句好，因其深于诗，尤其七言。静安先生不仅有修辞功夫（只有此点已能成两宋一大词人），而又加以近代思想，故更成为一大词人。

浣溪沙

天末同云暗四垂¹，失行孤雁逆风飞。
江湖廖落尔安归。

陌上金丸看落羽²，闺中素手试调醯³。
今宵欢宴胜平时。

1　同云：彤色的云，为下雪的征兆。
2　金丸：葛洪《西京杂记》卷四载，汉武帝的宠臣韩嫣好弹，常以金
为丸弹射。后人沿用为贵游子弟射猎之典。
3　调醯（xī）：调味。醯，即醋。

浣溪沙

似水轻纱不隔香，金波初转小回廊[1]。
离离丛菊已深黄[2]。

尽撤华灯招素月，更缘人面发花光。
人间何处有严霜？

1　金波：形容月光浮动，因亦指月光。《汉书·礼乐志》："月穆穆以金
波。"颜师古注："言月光穆穆，若金之波流也。"
2　离离：繁茂貌。

浣溪沙

本事新词定有无[1]？这般绮语太胡卢[2]。
灯前肠断为谁书。

隐几窥君新制作[3]，背灯数妾旧欢娱。
区区情事总难符。

1　本事：原事，实事。
2　绮语：佛家称藻饰不实之辞为绮语；后也称描摹男女私情的诗文为绮语。胡卢："胡卢提"之省，也作葫芦蹄、葫芦题，意即糊涂。宋元时口语、元曲中常用。此有可笑、笑话意。
3　隐几：凭着几案。几，古代设于座侧，以便凭依的小桌子。

浣溪沙

月底栖鸦当叶看，推窗跕跕堕枝间[1]。
霜高风定独凭栏。

为制新词髭尽断[2]，偶听悲剧泪无端。
可怜衣带为谁宽？

1　跕跕（dié dié）：下堕貌。《后汉书·马援传》：“仰视飞鸢，跕跕堕水中。”
2　髭尽断：卢延让《苦吟》诗：“吟安一个字，捻断数茎须。”

浣溪沙

山寺微茫背夕曛¹，鸟飞不到半山昏。
上方孤磬定行云²。

试上高峰窥皓月，偶开天眼觑红尘³。
可怜身是眼中人。

1　背夕曛：背向着夕阳余晖。
2　上方：天上仙界，指地势最高处，此指寺院。定行云：谓孤磬之声响遏行云。《列子·汤问》："声振林木，响遏行云。"
3　天眼：佛教所说"五眼"之一，即天趣之眼。能透视六道、远近、上下、前后、内外及未来。

浣溪沙

路转峰回出画塘，一山枫叶背残阳。
看来浑不似秋光。

隔座听歌人似玉[1]，六街归骑月如霜[2]。
客中行乐只寻常。

1　隔座：邻座。
2　六街：唐长安城中有左右六条大街，此泛指城中的大街。

浣溪沙

草偃云低渐合围[1]，琱弓声急马如飞[2]。
笑呼从骑载禽归。

万事不如身手好，一生须惜少年时。
那能白首下书帷[3]。

1　偃：倒。合围：此指围猎。
2　琱（diāo）弓：刻镂文采的弓。琱，同"雕"。
3　下书帷：此用"目不窥园"典。《史记·儒林列传》载，董仲舒好学，"下帷讲诵，弟子传以久次相受业，或莫见其面，盖三年董仲舒不观于舍园，其精如此"。

鹧鸪天

阁道风飘五丈旗¹，层楼突兀与云齐。
空馀明月连钱列²，不照红葩倒井披³。

频摸索，且攀跻。千门万户是耶非⁴？
人间总是堪疑处，惟有兹疑不可疑⁵。

1　阁道：栈道，在高楼间架空的通道。五丈旗：大旗，宫中所用。
2　连钱列：谓珠灯像连钱般排列着。
3　井：指藻井，即天花板。藻井在屋之顶端，光照不到。
4　千门万户：形容宫室屋宇广大。
5　兹疑：此疑。

鹊桥仙

沉沉戍鼓[1]，萧萧厩马[2]，起视霜华满地[3]。
猛然记得别伊时，正今夕、邮亭天气[4]。

北征车辙，南征归梦，知是调停无计。
人间事事不堪凭，但除却、无凭两字。

---

1 戍鼓：戍楼中响起的暮鼓。
2 萧萧：马嘶声。
3 霜华：浓霜。
4 邮亭：古时设在沿途、供送文书的人和旅客歇宿的馆舍。

蝶恋花

百尺朱楼临大道[1]。

楼外轻雷[2]，不间昏和晓。

独倚阑干人窈窕，闲中数尽行人小。

一霎车尘生树杪。

陌上楼头，都向尘中老。

薄晚西风吹雨到[3]，明朝又是伤流潦[4]。

1　百尺朱楼：极言楼之高。

2　轻雷：喻车声。司马相如《长门赋》："雷殷殷而响起兮，声像君之车音。"

3　薄晚：临近傍晚。

4　流潦（lǎo）：指雨后路上流水或沟中积水。周邦彦《大酺·春雨》词："行人归意速。最先念、流潦妨车毂。"

蝶恋花

黯淡灯花开又落[1]，
此夜云踪[2]，终向谁边著。
频弄玉钗思旧约[3]，知君未忍浑抛却。

妾意苦专君苦博，
君似朝阳，妾似倾阳藿[4]。
但与百花相斗作，君恩妾命原非薄。

1　灯花：古人谓结灯花则有喜讯。
2　云踪：谓游子行踪如行云般无定。
3　玉钗：古人常以此为信物；此亦当为情人所赠。
4　倾阳藿：出自杜甫《自京赴奉先县咏怀五百字》："葵藿倾太阳，物性固难夺。"喻忠爱的天性。

蝶恋花

昨夜梦中多少恨。

细马香车[1]，两两行相近。

对面似怜人瘦损，众中不惜搴帷问。

陌上轻雷听隐辚[2]。

梦里难从，觉后那堪讯。

蜡泪窗前堆一寸，人间只有相思分[3]。

1　细马香车：车马分属男女骑乘。细马，良马。
2　隐辚（lín）：同"殷辚"，车声。
3　分：同"份"。

菩萨蛮

红楼遥隔廉纤雨[1]，沉沉暝色笼高树。
树影到侬窗。君家灯火光。

风枝和影弄，似妾西窗梦[2]。
梦醒即天涯，打窗闻落花。

1　廉纤：细微，纤细。韩愈《晚雨》诗："廉纤晚雨不能晴。"
2　西窗梦：冯延巳《采桑子》词："一夜西窗梦不成。"此处以梦境喻之。

清平乐

斜行淡墨[1]，袖得伊书迹[2]。
满纸相思容易说，只爱年年离别。

罗衾独拥黄昏，春来几点啼痕。
厚薄但观妾命，浅深莫问君恩。

---

1 斜行淡墨：意为匆匆写成，字体草率，墨也不及磨浓。
2 伊：他，此指游子。

采桑子

高城鼓动兰釭炧[1]，
睡也还醒，醉也还醒。
忽听孤鸿三两声。

人生只似风前絮，
欢也零星，悲也零星。
都作连江点点萍[2]。

---

1 兰釭（gāng）：灯的美称。炧（xiè）：灯烛灰，此指灯烛将灭。
2 萍：诗词中常以絮、萍喻人生之飘忽无定。

青玉案

姑苏台上乌啼曙[1]，剩霸业，今如许。
醉后不堪仍吊古。
月中杨柳，水边楼阁，
犹自教歌舞。

野花开遍真娘墓[2]，绝代红颜委朝露[3]。
算是人生赢得处。
千秋诗料[4]，一抔黄土，
十里寒螿语[5]。

1　姑苏台：春秋时吴王所筑之台，又称胥台。相传吴王夫差曾携西施游于台上。
2　真娘墓：唐代有吴妓真娘，时人比之苏小小。死后葬于吴宫之侧。
3　朝露：喻人生短暂。
4　千秋诗料：意谓后之文人好事者过吴，多有凭吊真娘之作。
5　螿（jiāng）：寒蝉。螿，蝉的一种，似蝉而小，青赤。

贺新郎

月落飞乌鹊[1]。更声声、暗催残岁，城头寒柝[2]。

曾记年时游冶处，偏反一栏红药[3]。

和士女、盈盈欢谑[4]。

眼底春光何处也？只极天、野烧明山郭[5]。

侧身望，天地窄[6]。

遣愁何计频商略。恨今宵、书城空拥，愁城难落[7]。

陋室风多青灯焰，中有千秋魂魄[8]。

似诉尽、人间纷浊。

七尺微躯百年里，那能消、今古间哀乐？

与蝴蝶，蘧然觉[9]。

---

1 "月落"句：化用曹操《短歌行》："月明星稀，乌鹊南飞。"
2 寒柝（tuò）：寒夜的柝声。
3 反：当同"翻"字，言华之摇动也。
4 "和士女"句：语见《诗·郑风·溱洧》："维士与女，伊其相谑，赠之以芍药。"谑：戏谑，耍笑逗弄。
5 野烧（shào）：野火。烧草以肥田。
6 侧身：诗文中常以此词指忧愁不安貌。
7 书城：藏书环列如城，极言其多。愁城：喻忧愁固结难解。
8 千秋魂魄：指古书中人物的精魂。
9 蘧（qú）然：惊动貌。

人月圆

天公应自嫌寥落，
随意著幽花[1]。
月中霜里[2]，数枝临水，
水底横斜[3]。

萧然四顾，疏林远渚，
寂寞天涯。
一声鹤唳，殷勤唤起，
大地清华[4]。

1　幽花：梅花。
2　月中霜里：用李商隐《霜月》诗："青女素娥俱耐冷，月中霜里斗婵娟。"
3　横斜：用林逋《山园小梅》诗："疏影横斜水清浅，暗香浮动月黄昏。"
4　清华：清美华丽，形容景物之美。

虞美人

纷纷谣诼何须数[1]，总为蛾眉误[2]。

世间积毁骨能销[3]。

何况玉肌一点守宫娇。

妾身但使分明在[4]，肯把朱颜悔。

从今不复梦承恩。

且自开奁坐赏镜中人。

1　谣诼：造谣毁谤。谣，谓毁也；诼，犹谮也。
2　蛾眉：代指美人。
3　积毁销骨：语出《史记·张仪列传》："众口铄金，积毁销骨。"谓众口不断毁谤会致人于死地。
4　但使：只要。分明：意谓保持节操，清白做人。

临江仙

闻说金微郎戍处[1]，昨宵梦向金微。
不知今又过辽西。
千屯沙上暗，万骑月中嘶[2]。

郎似梅花侬似叶，朅来手抚空枝[3]。
可怜开谢不同时[4]。
漫言花落早，只是叶生迟。

1　金微：唐都督府名，故地在蒙古国东部。
2　"千屯"二句：沙漠中分布着千百个营垒，万马在月色中嘶鸣。屯，
军队驻守处。
3　朅（qiè）来：犹言去来，此侧重于"来"。朅：离去。
4　"可怜"句：以梅花先叶而开，先叶而落，谓男女双方不能同时共处。

【附录】

关于诗（节选）

在北平青年军夏令营讲稿（1947年）

首先要讲的是何谓诗，也就是说诗是什么？什么是诗的定义？《毛诗·大序》上说得好："诗者，志之所之也。在心为志，发言为诗。"若简括之，便是：诗言志。诗与志是一而二，二而一者也。什么又叫作志呢？古来于志字所下定义是：志者，心之所之也。说得明白一点，便是：大序所谓"情动于中"。说得哲学一点，就是：心是体，志是用。又：如果说心是喜怒哀乐之未发；而志便是已发了也。亦即是佛家所谓"心生种种法生"之"心生"。不过单单有此心之所之，情动与心生，也还不成其为诗；因为这只是内在的动机。又必须出之于口，笔之于纸，而后整个的诗乃能成立：这便是外在的形式。

复次，这心之所之，情动与心生，必须是纯一的，无一丝毫羼假始得。这便是中国所谓修辞立其诚的那个诚字。《中庸》曰："不诚无物。"连物都没有，哪里得有诗来？你饿了，想吃饭：这个是心之所之，是情动，是心生；也就是诚。饿了想吃饭，焉有不诚之理。渴了，想喝

248

水：这个是心之所之，是情动，是心生；也就是诚。再如夏天燥渴，想吃冰淇淋，亦复如然。孟子说"知好色则慕少艾"，也就是此个道理。馀俱准知，不再絮聒。以上所说底诚，也即是诗。

又以上所讲诚字是无伪义。本已具足圆满。但我还想画蛇添足，即诚字尚有专一义。此本不必别立一义，为是要引起诸位注意，所以不觉词费。专一者何？《论语》有言曰："造次必于是，颠沛必于是。"即是此义。亦复即是佛说《阿弥陀经》所说之一心不乱；赵州和尚云，老僧四十年别无杂用心处，如是，如是。譬如你饿了时，既想吃饭，又想吃面；渴了时，既想吃西瓜，又想吃冰淇淋，不用再说别的，只这个便是心乱，杂用心，不专一，也就是不诚。恐怕如此想吃想喝，亦未见得是真饿与真渴。不见《石头记》中人物刁钻古怪地想出许多吃的喝的东西，难道俱是饿出来的、渴出来的见识么？决不，决不！须知这正是不饿不渴时的想头也。知好色则慕少艾，亦然。爱到了白热化时，对方一人便即占据了整个的心灵，更无些许空隙留与第二人。西洋有一位作家曾说：我只需要一个女子；其馀的都可以到魔鬼那里去。于此，你不可再问，那么，连他的母亲也在内吗？这个便是诗，这个便是诚，也就是所谓诚的专一义。

以上说诚有二义，一者无伪，一者专一。中外古今底诗人更无一个不是具有如是诗心。若不如此，那人便非诗人，那人的心便非诗心，写出来的作品无论如何字句精巧，音节和谐，也一定不成其为诗的作品。倘若说诚字未免太陈旧，又是诚，又是无伪，又是专一，未免有些儿三心二意，于此，我再传给你一个法门：诗心只是个单纯。能做到单纯，《诗经》的"杨柳依依"是诗，《离骚》的"哀众芳之芜秽"也是诗，曹公的"老骥伏枥"是诗，曹子建的"明月照高楼"也是诗，陶公的"采菊东篱"是诗，他的"带月荷锄"也是诗，李太白的"床前明月光"是诗，杜少陵的"麻鞋见天子，衣袖露两肘"也是诗。等而下之，"月黑杀人地，风高放火天"也不害其成为诗。扩而充之，不会说话的婴儿之一举手、一投足、一哭、一笑也无非是诗。推而广之，盈天地之间，自然、人事、形形色色，也无一非诗了也。我如此说了，诸君可觉得奇怪吗？试想诗如不在人世间，不在生活中，将更在什么处？

诸位也许觉得从吃饭、喝水等一直说到自然、人事之形形色色，不免有点儿不单纯了吧。我再告诉你这一切依然是单纯。我的立意是单纯，假若所举例证是复杂，岂不是证龟成鳖？我虽糊涂到不知二五是一十，亦还不至于如是之荒唐。是的，这一切依然是单纯。你如以为不单纯，那便是你自己不肯做到单纯。玉泉山的水号称天下第一泉，据说泡茶吃最好不过。者水在泡了茶之后，已经有了茶的色香味质在内，当然并不单纯。即在未泡茶之前，我们假使用化学分析法分析那水，恐怕氢二氧之外，还有其他矿质在内，又何尝是单纯？但在者氢二氧与其他矿质按了一定的量数组合而成为玉泉水这一点上，便已是单纯化了也。又如日光，以肉眼看来，岂不是白色？岂不是单纯？但我们的物理学老师曾讲解给我们听，又试验给我们看过：日光分明是七色。者岂不又是复杂？然而在七色组合为日光时，那却又早是地地道道地单纯了也。……即如我今日在此胡说乱道，颠倒反复，且莫认作复杂；须知我只说一个字：诗。单纯、单纯、单纯之极了也。总而言之，统而言之，世间一切，摄于诗心，只是个单纯，只是个诚，只是无伪与专一。举一反三，闻一知十，不再多说。

试问诗心如何做到单纯；单纯又到何种田地？则将答之曰：只需要一个无计较心；极而言之，要做到无利害，无是非，甚至于无善恶心。佛家好说第一义，者个与我们今日无干，诗心并非第一义，而是第一念。何谓第一念？譬如诸君从西苑进城，路上遇着乞丐向你乞讨，那么，由于儒家的恻隐之心也好，佛家的慈悲心也好，普通所谓人类同情心也好，总之是有一种内在的力量鼓动着你，使你自然而然地不得不然地将些钱或物给与那乞丐，者个便是单纯的诗心，所谓第一念。倘若以为不给便不道德，者已是第二念。若再以为同伴给过了，自己不给，面子上不好看，或再有心比同伴多给，以图得乞丐的感谢，道旁行人的赞叹，者个便即是杂念，更无一丝毫诗心了也。你且不可说这又与诗有什么相干。你不觉得曹子建的"明月照高楼"，陶渊明的"悠然见南山"，也便是此种第一念底张口呼出吗？可怜，可怜。世上许多许多诗匠们一定要死死认定平上去入、五言七言之类是诗，而一般皮下无血眼里无筋之流，亦以为除此外更无别有，真乃罪过弥天，万劫不得人身。中国的诗一直向者个路子上死却了也。

你或者又要问无计较心、无利害心之为诗心尚可，无是非善恶之心怕是成不得。这一问怕是错会意到无是无善即将成为非与恶两个字。于此，我再告你：是与善尚且没有，非与恶更从何来？世谛立名是相对的；诗心却是绝对的。饿了想吃，渴了想喝，见了乞丐想帮他钱物，日本侵略中国，我们抗战：者一切只是个第一念，有甚是非善恶好讲？佛家所谓不思善、不思恶；儒家所谓喜怒哀乐之未发之谓中，发而皆中节谓之和：正是这一番道理。但如此说诗，虽未必即是误入歧途，却亦不免玄之又玄。如今且另换一种说法，其实也更别无新意，只是重复一回前面所说之诚。只要你做到诚的境界，自然无计较、无利害、无是非、无善恶，更无丝毫走作。步步踏着，句句道着，处处光明磊落，只此一团诗心作用着，说什么佛法儒教，要且没干涉。

说到这里，假使有人问：那么，恶人的杀人放火又当如何呢？那心是否诗心？是否第一念？不知我只向你说诗心是无道德，而并非说是不道德。况且他已自成为恶人了，你还让我向他说些甚的；我自愧并非生公说法能使顽石点头。难道诸君真的好意思让我抱了琴对牛去弹？须知恶人性近习远，以后天熏习之故，失掉诗心，已自成为恶人了，你教我从何说起？然而如此说，却又不免落在世谛中。若细细按下去，触类而长之，则真正恶人未始没有诗心。即以杀人放火而论，《水浒传》里的铁牛李大哥岂但以之为业，简直以之为乐，十足的一位真命强盗也。你且看他平时言谈举动是何等风流自赏，妩媚可喜。风流自赏是名士，妩媚可喜是美人，教人不禁不由得由衷心里爱他。那原因即在于李大哥从来不曾口是心非，只是一个诚，只是一团的无伪、专一与单纯。至如宋公明却被金圣叹那位怪物骂了个狗血喷头，就因为他口里虽是替天行道，考其行实满不是那么一回子事也。（所以说真小人胜于伪君子，就是此个道理。）又如孟老夫子是精于义利之辨的，他所定的君子小人之分野即在此义利二字上。他道是："鸡鸣而起，孳孳为义者，尧之徒也；鸡鸣而起，孳孳为利者，跖之徒也。"这岂不是冰炭不同炉、薰莸不同器？但是除开义利两字，与尧之徒、跖之徒两个名词，你只看那鸡鸣而起，孳孳而为，君子与小人，又岂不是同此一个诚字，岂不是一般无二地无伪、专一与单纯。庄子曰："盗亦有道。"我于此亦不妨说恶人亦仍旧有诗心也。你只要不站在世谛的立场上去看，去想，去批评，便一定不以我为信口开河了也。

说到这里，诸位便可了然于中国旧诗古来原是好的，何以后来堕落到恁般地步。作诗者只晓得怎样去讲平仄，讲声调，讲对仗与格律，结果只是诗匠而并非诗人，因为他压根儿就不曾有过诗心。……我之读诗作诗者已四十馀年，为什么将旧诗说得如此不堪？只为四十馀年之读作，直到白发盈头、百病交集的今天，方才发觉自身深受此病，真是悔之晚矣。所以今日借此机缘，大声疾呼，不愿别人再受此病，拟得一味独参汤：拈出一个诚字来供大家商量。明知刍荛之力未必即能回天，但愿中国的诗人与其作品从此日臻康强，毫无病态。诸君不要以为诗心只是诗人们自己的事，与非诗人无干；亦不可以为诗心只是作诗用得着，不作诗时便可抛掉：苟其如此，大错，大错。诗心的健康，关系诗人作品的健康，亦即关系整个民族与全人类的健康；一个民族的诗心不健康，一个民族的衰弱灭亡随之；全人类的诗心不健康，全人类的毁灭亦即为期不远。宋儒有言，我虽不识一个字，也要堂堂地做一个人。我只要说：我们虽不识一个字，不能吟一句诗，也要保持及长养一颗健康的诗心。我们不必去做一个写了几千首诗而没有诗心的诗匠。……

卅六年八月十三日夜八时写讫

稼轩词说·自序

苦水曰：自吾始能言，先君子即于枕上口授唐人五言四句，令哦之以代儿歌。至七岁，从师读书已年馀矣。会先姚归宁，先君子恐废吾读，靳不使从，每夜为讲授旧所成诵之诗一二章。一夕，理老杜《题诸葛武侯祠》诗，方曼声长吟"遗庙丹青落，空山草木长"，案上灯光摇摇颤动者久之，乃挺起而为穗。吾忽觉居室墙宇俱化去无有，而吾身乃在空山中草木莽苍里也。故乡为大平原，南北亘千馀里，东西亦广数百里，其地则列御寇所谓"冀之南汉之阴无陇断焉"者也。山也者，尔时在吾，亦只于纸上识其字，画图中见其形而已。先君子见吾形神有异，诘其故，吾略通所感，先君子微笑，已而不语者久之，是夕遂竟罢讲归寝。

吾年至十有五，所读渐多，始学为诗，一日于架上得词谱一册读之，亦始知有所谓词。然自是后，多违庭训，负笈他乡。廿岁时，始更自学为词。先君子未尝为词，吾又漫无师承，信吾意读之，亦信吾意写之而已。先君子时一见之，未尝有所训示，而意似听之也。顾吾其时已知喜稼轩矣。世间男女爱悦，一见钟情，或曰宿孽也。而小泉八云说英人恋爱诗，亦有前生之说。若吾于稼轩之词，其亦有所谓宿孽与前生者在耶？自吾始知词家有稼轩其人以迄于今，几三十年矣。是之间，研读时之认识数数变，习作之途径亦数数变，而吾每有所读，有所作，又不能囿于词之一体。时而韵，时而散，时而新，时而旧，时而三五月至三五年摈词而不一寓目，一着手。而吾之所以喜稼轩者或有变，其喜稼轩则固无或变也。意者稼轩籍隶山东，吾虽生为河北人，而吾先世亦鲁籍，稼轩之性直而率，戆而浅，故吾之才力、之学识、之事业，虽无有其万之一，而习性相近，遂终如针芥之吸引，有不能自知者耶。噫，佛说因缘，难言之矣。然自是而友好多目余填词为学辛，二三子从余治词者亦或以辛词为问，而频年授书城西校中，亦曾为学者说《稼轩长短句》。卅年冬，城西罢讲，是事遂废。

会莘园寓居近地安门，与吾庐相望也，时时过吾谈文。一日吾谓平时室中所说，听者虽有记，恐亦难免不详与失真。莘园曰："若是，何不自写？"吾亦一时兴起，乃遴选辛词廿首，付莘园抄之，此去岁春间事也。然既苦病缠，又疲饥驱，荏苒一载将半，始能下笔，作辍廿馀日，终于完卷。亦足以自慰，足以慰莘园，且足以慰年来函询面问之诸友也。

夫说辛词者众矣，吾尝尽取而读之，其犁然有当于吾心者，盖不数数遘。吾之说辛，吾自读之，亦自觉有稍异夫诸家者。吾之视人也既如彼，则人之视吾也，其必能犁然有当于心也耶？彼此是非，其孰能正之？虽然，既曰说，则一似为人矣。吾之是说，如谓为为人，则不如谓为自为之为当。此其故有三焉：

其一，吾廿馀年来读辛词之所见，零星散乱，藉此机缘，遂得而董理之。

其二，吾初为上卷时，笔致甚苦生涩，思致甚苦艰辛，情致甚苦板滞，及至下卷，时时乃有自得之趣。

其三，吾平时不喜为说理之文，于是亦得而练习之。

为人之结果若何，吾又乌能知之，若其自为，则吾已有种豆南山之感矣。胜业虽小，终愈于无所用心耳。或有谓既以自为而非为人，又何必词说之为？曰：既非为人而以自为，又何不可为词说也？陶公诗时时言酒，而人谓公之意不在酒，藉酒以寄意耳。夫其意在酒，固须言酒；若其意不在酒，而陶公之诗乃又不妨时时言酒也。且夫宇宙之奥，事物之理，吾人其必不能知耶？苟其知之，吾人又必能言之耶？孔子为天纵之圣，释迦为出世之雄，是宜必能知矣。孔子循循善诱，诲人不倦，而曰："予欲无言。"释迦在世，说一大藏教，超度众生，而曰："若人言如来有所说法，即为谤佛。"以圣人与大雄，尚复如是，则说之难欤？抑说之无益欤？月固月也，人不识月，而吾指以示之，则有认指为月者矣。水固水也，析之为氢二氧，无毫发虚伪于其间也，说之确当无加于是矣。然既氢二氧矣，又安在其为水也？若是夫说之难且无益也。孔子与释迦所说者道，而今吾所欲言者文。道无形而文有体，则说道艰而说文易。

古来说文之作，吾所最喜，陆士衡《文赋》，刘彦和《雕龙》，是真意能转笔，文能达意者。然士衡曰："是盖轮扁之所不得言，故亦非华说之所能精。"又曰："盖所能言者，具于此云尔。"则有欲言而不能言者矣。至刘氏之《文心雕龙》，较之《文赋》，加详与备。然其《序志》亦曰："虽复轻采毛发，深极骨髓，或有曲意密源，似近而远，辞所不载，亦不胜数。"以二氏之才识与思力，专精于文，尚复如是，吾未见说文之易于说道也。是故知之愈多，言之愈寡；知之弥邃，说之弥艰；文与道无殊致也。彼孔子与释迦，陆机与刘勰，皆知道与知文者也，宜其言之如是。吾于道无所知，自亦不言，至今之说辛词，词亦文也，说词亦岂自谓知文？陆氏与刘氏，维其知文，虽不能忘言，要不肯易言，故有前所云云耳。若夫苦水维其不知文，故转不妨妄言之，是亦陶公饮酒之别一引申也。夫子之言性与天道，不可得而闻。彼村氓山樵，释耒弛担，田边林下，亦间谈性天。此岂能与夫子并论？彼村氓山樵，不独无方圣人之意，亦并无自谓有知性天之心，要之，亦不能不间或一谈而已。亦更不须援蒭荛之言，圣人择焉而为之解嘲也。于是乃不害吾说文，又不害吾说辛词也。而吾又将奚以说也？

于古有言：文以载道。若是乎文之不能离道而自存也。然吾读《论语》《庄子》及大雄氏之经，皆所谓道也，而其文又一何其佳妙也？《论语》之文庄以温，《庄子》之文纵而逸，佛经之文曲以直、隐而显。如无此妙文，则其书将谁诵之？而其道又奚以传？若是乎道之有赖于文也。彼载道之文，且复如是，则为文之文将何如邪？古亦有言：诗心声也，字心画也。夫如是，则学文之人将何如以涵养其身心，敦励其品行乎？殆必如儒家之正心诚意，佛家之持戒修行而后可。虽然，审如是，即超凡入圣，升天成佛，于为文乎何有？且吾即将如是以说耶？则虽谈天雕龙，辨析秋毫，于说文又何有？而学文者又决不可忽视上所云之涵养与敦励。然则如之何而可？于此而有简当之论，方便之门，夫子之忠与恕，初祖之直指本心，见性成佛是。所谓诚也。故曰："修辞立其诚。"故曰："诚于中，形于外。"

吾尝观夫古今大文人大诗人之作，以世谛论之，虽其无关于道义之处，亦莫不根于诚，宿于诚。稼轩之词无游辞，则何其诚也。复次，文者何？文也者，文采也。无"文"，即不成其为文矣。吾之所谓文采，非脂粉熏泽之谓。脂粉熏泽，皆自外铄，模拟袭取，非文采也。而欲求文采之彰，又必须于文字上具炉捶，能驱使，始能有合。小学家之论小学也，曰形，曰音，曰义。今姑借此固有之假名，以竟吾之说。

曰义者，识字真，表意恰是，此尽人而知之矣。然所谓识字，须自具心眼，不可人云亦云。否则仍模袭，非文采也。

曰形者，借字体以辅义是。故写茂密郁积，则用画繁字。写疏朗明净，则用画简字。一则使人见之，如见林木之翁郁与夫岩岫之杳冥也。一则使人见之，如见月白风清，与夫沙明水净也。

曰音者，借字音以辅义是也。故写壮美之姿，不可施以纤柔之音；而洪大之声，不可用于精微之致。如少陵赋樱桃曰"数回细写"，曰"万颗匀圆"。"细写"齐呼，樱桃之纤小也；"匀圆"撮呼，樱桃之圆润也。

以上三者，莫要于义，莫易于形，而莫艰于声。无义则无以为文矣，故曰要。形则显而易见，识字多则能自择之，故曰易。若夫声，则后来学人每昧于其理，间有论者，亦在恍兮惚兮若有若无之间，故曰艰。曰要，曰易，曰艰，以上云云，就知之而言也。若其用之于文也亦然。虽然，古来大家，其亦果知之耶？要亦行乎其不得不然，不如是，则不惬于其文心而已。今吾亦既再三言之，则亦似知之矣，而吾之所作，其果能用之耶？即能用之，其果能必有合耶？吾尝笑东坡"魂飞汤火命如鸡"一句之非诗，其义浅而无致，其形粗而无文，其声则噪杂而刺耳。东坡世所谓才人也，而其为诗，乃有此失。其他作家，自宋而后，虽欲不等诸自郐以下不可得也。若夫往古之作，"三百篇"、《楚辞》、《十九首》、曹孟德、陶渊明，于斯三者，殆无不合。李与杜，则有合有离矣。然其高者，亦殆无不合。今姑以杜为例。七言如"风吹客衣日杲杲，树搅离思花冥冥"，如"子规夜啼山竹裂，王母昼下云旗翻"，如"骏尾萧梢朔风起"，如"万牛回首丘山重"，五言如"重露成涓滴，疏星乍有无"，如"露从今夜白，月是故乡明"，如"云卧衣裳冷"，如"侧目似愁胡"等等，皆于形音义三者，无毫发憾。学人有心，细按密参，自有入处，不须吾一一举也。

稼轩之词，亦有合有离矣。其合者，一如老杜，即以今所选诸词论之，如《念奴娇》之"凄凉今古，眼中三两飞蝶"，如《沁园春》之"叠嶂西驰，万马回旋，众山欲东"，如《鹧鸪天》之"红莲相倚浑如醉，白鸟无言定自愁"，如《南歌子》之"月到愁边白，鸡先远处鸣"等等，学人亦可自会，又不须吾一一说也。虽然，吾上所拈举，聊以供学人之反三云尔。吾非谓二家之合作即尽于是，亦非谓其有句而无篇也。即今所选辛词二十章，亦岂遂谓足以尽稼轩哉？抑吾尚有不能已于言者，凡夫形音义三者之为用也，助意境之表达云尔。是故是三非一，亦复即三即一。一者何？合而为意境而已。一者何？即三者而为一而已。故视之而睹其形，诵之而听其声，而其义出焉。又非独惟是也，听其声而其形显焉，而其义出焉。若是则声之辅义更重于形也。三即一者，此之云尔。且三者之合为文而彰为采也，不可以无心得，不可以有心求。稍一勉强，便非当家。

古之作者，其入之深也，常足以探其源而握其机。故能操纵杀活，太阿在手。其出之彻也，又常冥然如无觉，夷然如不屑。故能左右逢源，行所无事。于是而所谓高致生焉。吾乃今然后论高致。吾国之作家，自魏晋六朝迄乎唐宋，上焉者自有高致；其次知求之，有得不得；其次虽知求之，终不能得；若其未梦见者，又在所不论也。稼轩之为词，初若无意于高致，则以其为人，用世念切，不甘暴弃，故其发而为词，亦用力过猛，用意太显，遂往往转清商而为变徵，累良玉以成疵瑕，英雄究非纯词人也。然性情过人，识力超众，眼高手辣，肠热心慈，胸中又无点尘污染，故其高致时时亦流露于字里行间。即吾所选二十首中，如《水龙吟》之"楚天千里清秋，水随天去秋无际"，《鹊桥仙》之"看头上风吹一缕"，《清平乐》之"谁似先生高举，一行白鹭青天"，皆其高致溢出于不自觉中者也。义已详《说》中，兹不赘。

问：既曰高致，则作品所表现，亦尝有关于作者之心行乎？曰：此固然已。而吾又将恶乎论之？且此宁须论也？而吾前此拈心画、心声时固已稍稍及之矣耶？故于此亦不复论。若高致之显于作品之中也，则必有藉乎文字之形音义与神乎三者之机用。是以古之合作，作者之心力既常深入乎文字之微，而神致复能超出乎言辞之表，而其高致自出。不者，虽有，不能表而出之也。而世之人欲徒以意胜，又或欲以粉饰熏泽胜，慎已。吾如是说，其或可以释王渔洋之所谓神韵，王静安之所谓境界乎？虽然，吾信笔乘兴，姑如是云云耳。吾年来于是之自悟自肯也，亦已久矣。即与两家所标举之神韵与境界无一毫发合焉，吾之自肯如故也。即举世而不见肯，吾之自肯仍如故也。吾之为此词说，岂有冀于世之必吾肯也？二三子既有问，吾适有所欲言，聊于此一发之云尔。

吾说而无当也，则等于大野之风吹，宇宙空虚，亦何所不容。其当也，又岂须吾说之耶。上智必能自合之。次焉者，研读创作，日将月就，必能自得之。若是者又奚吾说之为耶？下焉者，虽吾说，其有稍济耶？且四十九年，三百馀会，一部大藏经，亦何尝非说？而其终也，世尊拈花，以不说说，迦叶微笑，以不闻闻。二三子虽求知心切，欲得顿悟，来相叩击，希冀触磕，吾亦已不能无言，而果能言之耶？言所以达意，而果能达耶？即达矣，二三子之所会，果为吾意耶？嗟夫，初祖西来，教外别传，直指本心。而六祖目不识丁，且谓诸佛妙理，非关文字，顾尚有《坛经》。马祖出而曰即心即佛，继而曰非心非佛；虽其言之简，固亦不能无言也。弟子大梅谓其惑乱人未有了日，宜哉。后来子孙，拈槌竖拂，辊球弄狮，极之而棒，而喝，而打地，而一指，苦矣，苦矣。吾尝推其意，盖皆知其不能言而又不能不有所表现以示来学，所谓不得已也。出家大事，如此纠纷，亦固其所。若夫词说，有何重轻。谓之说《稼轩长短句》可，谓之非只说《稼轩长短句》亦可。谓之为人可，即谓之自为亦可。谓之意专在说可，即谓之意不在说，尤大无不可。漆园老叟，千古达人，而曰呼我为牛者应之，呼我为马者应之。庄子果牛与马耶，即不呼不应，庄子之为牛马自若也。果非牛与马耶，人呼之即应之，庄子之为庄子自若也。嗟嗟，释迦有言：万法唯心。中哲亦言：贪夫殉财，烈士殉名。吾辈俱是凡夫，生于斯世，心固不能不有所系维。苟有以系维吾心，而且得以自乐焉，斯可矣。呼牛与马可应之，而名之与财，又奚以区而别之耶？至是而吾之自序，亦将毕矣。自吾初著手为此序，未意其冗长如是。而终于如是冗长者，欲稍稍综合《说》中之言，一，欲稍稍补足《说》中之义，二，欲稍稍恢宏《说》中之旨，三也，虽然，冗长至如是，而所谓综合、补足与恢宏也者，吾自读此序一过，仍觉有欲言而未能言与夫言之而未能尽者。则亦不能不止于是矣。

《稼轩长短句》自在天壤之间，读之者而好之者，会之者，大有人在，将不待吾之选之，说之，序之也。至于文则一如道。道无不在，而文亦若中原之有菽。学文之士自得之者，亦大有人在，更不需吾之说也。法演禅师谓陈提刑曰："提刑少年曾读小艳诗否？有两句颇相近：'频呼小玉元无事，只要檀郎认得声。'"吾姑抄此，以结吾序。

后　叙

　　苦水既说辛词竟，于是秋意转深，霖雨间作，其或晴时，凉风飒然。夙苦寒疾，至是转复不可聊赖。乃再取《东坡乐府》选而说之，姑以遣日。所幸事少身暇，进行弥速，凡旬有二日而卒业。复自检校，不禁有感，乃再为之序焉。

　　《典论》之论文也，曰："文以气为主。"而继谓："气之清浊有体，不可力强而致。"曰"清浊"，曰"有体"，曰"不可力强"，则子桓所谓气者，殆气质之气，禀之于文者也。吾读《论语》，不见所谓气，至孟氏乃曰："我善养吾浩然之气。"王充《论衡·自纪》篇曰："养气自守。"吾于浩然无所知，姑舍是。若仲任之意，乃在养生，与子舆氏似不同旨。以气论文，文帝之后则有彦和。《文心雕龙》，篇标《养气》。盖至是而子桓之气，孟氏之养，并为一名，施之论文。顾刘氏曰："神之方昏，再三愈黩，是以吐纳文艺，务在节宣。清和其心，调畅其气，烦而即舍，勿使壅滞。"语意至显，义匪难析。约而言之，气即文思，故其前幅有曰"志盛者思锐以胜劳，气衰者虑密以伤神"也。是与子桓亦正异趣。至唐韩愈则曰："气盛则言之长短高下皆宜。"至是气之于文，始复合流孟子所言浩然之气。故苏子由直谓气可以养而至。自是而后，文所谓气，泰半准是。子桓言气，授自先天，韩氏曰盛，苏氏曰养，尽须乎养，养之始盛。是则后天熏习，大异文帝所云不可力强者矣。及其末流，乃复鼓努为势，暴恣无忌，自命豪气，实则客气。施之于文，既无当于立言，存乎其人，尤大害于情性。吾于论词，不取豪放，防其流弊或是耳。世以苏、辛并举，双标豪放，翕然一词，更无区分。见仁见智，余不复辩。今所欲言，乃在二氏之同异。吾于说中已建健、实之二义，为两家之分野。说虽非玄，义尚未晰，今兹聊复加以浅释。

东坡之词，写景而含韵；稼轩之作，言情以折心。稼轩非无写景之作，要其韵短于坡。东坡亦多言情之什，总之意微于辛。至其议论说理，统为蹊径别开。而辛多为入世，苏或涉仙佛。说中所立出入二名，即基乎是。世苟于是仍不我谅，我非至圣，亦叹无言矣。吾尝稽之史编，汉、魏以还，庄、列之说，变为方士，极之为不死，为飞升。大慈之教，蜕为禅宗，极之为参学，为顿悟。其继也，流风所被，举世皆靡，善玄言者以之为指归。说义理者，藉之见心性。而诗家者流，未能自外，扇海扬波，坠坑落堑。即以唐代论之，太白近仙，摩诘宗佛，其著者矣。其在六代，翘然杰出，不随时运，得一人焉，曰陶元亮。其为诗篇，平实中庸，儒家正脉，于焉斯在，醇乎其醇，后难为继。其有见道未能及陶，而卓尔自立，截断众流，诗家则杜少陵，词人则辛稼轩。虽于世谛未能透彻，惟其雄毅，一力担荷，不可谓非自奋乎百世之下，而砥柱乎狂澜之中者矣。至于东坡，虽用释典，并无宗风。故其诗曰："溪声便是广长舌，山色岂非清净身。"又曰："两手欲遮瓶里雀，四条深怕井中蛇。"若斯之类，于禅无干，吃棒有分。倘其有悟，不为此言矣。即其词集，凡作禅语，机至浅露。如《南歌子》"师唱谁家曲"一章与"浴泗州雍熙塔下"之《如梦令》二章，虽非谰言，亦属拾慧。固知髯公于此，非惟半途，直在门外也。昔与家六吉论苏诗，六吉举其《游金山寺》之"怅然归卧心莫识，非鬼非人定何物"，谓为老坡自行写照。相与轩渠。夫非鬼非人，殆其仙乎？其诗无论。即吾所选，如《南乡子》之"争抱寒柯看玉蕤"，《减字木兰花》之"时下凌霄百尺英"，皆净脱尘埃，不食烟火。又凡其词每作景语，皆饶仙气，而非禅心。吾向日甚爱其《水龙吟》之"推枕惘然不见，但空江、月明千里"，与《满江红》之"忧喜相寻，风雨过、一江春绿"，谓有禅家顿悟气象。今则以为前语近是，然集中亦只此一处。后者仍是词家好语，作者文心，特其阔大有异恒制耳。然则东坡之词，于仙为近，于佛为远，昭然甚明。远韵移人，高致超俗，有由来矣。

或曰：在道在禅，同出非入，意态至近，区分胡为？

则以禅家务在透出，故深禅师致赞美透网金鳞。明和尚谓："争如当初并不落网？"深师诃之以为欠悟。若夫道流务在超出，故骑鲸跨鹤，翼凤乘鸾，蝉蜕尘埃，蹴踏杳冥，沧溟飞过，八表神游，虽亦不无神通变化，衲子视为邪魔外道者也。至两家于"生"，町畦尤判。道曰长生，佛曰无生。道家为贪，佛家为舍矣。纵论及此，实属赘疣，自维吾意在说韵致。学人用心，其详览焉。抑吾观东坡常不满于柳七，然《乐章集·八声甘州》之"霜风凄紧，关河冷落，残照当楼"，坡尝誉之，以为此语于诗句不减唐人高处。坡公此言，或谓传自赵德麟，或谓传自晁无咎，赵、晁俱与苏公过从甚密，语出二子，皆当可谓。然则坡所致力，可得而言。夫柳词高处，岂非即以高韵远致，本是成篇，故其写悲哀，既常有以超出悲哀之外；其写欢喜，亦复不肯陷溺于欢喜之中。疏写景物，遥深寄托，情致超出，于是乎见。柳词既为坡公所誉，坡公为词时，八识田中必早具有此种境界，可断言也。今吾所选，若《木兰花令》之"霜馀已失长淮阔"，《蝶恋花》之"簌簌无风花自堕"，以及集中凡作景语，高处皆然。至《永遇乐》之前片，又其变清刚而成绵密，去圭角以为圆融者也。向说辛词《青玉案》之"众里寻他"三句，以为千古文心之秘。而辛词混杂悲喜而为深，故当之入。苏词超越悲喜而为高，故偏之出。吾如是说二家之词，豪放之义早已不成，豪气一名，将于何立矣？是故稼轩非无景语，要在转景以益情；东坡亦有情语，要在抒情以寄景。吾于说中已略及之，学人于是将更不疑吾为戏论也。

夫写情之词，而有耆卿，出语淫鄙，为世诟病。宋人诗话载：东坡谓少游曰："不意别后，公却学柳七作词。"少游曰："某虽无学，亦不如是。"东坡曰："'销魂当此际'，非柳七语乎？"审如是，则东坡于词，其作情语，所立标的，亦可准知。顾情之一名，义有广狭。凡夫生缘所遇，感动触发，举谓之情，此则广义。至若男女两性悲欢离合，是所谓情，乃是狭义。广狭虽分，渊源无别。取其易晓，始举后者。孔子说诗，其谓"《关雎》乐而不淫"，《大序》乃曰："不淫其色。"混淆视听，殊乖蕉旨。金圣叹氏鲁莽灭裂，遂谓好之于淫，相去几何。以吾观之，中土文人每写女性，既轻蔑其人格，遂几视为异类。声色狗马，同为玩好；子女玉帛，尽等货币。其在前古，尚不至是。降自六代，遂乃同声。则以文人多习官妓之歌舞，尽忘良家之德性，坏心术，伤风化，庸讵尚有甚于是者乎？诗教滋衰，民族不振，自命风雅，实则淫鄙。唐代之诗，尚多蕴含；宋代之词，至成扇炀。有心之士，作品之中务避异性，欲求雅正，乃成枯淡。先圣有言："食色，性也。"意在创作，至忘本性，缘木求鱼，是之谓夫。伟哉居士，呵彼屯田，不惟具眼，实乃自爱。然吾读其词，除"十年生死两茫茫"之《江城子》外，缘情之作，未臻骚雅。即非玩弄，亦为玩赏。不过昔者视如犬马，坡公拟之琴鹤，较之柳七，五十步百步之间耳。佛法平等，既未梦见，儒曰同仁，复乎远矣。以视稼轩之作，苏公不独逊其真情，亦且无其卓识。是以吾取稼轩写情，东坡写景。

世乃于苏徒喜其铁板铜琶；于辛亦只赏其回肠荡气。口之于味，即有同嗜，味之在舌，乃复异觉。则吾之说辛、说苏，真有孟氏所云不得已者在耶？自维素性褊急，习成疏阔，学识既苦谫陋，思想亦未成熟。篇中立说或有矛盾。二三子须会马祖前说即心即佛，后说非心非佛之旨。务通意前，勿死句下。孟氏有言："人之患在好为人师。"如苦水者，敢居表率倡导之列？然舌耕为业，既已有年，会众听讲，为数不鲜。德不称师，迹实无别。古亦有云："师不必贤于弟子。"诸子有超师之见，吾之是说，譬之椎轮大辂可，以之覆瓿引火亦无不可。如其不然，不得错举。至于行文，体每苦杂，语时不达。则以平生学文，鲜为散行，七载以来，衣食逼迫，疾病纠缠，愈少馀暇，留心此事。今兹说词，每于率兴信手，辄复逾闲荡检。或亦稍求工整，亦非务事艰深。盖仿诸语录者，成之稍易，疏乃滋甚。自觉此病，一至古人篇章理致细密，情趣微妙，吾之说即专用文言，力排语体，下笔较迟，用心庶密耳。复次，口语用字，含义未周。未若文言，所包为广。纪述情事，或尚不觉，说明义理，方知其弊，维兹短说，并非宏著。文章得失，尚在其次。所冀海内贤达，见其俳谐之辞，不视为戏论；遇其恢诡之笔，勿目为怪诞。鉴其至诚，知其苦心，庶乎彼此两不相负。然而不虞求全，责虽在我，报毁致誉，岂能自必。言念及此，弥深慨叹矣。

至吾自视，说苏较之说辛，用心较细，行文较畅。此是我事，无关他人。又凡书之有序，类冠诸篇之前。吾之是序，乃置诸文后。吾向于说辛之序，曾有所谓综合、补足与恢宏者。此序之旨亦复如是。夫既曰综合、补足与恢宏矣，自应后附，方合条贯。若夫前贤之作，马迁之自序，班氏之叙传，体既弗同，岂敢援以为例。《论衡》之《自纪》，《雕龙》之《序志》，意亦有殊，不必引以解嘲。盖吾之自叙，实等于结论尔。至其泛滥枝蔓，吾亦自知之。

卅二年九月十日

苦水自叙于旧京净业湖南之倦驼庵

参考书目：

《顾随全集》　　　　　　　顾之京等编　河北教育出版社　2014年3月第一版
《中国历代文学作品选》　　朱东润主编　上海古籍出版社　1979年7月第一版
《古诗源》　　　　　　　　沈德潜编　华夏出版社　2001年8月第一版
《楚辞》　　　　　　　　　林家骊译注　中华书局　2010年6月第一版
《诗经译注》　　　　　　　周振甫译注　中华书局　2013年7月第一版
《曹植集校注》　　　　　　赵幼文校注　中华书局　2016年10月第一版
《陶渊明集》　　　　　　　逯钦立校注　中华书局　1979年5月第一版
《王右丞集笺注》　　　　　赵殿成笺注　上海古籍出版社　1998年3月第一版
《杜诗详注》　　　　　　　仇兆鳌注　中华书局　1979年10月第一版
《李太白全集》　　　　　　王琦注　中华书局　1977年9月第一版
《李商隐选集》　　　　　　周振甫注　江苏教育出版社　2006年2月第一版
《宋诗选注》　　　　　　　钱钟书选注　三联书店　2002年5月第一版
《二晏词笺注》　　　　　　张草纫笺注　上海古籍出版社　2008年12月第一版
《欧阳修词校注》　　　　　胡可先、徐迈校注　上海古籍出版社　2015年7月第一版
《清真词校注》　　　　　　孙虹校注　中华书局　2002年12月第一版
《东坡词傅幹注校证》　　　傅幹注　上海古籍出版社　2016年12月第一版
《蒋捷词校注》　　　　　　杨景龙校注　中华书局　2010年5月第一版
《稼轩词编年笺注》　　　　邓广铭笺注　上海古籍出版社　2007年6月第二版
《樵歌校注》　　　　　　　邓子勉校注　上海古籍出版社　2010年12月第一版
《王国维词笺注》　　　　　陈永正笺注　上海古籍出版社　2011年4月第一版

图书在版编目（CIP）数据

中国古典诗词精华：全2册／武圆圆编注. —— 北京：新星出版社，2018.7

ISBN 978-7-5133-3106-7

Ⅰ. ①中… Ⅱ. ①武… Ⅲ. ①古典诗歌-诗歌欣赏-中国 Ⅳ. ① I207.22

中国版本图书馆 CIP 数据核字（2018）第 118230 号

中国古典诗词精华：全 2 册

武圆圆　编注

责任编辑：高晓岩

责任校对：刘　义

责任印制：李珊珊

装帧设计：更　生

出版发行：新星出版社

出 版 人：马汝军

社　　址：北京市西城区车公庄大街丙3号楼　　　100044

网　　址：www.newstarpress.com

电　　话：010-88310888

传　　真：010-65270449

法律顾问：北京市岳成律师事务所

读者服务：010-88310811　　service@newstarpress.com

邮购地址：北京市西城区车公庄大街丙3号楼　　　100044

印　　刷：北京汇瑞嘉合文化发展有限公司

开　　本：889mm×1194mm　　1/32

印　　张：19.5

字　　数：400千字

版　　次：2018年7月第一版　2018年7月第一次印刷

书　　号：ISBN 978-7-5133-3106-7

定　　价：130.00元（全2册）